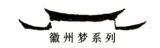

徽州梦系列

赵焰◎著

徽之味

北京师范大学出版集团
安徽大学出版社

图书在版编目(CIP)数据

徽之味/赵焰著. —合肥:安徽大学出版社,2014.6
(徽州梦系列)
ISBN 978-7-5664-0746-7

Ⅰ.①徽… Ⅱ.①赵… Ⅲ.①散文集—中国—当代 Ⅳ.①I267

中国版本图书馆 CIP 数据核字(2014)第 108267 号

徽 之 味　　　　　　　　　　　　　　　赵焰 著
HUI ZHI WEI

出版发行：	北京师范大学出版集团 安 徽 大 学 出 版 社 (安徽省合肥市肥西路 3 号 邮编 230039) www.bnupg.com.cn www.ahupress.com.cn
印　　刷：	合肥远东印务有限责任公司
经　　销：	全国新华书店
开　　本：	152mm×228mm
印　　张：	15
字　　数：	182 千字
版　　次：	2014 年 6 月第 1 版
印　　次：	2014 年 6 月第 1 次印刷
定　　价：	29.00 元

ISBN 978-7-5664-0746-7

策划编辑:王娟娟		装帧设计:李　军　金伶智	
责任编辑:王娟娟		美术编辑:李　军	
责任校对:程中业		责任印制:陈　如	

版权所有　　侵权必究

反盗版、侵权举报电话:0551-65106311
外埠邮购电话:0551-65107716
本书如有印装质量问题,请与印制管理部联系调换。
印制管理部电话:0551-65106311

目录 | Contents

序 / 001

001 第一辑 菜味

徽州的年 / 002

不可食无竹 / 007

采蕨南山下 / 012

徽州的鲜 / 016

徽州的小鲜 / 022

火腿举起大王旗 / 026

徽州的面条 / 031

徽商与狮子头 / 036

徽菜那些事 / 041

面点、干粮和小吃 / 047

红烧肉的故事 / 052

买肉买到外婆桥 / 057

豆腐的秘密 / 062

河蚌嬉 / 068

山芋与葛根 / 073

酱坊与糖坊 / 077

徽州的野菜 / 081

徽州的野味 / 085

001 第一辑 菜味

那些好吃的花儿 / 089
清明粿、芙蓉糕及其他 / 094
徽州各地的"宝贝们" / 098
山里的野果子 / 103

109 第二辑 茶味

黄山的茶 / 110
徽州处处皆松萝 / 116
水的味道 / 120
绿衣仙子入凡尘 / 126
宋朝的徽茶 / 130
茶与禅 / 134
茶与虚玄 / 139

145 第三辑 皖味

李鸿章爱吃什么菜 / 146
"大关水碗"有意思 / 151
羊肉的花样年华 / 155
巢湖是个杂鱼锅 / 159
宣城那些好吃的 / 163
芜湖的小吃 / 167
江淮大地鸡与鸭 / 172

177 第四辑 别味

过桥米线 / 178
蛤蚧 / 180
牛肝菌及其他 / 182
食是一枝花 / 184

第四辑　别味　177

饮食历史谈 / 187

饮食风情谈 / 190

饮食地域谈 / 194

饮食之谬谈 / 198

残忍的吃法 / 201

投机取巧的味精 / 205

美丽的烹饪女子 / 208

上海菜与杭帮菜 / 211

素食与佛心 / 216

好男儿在厨房 / 220

燕鲍参翅与冬虫夏草 / 223

后记 | 227

序

  我外公在去世前的很长一段时间里,生活得很简朴,牙口也不太好,他总是喜欢呆呆地坐在八仙椅上,一边嚼着馒头喝着稀饭,一边极慢地呷着从街上打来的山芋干酒,沉默不语。这个时候的外公,已拿不动锅铲烧菜烧饭了。在此之前,外公的菜一直烧得很好。徽州人烧菜似乎是无师自通的,不仅仅是外公,还有我的外婆,我的几个舅舅,包括我母亲在内,几乎都能烧得一手好菜。

  印象当中外公的菜烧得真好,虽然徽州男人一家之主的意识很强,但很多都是能里能外的。外出经商的外公自金华铩羽回来后,只要有空,就会承担起家里的烧菜任务,不时变换着口味,认真调理着大家庭的生活,将自己在外用不上的烹饪手艺悉数发挥,小日子也算过得和和美美。但到了20世纪50年代中期,由于家里不断地添丁增口,家境不断滑落。也不知从什么时候开始,外公似乎再也没有机会展示他的徽菜技艺了。在绝大多数的时间里,如何简单而有效地喂饱那些胃口越来越大、生龙活虎的舅舅们,成了每天必须面对的难题。

外公的徽菜手艺就这样荒废了几十年。在这几十年中，外婆变得越来越乖戾，而外公的言语则越来越少，微笑越来越多，脾气也变得越来越好。20世纪70年代末，外公当上了县政协委员。到了后来，不知不觉地，每天讪讪笑着的外公有了一个公认的绰号：汪老好。不中用的人才老好啊！——外婆经常一针见血地抨击着外公，丝毫也不留数十年的夫妻情面。

一直到勉强将舅舅们喂大并离家之后，生活才变得有了点阳光。这时候，外公也年过花甲了，步履蹒跚，动作也迟缓了不少。到了20世纪90年代之后，外公曾经在我们团圆的时候试图重新尝试着烹制些老徽菜让我们尝尝，也炫耀一下自己的技艺，但每一次他的尝试都让我们深深失望，不是盐分过重，就是火候过头。菜的材料与味道之间，总有一种无法调理的"焦灼"。我们童年时代的记忆彻底地破碎了，这个时候，我们会想，到底是因为我们童年时代的过于饥饿，还是因为外公已经垂垂老矣。可能，两者都是重要原因吧。

但外公仍不放弃他的理想，无事的时候，他总是喃喃自语。他说，徽菜极有名的当数"沙里马蹄鳖"、"雪天牛尾狸"，那鳖是从清水河畔的沙滩里捕来的，"水清见沙白，腹白无淤泥"，对品质的要求很高；牛尾狸也要求是冬天的，因为这个季节的动物肉质嫩、脂肪多，红烧之后有嚼头，有胶质。他还说，臭鳜鱼其实并不简单呢，最好是长江沿岸的鳜鱼，因为水清，没有泥腥气；在做之前，要先腌制一下，放一放，有的还要放在卤水里卤一下，这样的鱼肉出来成块，口感好，筷子一夹，一张嘴，就滑入腹中了。

外公还喃喃地说，老徽菜重油、重色、重火功，那是由徽州的地情和人情决定的。比如"金银蹄鸡"，是要用木炭小火久炖，炖到汤浓似乳、蹄（骨）玉白（银色）、鸡色奶黄（金色），才算是火候到家了。徽州人重油，那是因为徽州人长期生活在山里，肚子里油水不足,饮水中碱的含量多,身体对油荤有着要求。至于重色,倒不一定是多放酱油,而是重烹调之本色,徽州菜之本料如火腿、木耳、黄花菜等,都是颜色很重的山货,所以徽菜之色重,也就不足为奇了。外公在说这些话的时候,我感到他不仅仅会烧菜,而且,还是一位哲学家,一位会烧菜的哲学家。

外公的手艺还是有后来人的。我的几个舅舅都能烧得一手活色生香的徽州菜。我大舅能烧一手地道的笋干烧肉,蓬松可口,虽不是入口即化,但也口感极嫩。这一道菜的最绝处在于泡发笋干,我也不知道他是怎么泡发那些笋干的,那些笋干在他手下,仿佛着了魔似的返老还童。大舅的饼子做的也不错,皮薄馅多,不露也不透,并且面揉得嚼劲十足。他的手擀面做得也好,力道好,配以各式各样的浇头,吃起来让人交相称赞。我的五舅,虽然看起来阳刚气十足,但也做得一手地道的徽菜,浓油赤色,好吃开胃。给我印象至深的是他的炒面,那已不是面,而是荤、素、面的盛宴,是多种调料的"团体操"。至于我六舅,年轻时像一个不懂事不成器的混球,没想到菜烧起来也有模有样的……平时在家里,烹饪的事都是他们动手,我的几个舅母倒都乐得清闲。就我的评价,我母亲菜肴烧得也不算差,可舅舅们每次到我家,都会瞅着母亲做的菜肴不屑地哼哼几句:清水煮白肉,切!那是对母亲的咸笋排骨汤不屑一顾。每次去徽州,我总乐得大快朵颐,那可是地道的老徽州菜——干笋烧五花肉、干马齿苋烧甲鱼、一品锅……当然,我也能烧一手说得过去的徽菜,我能把鳜鱼烧得活色生香,让路人嗅着我家窗口飘出的火腿煨冬笋的香味彷徨迷离。对于现在大城市里的徽菜馆,我的舅舅们往往不屑一顾:那是什么徽菜呀?瞎叫!有在饭店里吃到正宗的徽菜吗?他们的反诘似乎有点清高,但我认为他们清高得相当有道理。大隐隐于市,居家方男儿;不怕不识货,就怕货比货。

从时间上来说，我从9岁时，就开始在家烧饭烧菜了。我父亲是江北人，在吃的方面极其马虎，味觉也极迟钝，好像从来品不出烹饪的好坏。北方人总是比南方人多大男子汉的架子，父亲也不例外，除了不烧饭烧菜之外，几乎从不做家务。至于母亲，作为小学老师的她因为长期在城郊小学教书，经常有课不能及时赶回家，所以从很小的时候开始，我就学会分担家务活了。起先是学会用柴火烧饭，先用火柴点着木头刨花，然后将小引柴火点着，再加入劈好的柴禾或柴桩。烧柴一定要彼此之间架空，使柴发火。铁锅中的米煮开后，要先揭开锅盖，待米汤快干后，盖上锅，在灶台下添几把火，待火由旺转暗后用暗火焖饭锅。这样，等父母亲回来，一锅香喷喷的带有锅巴的米饭就做好了。

先是学做饭，然后就是学做菜。我陆陆续续地学会了做小白菜蛋汤、炒豇豆、西红柿炒鸡蛋，然后陆续跟着母亲学和面，学会做馒头、发包子、炕饼子、包粽子什么的。荤菜是后来学的，先学会烧肉、烧鱼，然后就是野味，以及各式各样的菜肴。不过小时候荤菜显得金贵，一般情况下母亲都不让我上手，好菜要等她亲自掌勺。总而言之，在上大学离开家之前，我只是充当了一个临时厨师的角色，而且那时候太穷，人们几乎没有选择口味的机会和可能。那时候都是吃饭，哪有想法去吃好呢？我听说有很多家庭，还故意把菜烧得难吃，因为一好吃，就要吃得更多，就更得不偿失了。况且对于饥饿的人们来说，吃什么都是好吃的……后来，我大学毕业了，工作了也成家了，人们也慢慢变得富裕起来，开始不愁吃不愁穿，对吃也开始讲究了。这时候，我已顺理成章地开始在自己的小家庭掌勺了。我摸索着学会了做很多菜，无论是工作忙还是工作闲，做菜似乎成了我生活中一件必须要做的事情了。我每天的工作，就是在工作、读书、写作之后，步行或骑自行车去菜市买菜，然后回来洗、切、做。我做菜做得认真，尽心，这可能起缘于我身上徽州人的血缘。做菜不仅使我有了闲情逸致，也可以说改变了我急躁的性格，让我变得沉稳，变得有条有理有板有眼，变得能静下心来在复杂的事情中寻找着解决问题的路径；做饭做菜也练就了我的平常心，让我知道这个世界上生活是最基本的事情，所有的人都是平常人，所有的事都是平常事；做菜还让我真正地领会了老子"治大国若烹小鲜"的道理，任何事情，可以说是容易的，也可以说是复杂的，这就跟做鱼的道理一样……关于我的烹饪手艺，记得我女儿曾经的小保姆丽华慢条斯理地评价过：大哥的菜烧得不仅好吃，还有文化味。这小丫头片子竟然讲出如此惊世骇俗的话，不禁让我刮目相看。后来丽华和她的丈夫在老家县城开了一家小饭店，说开店的灵感就来自于我烧的菜。我有时自鸣得意地说：我的做菜排第一，小说排第二，散文排第三。我这么说，其实是我对于生活的一种理解，凡是你必须做的，或者是机缘让你做的，你尽量去做，用心去做，把它做好，它同时也会给你很多东西。

　　徽菜是日常生活，它是空气阳光、土地山川、河湖沟渠、猪马牛羊，身边的动植物，以及所有的一切与人发生的关系；徽菜是自然本身，它是土地里的新鲜菜，山里的野菜，各种各样的绿色食品，徽菜最重视的是清爽、本真、本色，求鲜、求质，求山里才有的清香；徽菜是一种体验，是舌尖的味道，是鼻子嗅到的气息，是唇齿之间的摩擦，是牙龈挤压的快感；徽菜是一种文化，是徽州文化的一部分，徽州文化渊博而正大，重中庸而讲仁，徽菜同样也味正平和，有味使之出，无味使之入，异味使之去，味极取之中，从风格上是一致的；徽菜是一种传统，是一种延续，如果这块土地有什么东西至今依旧的话，那么，菜肴是超过建筑和文化之外的首选，你可想象的是，至今徽州人面前的一盘菜肴，也许跟一千年以前的徽州人面前的菜肴一模一样，散发着同样的味道。徽菜更是血液里残存的记忆,它不仅是徽州人的肠胃习惯,是眼睛所感到的色与相,是味蕾的怀念与想象,是细胞的舞蹈与飞翔,是人本身对于自然的怀念,而且是每个人与土地与自然的肌肤相亲……没有一种历史记忆,能如此完整地保存和延续下来,矢志不渝,难以改变。相对于人的思想和记忆,味觉是最不理性的一种东西,它不受人自身的控制,反而能控制人本身,这一点就像神机莫测的命运。一个人与地域饮食的关系,就像与生俱来的捆绑,就像前世与今生的命运,或者上帝对人的主宰。没有谁会有意识地去对抗,在它面前,所能保持的姿态只有臣服、遵从和怀念。

烹饪是道,它的后面是"神"。徽菜不是恩赐,它就是徽州本身,是上天神奇的"金手指"。

第一辑

菜味

徽州的年

徽州的雪是静谧的，它总是悄无声息地到来——进入深秋之后，往往上午还是阳光灿烂，中午天便突然阴下来，然后，就开始飘雪了。先是如细细的绒毛一样，之后便如纸屑，最后，便成了鹅毛大雪。大雪有时候一下就是三天三夜，雪淹没了路，封了山，让徽州的每一个村落都成了独立的童话王国。龟缩在老房子的天井里看雪，那可真叫一个苍茫啊——仿佛全世界的雪，都会从这个入口中落下来，填满整个屋子。好在那些雪花进了屋子之后，在触及冰冷的花岗岩之后，有的便融化了，有的则堆积得老高。在很多时候，雪让徽州的一切变得至简，成为只有黑白色的世界。冬天简化了徽州的颜色，将徽州的五彩斑斓幻变成深褐色，而雪，又让深褐色变成了彻底的黑。除了白就是黑，这样的感觉至纯至简，如新安画派的笔法，如黄宾虹的画，也如刀刻出的版画。

雪天里格外受到垂青的，是火。凡有火的地方，皆有温暖；有温暖的地方，皆有人群。一直到现在，徽州乡野里仍留存着很多传统的取暖工具：火桶、火箕、火篮……火篮是可以随身带的，外面是精致的竹编，里面是铁皮做的盛火的"碗"，炭火上是一层浅浅的灰。我小时候就是带着这样的火篮上学的，现在的徽州山里孩子仍是这样，做作业的时候放在脚下，听课的时候，便拿上来烘烘手。闲暇了，还可以摸出点黄豆和花生，放在"百雀灵"的空铁盒中，埋进炭火里。过一段时间后打开，那花生和黄豆真是一个香啊！能弥漫在整个糊着塑料膜的教室，弄得老师和学生一个个心神不定心猿意马。

雪来了，年就来了。伴随年来的，是一系列年货的准备。

割糖,也就是做糖点,是每家每户必备的。糖点的种类挺多,有炒米糖、花生糖、芝麻糖、稻花糖等。我们家通常是母亲将做糖的原料冻米(由糯米蒸制而成)、花生、芝麻、白糖等准备好,然后由父亲挑到做糖的人家,称一称,排上队,然后交上加工费。年前割糖人家往往是通宵达旦替人加工,炒花生的炒花生,压糖的压糖。这当中最有意思的工序就是熬糖稀了——用一口很大的锅将白糖什么的倒进去,然后"咕咕嘟嘟"地熬成稠稠的糖稀,又加入干桂花什么的。糖作坊里诱惑地散发着一种甜香味,悠悠扬扬地飘得很远,仿佛从古老岁月一直延续到未来似的。炒米糖、芝麻糖什么的做完之后,一般是先晾干,然后整齐地放在特制的铁皮箱中,盖严实,不走气。这样,不仅是整个春节期间的零食和点心都准备好了,而且徽州人甚至连整个春夏都把这个当作最重要的零食了。

徽州年货中还有特色的是腊八豆腐。腊八豆腐的制作很有意思,把老豆腐放在盐水中煮一下,捞出晾在竹匾之上,然后放在太阳下暴晒。一直晒到豆腐至少缩小一半,也变得黑黑硬硬为止。腊八豆腐这时候的感觉有点像豆干,但比豆干更天然,口味也更好。干了的腊八豆腐用水泡软之后,用刀切成丝,跟火腿丝香菇丝木耳丝放在一起炒,那是绝味。年糕也是家家户户必备的冬令粮食——先将糯米蒸熟后,放在石具中打成稀烂,然后用各种各样的楠木模具做成型,这个模具本身就是艺术,上面精细地刻着各种各样的图案,有"福禄寿"的字样,有戏文图案,属于"徽州三雕"中的木雕。在模具上刻成图案后,放在蒸笼里,下面加上柴根烧,因为柴根烧起来火旺,蒸年糕与煮粽子一样,需

要大火和烈火。对于年糕,从小到大我一直不感兴趣,徽州的年糕太糯,在我的感觉里,它不仅粘我的上下牙齿,似乎连眼皮也无形粘上了,我一吃年糕就变得昏昏欲睡。除腊八豆腐、年糕什么的外,徽州人的圆子和五香茶叶蛋什么的,也颇有特色:徽州曾经殷富,尽管后来破落,不过贵族气犹存,徽州人家端出来的基本都是肉圆子,很少像江淮之间流行糯米圆子、藕圆子之类。那样的圆子,让徽州人十分瞧不上呢,哪有圆子如此假冒伪劣的呢,圆圆满满,非得货真价实才是!至于五香茶

叶蛋,似乎是老人煮起来才好吃,一凭耐心,二凭寂寞,三凭工夫——老宅微暗的火光之中,一坛茶叶蛋能煮个三天三夜,幽灵般的老人伫立在炭火边上,安静肃穆,像魔法师一样神秘幽远,仿佛能将岁月的味道和人生的惆怅一并填了进去。印象至深的是我外婆煮的茶叶蛋,剥开后放入口中,鲜美生动得能直接激起肠胃的欲望,仿佛像足球一样快速滚进球门。我童年时不知控制,有一次硬是吃这样的五香蛋吃伤,夜晚发烧,竟大声嚷道:"刘少奇来了!"我那时尚小,对于刘少奇根本也不了解,可能是"文革"中高音喇叭灌输的影响。

徽菜是中国历史上的八大菜系之一,以重油、重色、重火工为特色。不过,我觉得徽菜最适合的,就是冬天吃了,尤其

是下雪天吃：陈年火腿煨冬笋，那是冬天的绝唱，像交响乐的第三乐章，高潮时的"云蒸霞蔚"；炒三冬，将冬笋、冬菇、冬木耳放在一起，像是田园风格的奏鸣曲；至于当家菜炭火煨鸡汤，则带点中国戏剧意味，就像是"贵妃出浴"的粗俗版——肥硕的母鸡就是杨贵妃，淹没在金黄的汤池里，上面漂一层金灿灿的黄油，就像是洗浴的菊花瓣。喝鸡汤之前，用筷子头掀开

油皮，就像掀开贵妃的浴巾，有一种腾云驾雾的感觉。想吃野味怎么办，很简单，雪天里到处都是仓皇的野兔们。带上猎枪更好，如果没有猎枪，邀些人在山坡的雪地里围个圈，突发一声大喊，野兔们便吓得没命地跑。野兔腿脚前短后长，擅长爬山，上坡是跑不过它的，要顺着山往下撵。一撵，野兔急了就抱着头石头一般往下滚，然后摔得头晕目眩，只要对着它脑袋来上一棒就可以拎回家剥皮烹饪。烧野味最好是用咸菜，用咸菜红烧野兔，那叫一个香啊，能让天上的灶王爷流下口水。当然，要说堂皇壮观的徽菜，肯定数"胡适一品锅"了。这是真正的徽州火锅，只是因为名人胡适爱吃，所以就以"胡适"命名了。火锅不是一般的锅，而是又大又深的生铁锅，下面放着炭炉。铁锅底最下面铺一层干豇豆；再上面，是泡得很嫩的干毛竹笋；然后，是一层又一层——一层豆腐果、一层蛋饺、一层冬笋……而最上面，是一层五花肉以及肉圆子。"一品锅"的层次，可以酌情而定，一般是七层，有的甚至一直可以放到十八

层。等到生铁锅文火煨三四个小时香气四溢之后,连炉子带锅一并端上来。然后,搓着手掌掀开重重的木头锅盖,只见雾霭重重金花四溢——这是十八层地狱吗?不,这是十八层美食天堂!

雪中的徽州就是这样富有生趣。当然,让人眼睛一亮的是春联,红色映衬中,都是一笔好字啊!徽州上千年的古风,都在这一笔春联字上了。这哪里是春联,分明就是书法大赛,是魏碑、柳体、欧体、王体、米体、赵体、苏体、黄体联展。远看近看,上看下看,那些春联都隐隐地有着五个字——无梦到徽州。

不可食无竹

苏东坡说过一句脍炙人口的话:"宁可食无肉,不可居无竹。"我不知这句话的背景。我倒是觉得"宁可食无肉,不可食无竹"。这个"竹",不是"大竹子",而是"小竹子",也就是"竹笋"。在我看来,天下最好吃的,就是竹笋了,并且,以我个人的观点来看,要数皖南的笋最好——我在云南吃过笋,应该是凤尾竹之类的笋,味道比较淡,清香气不够。我也吃过武夷山的笋,同样觉得味道要弱一些。笋的味道,其实就是土地的味道,我觉得皖南的笋好,可能是因为我对皖南比较亲切,笋直接携带的地气,正好对应了我骨子里的气味。

我吃笋子如熊猫吃竹一样,一年四季。春天,春笋只要一上市,我就会挑那些大毛竹笋子尝新鲜。大毛竹笋一般都是煨,也就是炖汤,先将陈年火腿煨得七八成熟了,然后放入笋块,再煨上个把小时,煨出来的汤,如奶一样白白的,吃起来有一股自然的清香。大毛竹笋块煨汤最佳,炒肉丝和红烧也算是不错,其中用土猪肉红烧起来更好,不过最好要放大片的肥肉,否则吃多了容易闹心。春天的毛竹笋有一些涩味,吃前最好用开水焯一下。不过就笋而言,毛竹笋实在算不了上品,味道好的,都是野笋,像雷竹笋、剑竹笋、水竹笋等。在皖南山区,野笋一般要

4月以后才破土,拇指粗的麻壳笋嫩且鲜,炒、烧、炖都是上品,尤其是竹笋炒咸肉或者火腿,可谓是上品中的上品——将火腿或咸肉切成丝,半瘦半肥,放在铁锅里用姜丝爆炒,倒入黄酒,再倒入拍扁了的野笋,放入点干辣椒,盛起来,色香味俱全,可谓是绝佳的山野之灵。

吃鲜笋的时间毕竟是短的,天气稍热之后,地里的笋就长成竹子了,必须将笋拔出剥开烤晒一番,做成笋干。笋干一般都是先用水煮熟,然后,放在炭火上烤或者放在阳光下晒。当然,最好的办法将笋放在铁锅里焙,要两面经常翻来翻去,慢慢焙去水分——因为这样的制作方式跟炒茶相似,所以制作出来的干笋也叫作"茶笋"。用炭火铁锅焙出来的"茶笋",味道要比晒出来的笋鲜美得多,一烧味道都能出来,不仅香,甚至还带有一点甜味。皖南的笋干一般分为两种:一种是大片的毛竹笋干,吃之前最好用淘米水煮开,浸泡几天直到松软之后,切成丝或者切成片——笋丝可用来炒肉丝,笋片加以五花肉红烧。红烧笋干,是皖南山区的一道家常菜肴,至于炒野笋丝,冬天里会炒上一大盆,有菜无菜时都会夹一些出来下饭。逢到炒或烧时,仍是把它们放在锅里用水煮开,然后,等浸泡软了,再去掉一些老根,最好是将笋干撕开,撕成细细的笋丝。相比较而言,野笋的味道要更好一些。野笋丝炒肉,或者只是用来炒辣椒,味道和口感都非常好,也嫩。野笋炒肉丝还能做盖浇面的浇头,先将面入锅,做好汤,将面捞出后装入碗中,再放入浇头,这就是地道的"徽面"。徽面非常有名,当年在上海,徽面馆常常座无虚席。这种干笋肉丝与面条夹在一起,加以浓汤酱油,口感舒服,吃得不小心,会把舌头也一起吞下去。

以上都是笋干,还有一种保存笋子的办法,就是用分量很重的盐水煮过后晒干。这就是咸笋了。咸笋的特色在于可以保鲜,笋子的嫩鲜感还在。咸笋泡过以后,撕成丝,夏天炒辣椒是一道比较爽口的菜。此外，它的主要用途就是做汤：吃之前将笋泡一下，泡尽里面的盐，然后撕成细细的丝，切成段，放入锅中，加入西红柿，然后将蛋花打入，盛出时，撒点小葱在上面。这样的鸡蛋汤红、黄、绿色都有了，味道也非常鲜美。当然，最好的是咸笋作配料煨老鸭汤。将适量的咸笋跟老鸭放在砂锅里一起炖，等到老鸭烂了，鸭的味道和笋的味道全都进入到汤中。当然，咸笋也可以用来炖老母鸡汤。笋不像香菇，它绝不做喧宾夺主的事，甘当配角，锦上添花。与咸笋在一起，鸡和鸭会变得很"幸福"，最后出来的汤更鲜美，浓郁的油香的主旋律中，又有一丝山野的清气相伴，好似大提琴声中隐约有些长笛的袅娜。

夏天的时候笋子都长得高高大大成为竹子了，这时候只能吃干笋、咸笋，鲜笋是吃不到了。不过，这时候皖南的山野里却有一盘上等的好菜，那就是笋鞭煨火腿：将那些深埋在地下的竹根也叫"笋鞭"挖出，寻那些嫩尖子用刀割下，洗净之后加火腿用文火慢煨。这种吃法，似乎有些残酷了，很容易损伤竹子。比较起冬笋和春笋，笋鞭很难得，但它稍嫌老，只有尖可以咽下，其他的地方嚼起来会很困难。不过，对于"食笋族"来说，燥热无比的夏日，能喝一口鲜美清新的笋鞭汤，物以稀为贵，算是"穷凶极恶"过"笋瘾"吧。

霜降之后，在皖南的山区里，就可以挖冬笋了。明代小品大家张大复说："冻笋出土中，味醇而滑，肥而不滓，盖所谓纯气之守也。"这是说冬笋好吃，有纯气。我30多岁以前生活在皖南，吃的是皖南的冬笋，后来生活在合肥，吃的大多是皖西的冬笋。我发现皖南的冬笋比皖西的冬笋要高一个档次。可能是土质的原因吧，皖南的土壤是红黄沙土为主，因而产的冬笋比皖西的更加鲜嫩。尤其是歙县问政山的冬笋，呈象牙色，嫩得从手中跌下地，会摔成几瓣。这就是真嫩了。也难怪问政山笋甲天下，当年成为朝廷的贡品。徽商在江浙一带经商，嗜食此笋，每年开春都要家人挖笋送去。徽商吃笋心急，打招呼让人将笋切块与火腿同时放入砂锅，在船上加入猪油用炭炉火清炖，昼夜兼程，船至笋熟，打开砂锅迫不及待即吃，这一口的滋味，会吃得眼泪都流下来。冬天最佳菜肴是冬笋煨陈年火腿：用陈年火腿煨冬笋，可以降服笋子的涩和青，汤汁也好看，金黄金黄的，一掀盖，芳香扑鼻。如果在楼上煨这一道菜，芳香会飘到楼前屋后，数十米外的邻居都会"惦记"。陈年火腿就像一个中年男子，物老成精，人老成妖，冬笋跟陈年火腿在一起，颇有点"老夫少妻"的如胶似漆，那一份浓情和服帖，全在谦和和包容中，这一点鲜肉根本比不上，鲜肉只是个后生，根本降服不了冬笋。跟冬笋一样好吃的，还有雷笋，雷笋本来是春天打雷时破土的，但现在运用竹叶覆盖技术，使得雷笋春节前即可上市。雷笋经人工催熟，味道稍淡，根部较长，但总体上味道也不错。雷笋煨火腿也可，可最适宜雷笋的，还是"油焖"：用瘦肉末加入上好酱油，加入点白糖，焖上锅盖烧上一会，然后加入零星雪菜翻炒后装盘，是一道很不错的冬季菜肴。

笋不仅有"色、香、味"，更诱人的，还有"形"——笋如美女，一袭青衣，亭亭玉立。细细的野笋似青春靓丽的少女，漫山遍野随处可见欢歌笑语；毛竹笋似少妇般富有风韵，举手投足落落大方。手剥笋衣也是一种享受,似乎像是在给美女宽衣解带,最后露出漂亮的胴体:白白的,嫩嫩的,性感绰约,不由得流着口水,恨不得囫囵吞下去。

采蕨南山下

童年时记忆犹新的是有一次跟着父母去华坦乡马家的山上采蕨,那是深山里的一座山峦,风景不错,植被也很好,更令人欣喜的是山上的蕨菜真多,仿佛身体的前后左右,除了蕨菜还是蕨菜,你只要左手一把右手一把地抓就成了。若干年后,读《诗经·采薇》中"采薇采薇,薇亦刚止",就有这样的感觉。《诗经》中的"薇"是北方的野菜,显然不

是蕨菜,可能是指豌豆苗之类的,比起蕨菜要逊色不少。那一次,我们从上午采到傍晚,兴奋得连中饭都不想吃了。我们一共采了好几大竹篮蕨菜,装了一麻袋扛回家。回家后就有事干了,烧了一锅一锅的开水,然后将蕨菜放进大铁锅里焯一下,留一小部分炒着现吃,一大部分放在簸箕里晒干。

在那个饥饿的年代里,春天里徽州的人们会因为有蕨菜和春笋变得容光焕发。对于我的童年来说,采蕨与拔笋,仿佛是春天里必须上演的两个固定节目,那是非得要进行的。如果哪一年没有这样的经历,就如同春天没到来似的。它不单单是尝鲜的需要,更是零距离接触大自然,甚至是某种心理的暗示。采蕨的最佳时节是清明前后,最佳天气是雨后初晴,最佳地点是那些靠着水边的丘陵,最佳伴侣自然是一个清秀伶俐娇憨的少女。在这情境下,你缓缓地迈动着步伐,满目绿色之下,只要稍稍留神,就可见从土里探出的蕨菜头,羞羞报报地露出来。这时候你需要淡定,用食指和中指夹住后掐断,然

后装进篮筐即可。一段时间后,如果你觉得有些乏有些困了,便可以席地坐在草地上,随处一瞄周围的情景,你就会发现,眼前这座叫得出或者叫不出名字的山别有一番滋味。晴空中有鸟飞过,万物俱寂,无论是树木花草以及动植物,都会以一种脉脉的目光看着你,不只含情,更是慈悲。一切都是新绿,都是别意,有一种清新的味道弥漫于身前身右,那种只有春天才有的气息会悠悠地钻入你的身体乃至你的灵魂。这时候你会感到你就是陶渊明或者王维。王维吟诵的"行到水穷处,坐看云起时",你可能还没有感觉,但是你真能找到陶渊明的"采菊东篱下,悠然见南山"的乐趣。对于你来说,只不过这里不是"菊",而是"蕨",是"采蕨东篱下,悠然见南山"。

有一段时间,我在宣城工作。每到春天,我也会尽量利用周末的时间,带一家人到附近的敬亭山下去采蕨菜。那个时候,正好是敬亭山的梨园开花的时候,大片大片的梨花如雪一样开放;在密林的间夹处,还有映山红的花团锦簇。我们一般会选择一块松林之处采蕨,山峰斜阳,绿叶暖风,我们采得一把又一把的蕨。采得乏了之后,我们会找一块平地铺上塑料布,一边吃着带来的干粮,一边欣赏着敬亭山的风景。在宣城待了8年,几乎每一个春天,我和家人都会选择在敬亭山度过几日美好的春光。

吃蕨得先焯水,然后放入大蒜用肥瘦相间的咸肉或者火腿丝爆炒,这是最佳选择。像蕨这样富有山野气息,有着浓烈地气的野菜,一般来说,配咸肉或者火腿,方能降服它的桀骜之气,催出它的三昧。如果在起锅时放上点韭菜或者蒜叶,增添点蕨菜的芬芳就更好。除清香味外,蕨的好,还在于它那种轻微的苦涩,苦与涩,无论是物还是人,都是极纯粹才具有的。有着涩味的植物一般来自山野,有着羞涩气味的人,一般都是处子,或者是一个青涩少年。

我们寻常所吃的，是山蕨菜。山蕨菜很多地方都有，不过以我的感觉，皖南的蕨菜似乎要比皖西的味道好，纤维也细致滑嫩一些，这可能跟土质、气温和生长期有关。皖南的蕨菜一般都粗粗短短的，不像皖西的蕨菜，瘦硬瘦硬的多一些。除了寻常的山蕨菜，还有一种长在水边的水蕨菜，颜色要绿一些，也要细一些。水蕨菜比山蕨菜味道重，吃起来也比较涩，一定得放咸肉或火腿才能降服它的苦味和涩味。水蕨菜吃惯了也好吃，如水芹菜，有一种独特的香味。还有一种是虎皮蕨，比一般的蕨菜粗，多茸毛，据说营养价值比一般蕨菜高得多。虎皮蕨一般不太好找，多长在荆棘的边上，因为看起来毛毛生威，所以当地居民倒是吃得少了。

蕨菜好吃，就是季节太短，一般是从3月中旬吃到5月下旬。不过也没关系，蕨菜晒干后更别有一番味道。干蕨菜得先放在水里煮开，等全部泡发后，搭配烧五花肉是一个不错的选择，或者也可以直接放点猪油炒青辣椒。青辣椒、干蕨菜和拍碎了的蒜瓣炒在一块，黑中带绿又有白，不仅装盘好看，吃起来也清香。有一年，我在婺源采风，进入一个老房子，看见天井的竹匾中晒着细细的干蕨菜，抓一把放在鼻下闻，觉得芳香袭人。在我央求下，老太太将蕨菜卖给了我。我捧着这个宝贝带回家后，兴冲冲将它泡水发开，不加肉丝，就放大蒜、辣椒炒，吃起来细嫩无比、口齿留香。那是我一辈子当中吃的最好吃的干蕨菜。只是这样的干蕨菜现今已是难觅了，现在市场上所见的干蕨菜都是人工养殖后的产品,凡是人工痕迹重的东西,就很难有那种直入肺腑的真味了。

蕨真是一个好东西,不仅仅是好吃,吃起来富有诗意,还仿佛有濯洗的功能,可以清洗人类在现代社会染上的浊气——只有那种最古老的植物,才带着上古以来的清新气息。这种气息,连空气中也藏匿不住,只能藏匿在诸如蕨这样最古老的植物之中。我小时候一再听到这样的说法:日本会经常从中国进口蕨菜,因为蕨菜不仅可口,而且有抗癌治癌防癌的功能。这个传言不知真假,不过以蕨菜的天然和绿色,是一个好东西那肯定是毋庸置疑的。你想想蕨的生长史吧,在人类还没有胚胎的时候,蕨就确切地存在了。这是一种经历过数亿年的植物,它的体内,有数亿年的生命能量。

写到这里,正好去参加金满楼"春天最好吃的十道菜"活动,推荐的十道菜中,正好有一道是蕨菜炒鱿鱼丝。以蕨菜来炒鱿鱼丝,或者炒银鱼,都不失为创新。只可惜的是这一道菜油放得太少,吃起来稍嫌苦涩。山里生长的东西都极耗油,只有大油伺候,山珍方能绚丽灿烂。就像极雅的东西,配一点俗物也无伤大雅;就像呷猴魁啃猪手,看起来风马牛,其实就肠胃来说,倒真是金风玉露的相逢。

徽州的鲜

徽菜以烹饪山珍为主,至于"鲜",也就是河鲜,大多隐藏在山珍之后作为帮衬。仔细琢磨下,其实徽州的"鲜",也是值得书写一番的。

现在徽州"鲜"里最有名气的是臭鳜鱼。关于臭鳜鱼的出处,是退隐徽州的富商大贾想吃长江里的鳜鱼,便让人去江边买来挑回。因为路途遥远,鳜鱼又属离水即死的野鱼,所以每每鳜鱼到了徽州后都发臭变腐了。可即使发臭变腐了,徽州

人也不舍得扔掉,便以重色重油重味烹饪,没想到烹饪出来的鳜鱼别有一番风味。于是,臭鳜鱼这一道菜应运而生。臭鳜鱼的好,在于鱼肉紧实口感好,还在于鳜鱼经腌过后,味道变得格外鲜,还隐约透着一股木桶的香气。这当中的原因可能在于微生物,很多东西霉变之后,仿佛脱胎换骨,变得格外鲜美,比如黄酒,比如酱油,等等。臭鳜鱼应该有着同样道理。这样一来,盛夏之中往徽州挑鱼便变得无所顾忌了,那些挑夫喜欢用木质水桶挑鱼,放一层鳜鱼,码一层盐,然后在赤日炎

炎下上路。到徽州正好三四天时间,鲜鳜鱼变成了臭鳜鱼,正好让那些老饕们解馋了。后来,人们开始尝试做臭鳜鱼,方法有二:一是用水法腌制,方法是将鳜鱼一层层放于木桶中,按"斤水钱盐",也即一斤水一钱盐的比例倒入配制好的淡盐水,以将鱼完全浸没为度,上面再压一些石块,每天将桶中的鱼翻动一次。冬天,需浸上20天到一个月;夏天,浸五六天即可出桶;二是将粗盐拌花椒炒熟后,擦抹每条鱼的鱼身和两鳃,上面再压一些石块,每天将鱼翻动一次,腌制时间同样是冬长夏短。无论是水腌或干腌,都以出桶的鱼鳃色变红,鱼鳞未脱为标准。至于臭鳜鱼的烧制方式,跟烧其他鱼并无太大区别。

凡水好处,皆有好鱼。徽州的水好,的确是其他地方难以望其项背的。水至清则无鱼,这是说清水中鱼难长,但长出来的,必定肉嫩味美。徽州的河流中,一般都有大大小小的石头,这些石头的下面,通常都躲藏着甲鱼,因为水质清澈,流速也快,河流中的甲鱼很难长得很大,通常只能长到碗口或马蹄般大小。我小时候知道县里的三溪乡有一个人异常会抓老鳖——家里来客人了,他先是招呼客人坐下,泡上茶,然后便提着一根小铁叉去河滩抓老鳖去了。他的方法很简单,沿着河水浅处的沙滩往上走,若见到细沙地里有两处向外冒着水泡,"咕咕嘟嘟"的,那便是老鳖了——老鳖狡猾地把自己埋在沙里,两个鼻孔却向外透着气。他便从容走过去,用铁叉对着冒气的地方叉下,或者干脆不用铁叉,只用两个手指死死摁住,扳过来,便见到肉嘟嘟的白肚皮了。也不多抓,提着一两只甲鱼回来招待客人就行。徽州有一道著名的菜肴,叫"清炖马蹄鳖",用的就是产自清水河的甲鱼,这甲鱼大小似马蹄,腹底无淤泥,剖开无积油,肉厚香浓无腥味,长得也秀秀气气的,远胜那些产自池塘的丑家伙。具体烹饪法:用鸡汤作佐汤,用砂锅盛装,将甲鱼放入其中,再加入带骨头的火腿肉,先用大火烧开,然后小火煨个把小时。值得一提的是,这一道"清炖马蹄鳖"除了加入少量的姜、葱、黄酒、盐,以及少量冰糖提鲜,不放任何佐料。这样的鲜,是一种上等的原汁原味,是不带任何人工修饰,带有自然和山水的灵性和真味的。

徽州甲鱼好吃,徽州山涧溪流里的石鸡比甲鱼还好吃。石鸡不是鸡也不是鱼,是一种蛙类,体型较牛蛙小,跟青蛙差不多,只是表皮颜色较深,呈深褐色,嘴巴也较青蛙和牛蛙尖,

呈三角形。因为长在山涧的冷水之中,吃虫和小鱼小虾长大,所以石鸡的味道比青蛙更细嫩鲜美。逮石鸡一般是在夏天的夜晚,赤着脚穿着草鞋,背着竹篓,一手执长柄的丝编网罩,一手执强光手电筒,顺着山涧涉水而上。夏夜的月色之下,石鸡喜欢伏在山涧的石头上纳凉,见到强光射来,往往会伏身一动不动。你只要蹑手蹑脚上前,尽量不发出大响动,用手或者网罩将它捉住即可。当然,如果涉水的声音过大,电筒偏移了目标,石鸡也会恍过神来"扑通"一声弹进水里。我老家的好朋友朱先明就是逮石鸡的高手。那些年的夏天,他隔三岔五就去大山深处的山涧之中捉石鸡。在他看来,捉石鸡与其说是技术,不如说是考验胆量。试想,独自一人半夜三更进入大山深处,跋山涉水,那真是,非得胆量过人才行。捉石鸡最要紧的是防蛇,石鸡与蛇是好"基友",很多石鸡都跟蛇住在一个洞穴里,捉石鸡时,一定要警惕蛇的突然袭击。朱先明真是捉石鸡的高手,他一般一晚可以捉个三五斤,有时候还能更多。当然,这都是很多年前的事了,现在的石鸡越来越少,即使是最热的夏天,夜晚出来晒月光的石鸡也所剩无几了。现在很多

石鸡都是养殖的,不过即使是养殖的,味道也比牛蛙之类的好很多。石鸡可以清蒸,可以红烧,也可以加入几片火腿炖汤。石鸡就是典型的怎么烧都好吃的东西,肉吃起来又鲜又嫩,纤维很细,并且有弹性,骨节呈白色的球状。烧石鸡千万不要加乱七八糟的佐料,佐以姜两片蒜若干,外加火腿两片黄酒一樽,锅中爆炒一下即可。好的食材,一般不需要加高汤或者其他佐料,否则纯属暴殄天物。李渔曾说:"从来至美之物,皆利于孤行。"就是这个意思。

徽州山涧和小溪中还有一种石斑鱼,味道也极鲜美。这种鱼不大,只有食指般粗细长短,身体两边各有几道褐色的斑纹。石斑鱼浮沉于山涧的沙石中,饮

着矿泉水,吃着浮游生物,生长缓慢。石斑鱼无论是红烧、清蒸、油炸还是做汤,都不失为一道佳肴。夏日的午后,纳凉于院落的大樟树之下,伴着头顶上的蝉鸣,如果来上一盘红烧石斑鱼,呷上二两白酒,慢慢地剔着骨头,细细地咂摸品味,回忆着陈年往事,那真是神仙般的生活。除了石斑鱼,徽州的小河小溪里还有一些好吃的鱼,比如说柳条鱼,又比如鲳鱼等。以前徽州的鲫鱼,一般都是半斤以下,很少有现在菜市经常买到的那种一斤甚至一斤多的鲫鱼。现在的鲫鱼哪里像鲫鱼,都越来越像鲤鱼了。我们少年时都把鲫鱼叫作"鲫鱼壳",可能是指鲫鱼只是一个架子,味鲜但肉少。不过,清水的鲫鱼颜色白,味美肉嫩,虽然刺多肉少,也不失为一道鲜味。鲫鱼的吃法有很多,常将小鲫鱼用葱、姜、盐、醋、酱稍腌下,下油锅炸酥,晾凉后连刺带肉一起嚼,是一道下酒的好菜。小鲫鱼煨

汤,也是常见的吃法:先将小鲫鱼两边煎黄,加入水和盐,稍稍放点猪油,或者放入点萝卜丝进去,煨出的汤奶白奶白的,最后撒上点葱花,算是荤汤中的上品。俗话说:冬鲫夏鲤,意思是冬天要吃鲫鱼,夏天要吃鲤鱼。这是有道理的,冬天的鲫鱼肉紧,尤其是脊背一带的肉,厚实有形,筷子一夹成块状,口感非常好。至于"夏鲤",是指夏初的鲤鱼正值产卵期,体内积蓄了很多营养成分,身体肥硕而结实,肉的味道也鲜美,其中以婺源当地产的荷包红鲤鱼最为著名。这种鱼色泽鲜红、头小尾短、身高体宽、腹圆肥厚,形似荷包。婺源有一道名菜,叫"清焖荷包鲤",具体做法很简单:用重一公斤左右的荷包红鲤鱼一尾,留鳞剖腹洗净后,两侧切柳叶花刀,用盐润身,加荤油、米酒、姜片少许,放香菇几朵,在锅中焖,焖熟后起锅,加葱花上席。这种不烧不熘不烤而以焖的方式来烹制,的确很是别致。清焖后的荷包鲤鱼色红醇香,肉嫩汤鲜,的确不同凡响。江河的各种鱼虾都是不一样的,做河鲜,最不能大蒸大煮,而是要根据各自的特点"量身打造",把它们的鲜味慢慢调出来。要不怎么说"治大国如烹小鲜"呢,必得顺其自然,才能寻到烹鲜正道。

　　徽州的鲜美还有冷水鱼。所谓"冷水鱼",就是生长在冷水中的鱼,指的是长年长在山涧溪水、河流深潭中的鱼。这些鱼冬吃雪花夏饮冰泉,不知有汉无论魏晋,是那种特别能耐得住饥饿和寂寞,因而是生命力极其旺盛的鱼。当然,纯粹的冷水野生大鱼现在已很少了,现在新安江的源头六股尖一带,有人以源头的溪水导入,掘深潭放入鱼苗养殖。由于这地方的水温长年在10℃以下,有的甚至达到5℃左右,生长在如此冷水中的鱼,长得特别缓慢。据说冷水鱼一年只能长到半斤左右,只是一般鱼生长的三分之一;鱼的特征也明显:脊背漆黑,游起水来安静有力,像潜水艇沉浮于水中。水至清,鱼又长得慢,可以想象冷水鱼味道的鲜美了。冷水鱼下锅之后,肉呈黑灰色,吃起来肉之中有大量胶质,细腻腴滑有嚼劲,香味极其浓郁;若是煮汤,鱼肉爽嫩润口,汤汁也呈奶白色,稍沾舌尖,便觉得口齿芬芳,腋下生风,手臂仿佛要变成翅膀。

有人说冷水鱼吃多了,不用学就会游泳,而且游得飞快。我喜欢这样的玩笑话:幽默、风趣、乐观,又有想象力。

徽州的小鲜

隐居在徽州西溪南古村落的"西溪南居士"前两天发了一则微博,秀了他炒的一盘螺蛳。那螺蛳小小巧巧,壳薄而金黄,用葱、蒜、姜、红辣椒一衬托,非常漂亮。我看得差点将口水落下,一下子沉浸于对徽州小鲜的思念中去了。

徽州的河流里也生长一些小河虾。与长江一带的虾不一样,徽州的河虾一般呈褐色,壳稍硬,下锅后的颜色会变得血红。徽州虾的特点不是嫩,而是鲜,一盘虾会让人鲜得不知猴年马月。徽州虾最上品的吃法,是吃醉虾。因为徽州河流的水好,水质接近矿泉水,以矿泉水所养的虾,完全可以想象出它的味道了。在透明的器皿中放入葱、蒜、姜,放入黄酒和醋,再倒入一杯上好的高度白酒,最后倾入活虾。一刹那间,器皿中上映的,是百分百的最后疯狂,仿佛世界末日大灾难到来似的。除醉虾外,春天里的虾炒韭菜,以及虾子酱之类的,也不失为徽州的一道好菜。徽州人还喜欢将虾米放在豆腐干之中,不仅能增鲜,还可以丰富口感,增添牙齿的欢乐。

徽州的小鲜还有蚬子、河蚌、螺蛳这些东西,不过以前的河蚌主要是用来喂鸭子的。夏天里,人们去河边或者水田里去踩蚌,踩着踩着,就会碰到硬硬的东西,好的蚌是鼓起的那一头向上,坏的蚌则是锋利的那一头在外,异常硌脚。逢到好蚌时,只要弯下腰或者潜水下去,就能捞出大大的蚌。河蚌做菜,是近年的事,用河蚌里挑出来的肉,炒青辣椒,是一道口感极好的菜;并且,用河蚌肉煨火腿,也能熬出极鲜美的浓汤。"腥"与"鲜",一般都是二位一体的,"腥"的东西转化得好,就变成了"鲜";"鲜"的基础,一般都是"腥",像螃蟹,就是最好的证明——哪有东西比螃蟹更腥呢？又哪有东西比螃蟹更鲜呢？河蚌煨汤，最重要的是去腥，多放姜，多放黄酒多放醋，最后放入点菜薹或者鸡毛菜，临上桌时再撒点白胡椒粉。如此这般的浓汤，味道是带点微辣的鲜，颜色红、黄、绿交织，煞是漂亮。做河蚌，谨记的是，一定要用木棒敲，不能用任何金属器具，用铁器敲出来的蚌肉，不仅煮不烂，而且味道很难闻。至于蚬子，徽州人似乎不常吃，不过蚬子用来炒韭菜，或是雪里蕻，也是下酒的好菜。类似的小鲜，一定得配味重或者猛辣的东西，去掉它的腥气，中和它的邪气，才能变得主流和讨喜。

徽州最具市井意味的鲜，要算是螺蛳了。新安江边的螺蛳由于水质好，不仅卫生，而且格外鲜美，这是很多污染之地生长的螺蛳所不能相比的。我从皖南来到合肥后，就不再敢吃螺蛳了，因为合肥一带的螺蛳大多长在泥地里，吃起来有一股浓重的泥腥气；除此之外，合肥周围包括巢湖的污染太严重，总让人不敢放心去吃。徽州的螺蛳很早就出名了，我曾在《上海滩野史》一书中看到：很多年前的上海徽菜馆也卖螺蛳，打出的广告竟然是"本店的螺蛳采自徽州"！这广告一打，上海滩的那些"老克勒们"都纷至沓来了。这是什么时候的事？新中国成立前！

从立春到清明之前的一段时间，是吃螺蛳的最佳季节。徽州的螺蛳分为大田螺和小螺蛳，比较起长在泥地里带有土腥气的大田螺，小螺蛳更香更鲜口感更好。徽州的螺蛳大多是生在浅河水里，河水清澈见底，河床的沙地里，能捡到漂亮的鹅卵石，也能拾到拇指大的螺蛳。早春之时，水还有些凉，这时候只要脱下鞋，在浅水处随便走一走，只要半个小时，就可以拾到一小筐螺蛳。把鲜活的螺蛳养在清水里，滴几滴菜油，让它们吐尽泥沙，排净污秽，用钳子剪掉螺蛳尾巴，放清水里再洗一洗。将铁锅烧热，倒入菜油，加上姜、蒜、辣椒爆炒，等到香气扑鼻,再倒入螺蛳,加入黄酒,随便掷一两块糟头肉进锅里,这是为螺蛳增油的;再放入酱汁爆炒;三五分钟后螺蛳起锅,撒一些青绿绿的葱末在上面。这样,一碗乌光锃亮、香烫热辣的炒螺蛳便让人味口大开了。吃螺蛳这件事,最具吸引力的环节是嗍,嗍既是技术又是艺术,食客们将嘴唇对着小小的螺蛳壳"嗞嗞"地嗍着,姿态有点像松鼠吃食,轻巧巧地不仅能嗍出弹牙的螺蛳肉,也能嗍出鲜浓的螺蛳原汁。虽说嗍螺蛳的样子不好看,发出的声音更不雅,但正是这上不了台面的"小动作",成就了食小鲜的偷着乐,以及市井生活的怡然自得。这是有生活况味的——既有心灵手巧的精明,也有志得意满的偷着乐。

除炒带壳的螺蛳外,春天的螺蛳肉炒韭菜也不失为一道美妙的菜:早春的头刀韭菜嫩而香,堪为一绝;早春的螺蛳嫩而软,同样堪为一绝。这两种分属荤素的细枝嫩芽,金风玉露一相逢,便胜却人间无数。头刀韭菜与螺蛳的"嫩鲜香",搭配在一起,颇有"绝代双骄"的意味,吃得满嘴早春二月的味道。清明之后,由于大螺蛳进入生育期,口感便不那么好了,吃着吃着,会咬到一嘴的螺蛳壳。不过,盛夏到来后,又是吃螺蛳的时节了,徽州的人们尤其喜欢在这个季节里的夜晚就着啤酒吃着螺蛳,吃出特有的凉意和爽悦。现在的屯溪、歙县、休宁等地,春夏秋季节夜宵必上的,就是炒螺蛳了,就跟合肥人喜欢吃小龙虾一样。人们喝着啤酒,嗍着螺蛳,沐浴着新安江清凉的风,欣赏着两岸的美景。那样的惬意,既能踏实地接上地气,又有超凡脱俗的仙气。

好像徽州也有小龙虾。我童年的时候在徽州的农田里,有时候也能看见这种丑陋的虾。不过,当地人好像从来就不吃这个东西。以前的徽州人既不吃小龙虾,也不吃乌龟,更不吃知了、蚂蚱以及其他丑陋的东西。不吃就是不吃,徽州的山野和河渠中好吃的东西多着呢,干吗吃这么难看的东西?除习惯外,可能还有文化传统的关系,那时的徽州人原则和禁忌较多,有礼仪上的原则,有文化上的原则,也有饮食上的原则——徽州是程朱理学的故乡,在道德上"非礼勿视"、"非礼勿听",在饮食方面,自然也就"非礼勿吃"了。

火腿举起大王旗

中国习惯于以淮河分南北界,如果以饮食来区分,腌咸肉的为北方,腌火腿的为南方;吃咸肉的为北方,吃火腿的为南方。咸肉腿和火腿,代表了南北文化和习俗的某种风格。在我看来,火腿出现之前,南北的饮食不分伯仲,难说好坏;一旦火腿出现,南方的烹饪便举起了大王旗,南北饮食差距明显就拉开了一个档次。

火腿的起源,应该跟中国历史上最富庶的年代南宋有关:说是抗金名将宗泽有一次打败金兵后,宋钦宗赐他回家乡金华探亲。老家的百姓听说功臣回乡,自发送来很多猪腿肉以表慰问。宗泽想把这些鲜猪腿带回开封犒劳将士,便派人准备数只大船,把堆积如山的猪腿肉置入船舱,在肉上撒上大量盐和香料防腐。船只到达开封,在吃到这种经过处理的猪肉后,将士们欢呼雀跃,他们从未吃过如此美味的猪肉。消息传到宗泽的老家,金华一带的百姓开始有意识地腌制猪腿,火腿就这样诞生了,宗泽也被拜为腌制火腿的开山祖师。接着,火腿制作的技艺和习惯由金华扩散到附近的义乌、盘安、东阳,再扩散到杭州湾一带以及长江中下游地区。慢慢地,火腿堂而皇之地进入了菜谱,并成为其中的主力和干将。清朝袁枚所著《随园食单》,里面素菜荤烧的,十有八九都要放火腿,由此可见火腿的重要性。

徽州有做火腿的风俗。春天外墙上晒着的火腿,夏天屋内的阁楼上挂着的一排排火腿,一直算是徽州独特的景致。徽州的风俗和浙西南相近,徽州的火腿一点不比金华的差,只是  大多自家享用,在外形上不如金华火腿那样考究精致,属于"下里巴人"罢了。徽州农村有"小雪腌菜,大雪腌肉"的说法,指立冬之后是腌菜和腌肉的时节。大寒来临,山坳里的人家杀猪准备过年之时,会选择猪的后腿,除去残毛、脂肪、污物等,将腿面稍稍修理,将粗盐、茴香、花椒等和在一起,用力搓揉猪腿的外部。火腿制作的关键在于发酵熟化:猪腿码上佐料之后,先放入大缸,缸底用木架间空,让大盐行卤后的汁水流到缸底,以免影响肉的品质,随后,在猪腿上压上大麻石。8到10周后,移出大麻石,给猪腿再加盐一次,分量要比第一次用盐减半;过10天,再进行一次补盐。至此,前期工作宣告结束。古法说:好的火腿得跟狗腿放一起腌,一层猪腿的上面码一层狗腿,可以保证狗腿能取到猪腿的油,猪腿能取到狗腿的香,缺遗补拾,各取所需。现在一些地方,的确有这样的做法。一个月后,当猪腿变得坚硬结实,颜色由暗红转为鲜红时,表明猪腿已腌好,火腿的雏形形成。此时,已春意盎然,人们会选择一个阳光灿烂的晴天,将腌猪腿一只只取出,放在大木盆中用河水或井水浸泡个把小时,轻轻抹去上面的盐卤杂质,悬挂在院落里的竹竿上。待晒到猪腿表皮干爽,毛孔收缩时,将火腿收进屋里,悬挂于室内通风良好的地方。徽派建筑室内空间大通风好,可谓是发酵过的火腿通风阴干的最佳场所,从四面八方来的山风穿堂而过,滋润着堂前高悬的火腿——冬天的冷风会使火腿中的水分迅速收干;春天的风会带来山野里青草、树木和花的气味，它们吹拂着火腿，将美妙的味道渗入到火腿中；夏天，是火腿的躁动时期，火腿内部一直在发酵，外表不时渗出很多"汗"，不过盐分和香料会阻止细菌生长，在它内部完成脱胎换骨的转化；秋风起时，火腿又会收干变得更坚实……如此两三个轮回，山野里的空气、阳光和风，让火腿中一半的脂肪消失得无影无踪，火腿每天在清风明月的滋润下，一点点幻变，一点点增味，就像一个传说，在岁月的口舌相传中变成不朽的童话。等到火腿的肉面逐渐长出绿、白、黑、黄的真菌时，发酵完成，一只真正的火腿便诞生了。一只火腿从生产到最终完成，至少得整整一年。当然，火腿最是陈年香，如果一只火腿能特立独行远离尘世高悬梁上超过三年，那么，这一只火腿就会成"精"。火腿是一只猪的"圆满"，也是岁月静好的象征。

　　徽州生产的火腿，一般呈蜡黄色，形如琵琶或竹叶，腿脚弯曲如鸭头，腿形笔直而饱满，皮薄骨细，肉质丰满。若要鉴别，可以将竹签分别插入火腿的上中下三个部位，拔出来嗅一嗅即可——好火腿闻起来有一股清纯的香味，若用舌头稍舔一下，会带点甜，不咸不淡余味清醇。在徽州的山旮旯里面，经常有目不识丁的农妇，能腌得一手好火腿，切开后如红宝石一样鲜艳，有大理石般的肌理纹，吃起来醇厚细腻，甚至能将火腿切片蘸着黄酒生吃。有时候一不留神，还能在徽州人家中发现十多年的火腿，这哪里是火腿，分明就是宝贝，是和上了10年茅台酒一样稀罕的宝贝。

　　火腿可以作主菜，也可以作辅料；可以用来煨汤，也可以用来炒、烩、蒸。按部位，火腿由上至下可分别称为：火爪、火踵、上方、中方和滴油五部分。上方是火腿的主要部分，肌肉纤维均匀致密，肉质细腻，用来切片蒸吃最好；火踵就是蹄，适合整料炖；火爪和滴油，多是火腿皮和骨头，一般炖成高汤提味增香;至于中方,是火腿中最好的部位,有一道名菜叫作"蜜汁火方",就是用中方做的经典菜肴。将火腿精华中方切成方块,去掉肥肉和皮,横3刀竖4刀,切成12等份的骨牌状,但不完全切断。将洗好的大干贝铺底,置汤碗中,加水、黄酒、冰糖反复蒸制数小时,中间分两遍去除汤水;同时将适量蜂蜜、冰糖按3:7比例调匀后,上锅蒸;待火腿蒸至八成熟时,将备用的蜜汁浇上火腿,再蒸10分钟后出锅,佐以莲子、青梅、樱桃等勾芡,浇于中方之上——一道色香味俱全的"蜜汁火方"便做成了。这一道菜肴的特点是色彩艳丽、醇香扑鼻、入口酥烂、甜咸鲜美。火腿的美味,不仅倾倒了南方,也倾倒了北方——一辈子未跨过长江,在饮食上丝毫不讲究的袁世凯,一生中最喜欢吃的,就是南方的火腿。袁世凯是个"土老帽",他的口味也土,南方人喜欢火腿煨冬笋,他却喜爱火腿熬白菜墩,可真是够独特的。民国时期,京城最著名的谭家菜,如果细细品尝回味,菜肴中到处都是火腿在提鲜和提香。谭家菜没有什么秘密,它的高汤是火腿和老母鸡同煨,直至煨的肉烂在汤里,变得又稠又鲜——离开了火腿,谭家菜也就不为谭家菜了。

现代文人中,有很多人都是"火腿控"。像胡适、鲁迅、林语堂、梁实秋、蔡元培、徐志摩等,这大约跟他们是东南人士有关。吃惯了火腿的人,如果一段时间吃不上,会很怀念——到了台湾之后,让梁实秋感到最难受的,是一直吃不到正宗的火腿,在文章中,他怀念数十年前在南京吃到的"蜜汁火方",埋怨台湾火腿一味"死咸"。梁实秋以哀怨的笔调念叨着火腿:"从前北方人不懂吃火腿,嫌火腿有一股陈腐的油腻涩味,也许是不善处理,把'滴油'一部分未加削裁就吃下去了,当然会吃得舌矫不能下,好像舌头要粘住上膛一样。"南方人对于火腿的"馋",北方人是难以理解的,他们只是把火腿当作贮藏的咸肉——咸肉哪里能跟火腿相比呢,在经过发酵幻变之后,火腿与肉的关系,更像是葡萄酒与葡萄,或者白酒与粮食,或者妖精和女人的关系……用一个不太恰当的比喻来说,火腿就像是诗歌和音乐,而咸肉,更像是无聊的现实,或是干巴巴的历史教科书。

徽州的面条

前些日,由商务部、中国饭店协会首次评选的"中国十大名面条"出炉:武汉热干面、北京炸酱面、山西刀削面、河南萧记烩面、兰州拉面、杭州片儿川、昆山奥灶面、镇江锅盖面、四川担担面、吉林延吉冷面。消息公布后,一片哗然。人们竞争攻击这项结果,我觉得也是,每个人都有自己喜爱的面条,何必强求"十大名面条"一说呢?就像我,虽然吃过很多牛肉面拉面热干面什么的,不过让我真正感到亲切的味道,还是徽州的面条,以及面条上的浇头。徽州面条曾有过异常红火的一页:邵仁卿曾在《徽馆琐忆》当中回忆起当年上海老西门徽州丹凤楼面馆的情况:"以当时拥有三层六间门面的上海老西门徽州丹凤楼面馆为例,千余只座席常常爆满,每天烹制徽面用的面粉十五六袋,做菜肴的猪三四头,羊两三只,火腿七八只,鱼百余斤。夜间为次日生意所做的准备工作,从打烊起要忙到东方发白,店伙晚上只能睡两三个钟头。为此,灶间不得不常备一大壶西洋参供店伙饮用。其他徽馆也同样开得火红,徽面馆长经历数十年而不衰"。能在上海滩保持十年红火,也是可以称为"十大名面条"的。

徽州面的好首先在于浇头——客人们进店之后,一般是直接进厨房,看着大盆里装着的各种各样的浇头,随意点上一二。有琳琅满目的浇头,就有丰富多彩的各式面条:红烧大排面、糖醋小排面、冬笋排骨面、笋干木耳肉丝面、辣椒肉丝面、红烧猪蹄面、红烧牛肉面、韭黄鳝丝面、熏鱼面、雪里洪大肠面、腰花面、羊肉面……一个象样的面馆,浇头少说也要有十种左右,还有酱油泡荷包蛋以及茶叶蛋等佐料。有人说千面一味,区别的关键在于浇头——只要浇头好,面就成功了百分之九十。这话有几分道理,浇头的作用,不仅在于点缀和增味,还在于调节口感——如果碗里只是面条,人们会觉得乏味。吃的快感应由两方面组成:一种是味蕾的快感,主要满足舌头;另一种是咀嚼的快感,主要满足牙齿。因此,好的食物除味道外,一定要有韧劲,那种咀嚼食物时带来的牙齿和牙龈的快感,是味道所不能代替的。实际上烹饪的艺术,可以分为物理、化学和生物三个部分,化学的部分是味道,是食物本身的部分,而物理的部分,则是咀嚼以及身体本身产生的快感,来自人的生物本身。

去掉浇头的面,就是阳春面了——所谓"阳春面",就是不放浇头,下好的面加入汤中,稍加一点青菜,撒一撮香葱即可。阳春面分硬面、软面、烂面三种,硬面是一入水即捞起,面芯子还是硬白硬白的,有人就图的这种嚼劲。吃软面和烂面的,一般都是老人。汤呢,则有宽汤、紧汤之分,所谓"宽汤",就是汤一定要没过面条;"紧汤",就是稍稍有些汤;还有就是干拌面,一点汤也不放。阳春面好吃的要素有三点:一是一定要放上好的猪油,最好是肥肉炼成的猪油,有猪油的面条吃起来香,也弥补了阳春面油水不足的弊端;二是小葱要好,要那种纤细的小葱,切碎以后特别香;三是酱油,好酱油色泽清亮,又能提鲜。再一点就是,吃阳春面要"三热",即筷子热、碗热、面热。无论寒暑冷热,有这三点要素,一碗阳春面就算成功了。

如果说阳春面是属于穷人的美食,那么,"三虾面"就是徽州的富人吃的。所谓"三虾",是虾仁、虾脑和虾壳——这一道功夫浇头要先剔虾籽,将河虾断头,挤出虾仁,再从虾头里剥出深橘红色的小块虾脑;接着将剩下的虾壳与虾头同熬鲜汤,待鲜汤熬好之后,将小支面条下熟过水,连同虾籽与虾脑,一并放入虾汤,用小火煨煮,让"三虾"的浓鲜味渗入面中。"三虾面"的关键是要将面煮得软,不是吃硬的口感,而是吃软的口感;得用小碗盛,汤要没过面条,起碗时撒一点小葱花——这样的吃法,不是为了吃饱,而是为了吃好;是为了吃个情调,吃出面的贵族气来。

面要好吃,除浇头外,制作工艺也非常重要。用手工擀出来的面条筋骨好,耐嚼劲道足。手擀面的步骤要"一和、二坐、三切细":面要和得透,坯要坐得结,条要切得细。面要前一天和好,撂上一夜,然后得用力揉两个小时以上。做面条前,要先将擀面杖在面团上多压几次,有"压三筒"、"横三破"、"直三破"的说法,即第一次擀压成大面皮后,经三次转筒三次擀压,面皮三次三折后,以面棍三次横压,然后将面皮对折后以面棍三次直压,直至将面皮压得发亮,压出"面油"来。先做成面皮,来回折叠后,用快刀切成佛香般粗细即可。徽式汤面的煮制方法也很讲究:一初煮,锅里的水沸腾后将面条撒开下锅烧煮,边煮边用长筷轻轻拨动面条,防止面条粘连;煮沸后泼一次冷水,再覆上锅盖将面汤煮沸。煮制时,还要不停地用马扎(铁勺)捞去白沫,以防面锅发糊。每锅面条起锅时要捞清,防止面头粘锅,形成面锅巴,影响下一锅面条的质量。二回锅,熟面条回锅,是上等徽式汤面烹饪中的关键一步:汤面煮熟捞起后盛入一只铜质锅内复煮,铜锅俗称"冲锅",单柄,直径尺许,冲锅中每次只能烹制一碗面条。面条捞入冲锅时,锅内先放有按顾客需要兑入的汤卤。回锅后的面条在汤卤中煮至沸腾,锅面中出现铜板大小的沸涡时,便可捞起盛入碗中,放入事前调好的高汤。这高汤也是事先准备好的,一般都是用猪的筒子骨熬个一天一夜,或者,加一只老母鸡扔在大锅里,直至熬个稀巴烂。汤中可以放点木耳,然后再加入点酱油调色。面条汤加入酱油才算是好看,汤呈深色,白色的面条或隐或现,会让人有吃的欲望。待汤没过面条之后,再加入浇头,撒上葱花，端上来，便成一碗色香味俱佳的面条了。

徽州还有炒面和焖面。其实炒面和焖面的区别并不是很大，只是说法不同而已。炒面和焖面，都得是先将面在水里焯一下，或者放在蒸笼里蒸个8成熟，然后再放进锅里炒。只是相对炒面来说，焖面要稍软一些。不过这当中最重要的，还是配料，春季要用竹笋炒，夏季习惯用刀豆、豆角炒，秋季用青菜、茭白炒，冬季用冬笋、冬菇炒。炒面最重要的，是炒的功夫，除锅铲外，在很多时候是用两双筷子，左右手各执一双，将面条在锅里不断撩起放下，将味道和佐料翻得均匀，也让面条不至于粘在一起。炒面的好，在于色泽圆润，略带脆硬，味道深入，形状饱满；辅材颜色鲜艳，衬托出面条的金黄。这当中最重要的，是油荤，以炒面的要求，得稍稍地油荤重一些，吃起来不至于难咽，会滑滑溜溜从嗓子眼一带顺顺畅畅地下到肚里去。

徽州雅致而有文化意味的，是"蝴蝶面"。这名称，据说是胡适之取的，我一直没有考证出具体出处——说是胡适在抗战后有一次到南京，和朋友去一家徽菜馆吃饭，最后主食上的是"面皮"。客人觉得好吃，问胡适这叫什么。胡适本来脱口而出绩溪方言"螺丝块"，但一想不雅，急中生智说是"蝴蝶面"——以意大利"蝴蝶面"命名了家乡面皮。市井的面皮有了这等雅名，便摇身一变登堂入室了。"蝴蝶面"制作起来也简单:将面坯擀成铜板厚的大面皮,用刀直接在上面划成长条,将长条扯成一段段,或用刀划成菱形下锅。锅中直接放青菜,或干笋丝、蕨菜等,加入调味品即可。我小时候经常吃这"蝴蝶面",父母亲觉得没菜了,便做面皮对付我们。父亲虽不会做家务,擀面皮之类的力气活却会做。我们也乐意吃这个,觉得比面条好吃,更有嚼头也更过瘾一些。当然,那时候我不知道这就叫"蝴蝶面",也没人敢提胡适之。

徽商与狮子头

2001年,我曾经参加一个"重走徽商路"的活动,沿着当年徽州人下新安的路径,从新安江顺江而下,一路经过浙江金华、杭州,又北上至上海、苏州、扬州,探寻徽商的旧迹和遗址。在扬州,我穿行于古巷之中,寻觅徽商当年的足迹和气息。当年的扬州见证了徽商的辉煌,徽商的最高成就,即是在明清两朝的扬州。陈去病在《五石脂》一书中说:"徽州人在扬州最早,考其年代,当在明中叶,故扬州之盛,实徽商开之,扬州盖徽商殖民地也。故徽郡大姓,扬州莫不有之。"

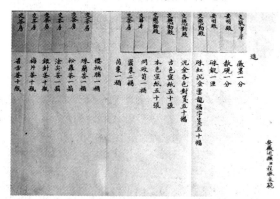

当年的徽商在扬州都做了些什么呢?其实无非两件事:一是赚钱,二是消费。扬州是因为大运河而成为东南经济中心的,两淮盐场是中国产盐的最大基地,管理两淮盐政的最高机构两淮都转运盐使司也设在这里。这样,全国各地的盐商都驻扎在这里,徽商也不例外。徽州人携老扶幼一路吃着霉干菜烧饼黄豆饼到了这里之后,通过乡里乡亲的关系,获得了盐引,也就是拿得了盐业许可证,然后把盐运到全国各地去卖。在扬州,兢兢业业的徽商很快就赚了个盆满钵满。清乾隆年间，徽商在中国达到了顶峰，有人估计扬州徽商的资本约为七八千万两，相当于当时的国库存银。

日子一晃就过去了，到了扬州之后，经过一段时间的打拼，那些慢慢变得富足的徽州人开始不愿意再吃那些烧饼豆饼了，他们更乐意融入当地的饮食文化，"早晨皮包水，晚上水包皮"，一个个"食不厌精，脍不厌细"。《扬州画舫录》中记述了扬州一些好吃的东西：田雁门的走炸鸡，江郑堂的十样猪头，施胖子的梨丝炒肉，汪南溪的拌鲟鳇，汪银山的没骨鱼，管大的鲨鱼糊涂和骨董汤，小山和尚的马鞍桥，张四回子的全羊等。这些特色菜肴，都是在扬州的徽商经常光顾的。当然，徽州人最喜欢的就是"扬州三头"了，也就是清蒸蟹粉狮子头、扒烧整猪头、拆烩鲢鱼头。这其中最出名的是蟹黄狮子头。什么是"蟹黄狮子头"，其实就是大肉圆子加蟹黄。这一道菜做法极精细：将猪的肋条肉斜切成细丝，再切成细丁，继而分别粗剁成石榴米状，再混到一起剁匀；随后，将蟹中的肉挑出，放入猪肉中；加入剁细的姜葱及盐、糖、酱油、味精、料酒、胡椒粉、鸡蛋、生粉等各种调料，在钵中搅拌，直至"上劲"为止。然后，就搓成大肉圆子在油锅里煎，不能让肉圆散碎，圆子圆子，唯求圆满，哪怕裂了一点缝也不行。大肉圆子煎至金黄色时捞出，放入碟内，若是螃蟹上市之时，将蟹黄撂至狮子头顶端，加酱油、料酒、上汤、姜、葱，隔水蒸约1小时。然后，加入伴菜，可以是菜心，也可以是河蚌，可以是芽笋，也可以是回鱼。至于"拆烩鲢子头"，一般要取8斤以上的大鲢鱼，这样斤两的鱼，唇边的肉比甲鱼的"裙边"还要肥嫩，鱼脑及骨髓肥而不腻，口感极其浓郁。至于扒烧猪头，主要是以冰糖为佐料，讲究火功慢炖，能将猪头炖得酥烂脱骨不失形。据说当年扬州烧"扒烧猪头"最好的，是五亭桥边法海寺的和尚。法海寺的和尚烧猪头肉也怪：将猪头肉切成东坡肉一样大小的肉块，放进口小聚气的尿壶里,加进各种佐料和适量的水,用木塞将壶口塞紧,然后用铁丝将尿壶吊起来,下面用蜡烛燃起火慢慢地焖。这样的情景,分明是和尚"偷着吃肉"场景的再现,"赏着吃"不如"偷着吃",看来的确如此。"扬州八怪"之一的歙县籍画家罗聘,在吃了法海寺老和尚烧的猪头肉后提笔写道:"初打春雷第一声,雨后春笋玉淋淋,买来配烧花猪头,不问厨娘问老僧。"朱自清在《扬州的夏日》一文中,对于夏天在法海寺挥汗吃猪头肉这事也是难以忘怀。

比较起江湖河鲜,徽州人对于肉食更钟爱一些。徽州山中之水矿物质多,碱性成分大,这使得徽州人腹中少油,也更讲究饮食上的实惠。《扬州画舫录》中记载了一个故事:一个穷书生与一个徽商家的丫鬟好上了。有一天徽商不在家,丫鬟便将书生私自带到主人家,给这个书生炒了一盘徽商经常吃的菜,名字叫作"韭黄炒肉丝"。这肉丝选的是十头猪的面首肉,也即是猪下巴上的肉,又嫩又鲜。书生从没有吃过这么美妙的菜肴,结果将自己的舌头都吞进去了。这个故事虽有杜撰的嫌疑,不过从故事中,可以看到当年徽商的挥金如土。扬州盐商包括徽商的生活奢侈到了什么程度,后来,曾国藩的弟子薛福城在《庸庵笔记》是这样说的:"凡饮食、衣服、车马、玩好之类,莫不斗奇竞巧,务极奢侈。即以宴席言之,一豆腐者,而有二十余种;一猪肉也,而有五十余种。"有一故事说有一次有个盐商举办家宴,中间上了一盘猪肉,众客尝了以后,无不惊叹那肉非常好吃。席间,一个客人吃过以后起身去上厕所,忽见数十头死猪放在那里,独脊梁上那一块肉不见了,被割了。一问厨子,才知道刚才所吃的那碗猪肉,就是从这数十头猪的脊梁上割下来的。其方法,是先把猪关在室内,派人用竹竿不停地打,猪嚎叫奔走,以至死,立即取其背部肉一片,数十头猪,仅供一席之宴,真是奢侈浪费到了极致。此外,还有食鹅掌法、食驼峰法、食猴脑法,都极其新鲜而残忍。这些盐商哪里是在吃东西啊,分明是在找刺激,吃黄金和白银。吴敬梓在《儒林外史》中写到的扬州大盐商万雪斋勤劳致富后,开始过起了奢侈生活:讨了很多小老婆,将冬虫夏草当作菜来吃,有一次,万雪斋的第7个小老婆生病,万雪斋花了300两银子买了一味中药雪虾蟆给小老婆吃。

扬州的个园,是在盐商黄竹筠手上修建的,这个黄竹筠,祖籍也是徽州。黄竹筠有钱,对生活也讲究,他吃的蛋炒饭,庖人开价每份50两纹银,其饭粒颗颗完整,蛋黄均匀地包裹米粒,称为"金裹银"。他还喜欢吃鱼汤,这鱼汤,不是一般的鱼汤,取鲫鱼舌、鲢鱼脑、鲤鱼白、斑鱼肝、黄鱼鳔、鲨鱼翅、鳖鱼裙、鳝鱼血、乌鱼片和鳊鱼鳍共同熬成,美其名曰"百鱼汤"。黄应泰还喜欢吃老家的竹笋,喜欢吃竹笋烧肉。竹笋一般地方的可不行啊,必须得黄山的竹笋烧肉最鲜美,但是竹笋必须就地掘取,随时煮食才行,稍为延误便失去真味。黄家于是专门制作了一种炊具,形如担子,两端各置锅炉,从黄山到扬州,沿途十里一站,令夫役守候。事先派专人到黄山,掘笋切肉,置于闷钵中,下面燃烧炭基,由夫役担于肩上,快步如飞,十里一换,等到扬州,笋肉已熟。从这点看,你说盐商生活得讲究不讲究,那是真讲究,近乎于病态了。有钱没地方用,只好"烧包"了。

徽商不仅讲究正餐,对面点和小吃也异常讲究。扬州有一个"八珍面",这面条非常讲究,用农家土鸡、长江里的刀鱼、太湖的白虾这3种主料去皮剁成碎糜,在日光下晒干,再加上鲜笋、香蕈、芝麻、花椒这4样辅料,也同样捣成碎末,然后一起放进面粉中,再加上和面用的鲜汁,凑起来正好是8种。八珍面的要求很高:"鸡鱼之肉,务取其精,稍带肥腻者弗用,以面性见油即散,擀不成片,切不成丝故也。鲜汁不用煮肉之汤,而用笋、蕈、虾汁之者,亦以忌油故也。"这样高质量高标准做出的面条味道,当然可想而知。《扬州画舫录》这样说:"城内食肆我附于面馆,面有大连、中碗、重二之分。冬用满汤,谓之大连;夏用半汤,谓之过桥。面有浇头,以长鱼、鸡、猪为三鲜。"徽商想吃好的,扬州人民就给他做好的,蟹黄包子、蟹黄干丝等也应运而生。不仅如此,由于徽商的喜好,徽州还有很多风味食品融入了扬州的街市:扬州的小吃中,还有一种叫作"徽州饼",这饼用面粉揉出来,然后做成的馅饼,馅心有干菜、韭菜、萝卜丝、南瓜、果仁、火腿、肉丝等,不是油煎出来的,而是炕出来的。这个煎和炕还真不一样,煎的东西放的油多,出来比较硬,炕的东西则软,还香,所以更好吃。乾隆初年,徽州人于河在扬州下街卖松毛包子,名"徽包店"。店主人仿照徽州岩寺镇徐履安鱼排面的做法,以鲭鱼作浇头……扬州一带的淮扬菜,在很多方面与徽菜是相似的,比如说它的选料严格,主料突出,注重本味,讲究火工等,重火候,重油色,不甜不腻等等,似乎与徽菜有几分相似,又与邻近苏沪菜不同。这样的结果,同样可以看出徽商的影子。

徽菜那些事

徽菜的好，首先在于原料。徽州森林茂盛，自然条件优越，盛产珍稀名物，有着得天独厚的资源，一些土特产品如山核桃、香榧、竹笋、桂花、香菇、石耳，都可以说是品质极佳的。比如说竹笋，《安徽通志》中有记载："笋出徽州六邑，以问政山者味尤佳，箨红肉白，堕地能碎。"笋到了落地即碎的程度，完全可以想象它的脆嫩了。至于"沙地马蹄鳖"、"雪天牛尾狸"、"黄山炖鸽"、"清蒸石鸡"、"火烤鳜鱼"、"双爆串飞"之类，听起来有些传奇，但也不奇怪。传奇的地方，有各种各样的传奇，烹饪的传奇，自然不在话下。

徽菜的好，其次在于烧法。徽菜以重油、重色、重火功而成特色。重油，是因徽州地处山区，溪水河流矿物质多，进入人的肠胃后，极其刮油，同时当地居民常年饮茶，更需肠胃补油。在烹饪方法上，徽菜以烧、炖、蒸为主，辅之以炒、煮、炸等，其中以红烧最为见长，尤其是烧鱼和烧肉别具一格。徽式烧鱼仅用少许油滑锅后，直接加调味品以旺火急烧五六分钟即成，既不失鱼肉水分，又保持着鲜嫩。重色是徽菜的一大特点，徽州有着悠久的制酱历史，品质极佳，如屯溪程德馨酱园，以"三伏酱油"闻名。所谓"三伏酱油"，是指制作酱油要经过三个伏天，头年做酱，第二年出酱油，第三年将半成品在伏天烈日下暴晒，并经过夜露滋润，这样制成的酱油，色泽深红，无需像别家那样加入糖稀做色。徽菜中放入此种酱油，遂变得色重好看，味道鲜美。

徽菜还喜欢"炖",以文火慢炖为主,比如"青螺炖笋鞭"、"石耳炖鸡"等,都是用陶器放在木炭火上,炖两小时以上,这样炖出来的食材原型不变、透烂无渣、汤汁厚汁不耗、原味不失,开盖香气扑鼻。

徽州还出大厨。徽州的大厨以绩溪最为有名,凡徽州厨子,十有七八为绩溪籍;在绩溪籍的厨子中,又有十之七八为伏岭人。伏岭是绩溪的一条大山脉,也称徽岭,有一种说法徽州的名称由来即得于徽岭,先有徽岭,再有徽州。毛泽东畅游长江,吃的"武昌鱼"就是徽厨制作的佳肴。这位徽厨是用烹饪鳜鱼的方式来烧武昌鱼,结果一烧之后,让武昌鱼天下闻名。徽州六邑的菜基本上都做得很好吃,不过做得最好的,在外形成口碑的,是绩溪县的厨师,而绩溪又以伏岭村的厨师最为有名。于是,绩溪就有了"徽厨"之称。起初,徽菜馆较为集中的地方是苏州,绩溪邵村人邵之曜、邵寿根、邵之望、邵灶家等人相继来苏州开设了丹凤楼、六宜楼、怡和园、畅乐园、添新楼等数家徽菜馆,生意很是兴隆。上海徽菜馆的始祖是小东门的大铺楼。此馆是1885年绩溪上庄村的胡善增领头所办,采取集资入股的办法,每股收银100元开设而成。据说,胡适的父亲胡铁花也参与入股。大铺楼开张后一举成功,菜馆以红烧见长,其名菜有方块肉、仔鸡、蹄髈、鳜鱼、火龙锅等。由于食客很多,大铺楼很快增开了"东大铺楼"和"南大铺楼"两家分店。在上海的其他徽州人一看开饭馆很赚钱,也纷纷开起了餐馆,一时上海的徽菜馆最多时竟达130家。上海名记者曹聚仁在其《上海春秋》中说:"本来独霸上海吃食业的,既不是北方馆,也不是苏锡馆子,更不是四川馆子,而是徽菜馆子,人们且看近百年笔记小说,就会明白长江流域的市场,包括苏、杭、扬、宁、汉、赣在内,茶叶、漆、典当都是徽州人天下,所谓徽州人识宝,因此,饮食买卖,也是徽菜馆独霸天下。"1901年,在苏州开徽菜馆的邵家烈、邵之望等人也来到上海,在大东门外和城隍庙口分别开设了新开福园和九华园,并在盆汤弄合股开办了鼎丰园。到了1912年,又有绩溪伏岭人邵运家的丹凤楼、邵家烈的鼎兴楼、邵金生的复兴园、邵在渊的聚乐园、如华瑞的聚和园、如仲义的同义园、邵在湖的鸿运老富贵酒楼楼、邵在雄的民乐园等十

几家徽菜馆先后开业。最大的是伏岭一个罗姓人氏于1920年从宁波人手里盘下的开设于四马路(今福州路)的第一春菜馆,有16间门面,百余只餐桌,全套红木家具,清一色太湖石台面。夜市筵席常有十几把胡琴唱堂会,每夜清理店堂时,仅电车票就能扫起一畚箕。1920年至抗战前,是徽菜馆在上海的鼎盛时期,最多时上海有徽菜馆500余家,其中绩溪人开的占一半,从业人员逾3000人,较著名的有恺自迩路(今金陵中路)上的八仙楼、胜乐春,公馆马路(今金陵东路)上的华庆园,北四川路上的沪江春、申江楼,河南路上的聚华楼,南市的老醉白园、大富贵。这当中最有名的,属大富贵酒楼,该店位于南市区老西门,前身为开设于清末的老徽菜馆丹凤楼(原址小东门),1920年始迁现址,并改此名。此馆规模宏大,建筑气

派雅致,有三个营业大厅。大富贵酒楼的著名菜肴是全家福、凤还巢、沙地鲫鱼、红烧划水等;东长冶路大嘉福的著名菜肴为清炒鳝糊、鸳鸯冬菇、菊花锅;宝山路大中华的红烧头尾、腐乳炸肉、大血汤,三角街三星楼的红烧肚裆、走油蹄和天津路鼎兴楼的三虾面等,则让老上海人津津乐道。

武汉也是徽菜馆众多的一个城市。武汉徽菜馆业比较有名的,有伏岭下村人邵盛木的新兴楼、邵在寿的大中华酒店以及醉月楼等。最具盛名的,当属胡桂森,他是绩溪胡家村人,少年时离家四处学做面食手艺,20岁时来到汉口大中华酒店当伙计,因为武功惊人,吓退了前来捣乱的地痞,保全了酒店,得到了老板邵在寿的大力资助,后来在汉口五街开设了胡庆园菜馆,单立门户。由于菜肴优良,服务优良,胡桂森扩张得很快,不久又在武汉开了6家酒楼,其中有胡庆和菜馆、大和酒楼、望江酒楼、徽州同庆楼、大中酒楼等。在胡桂森所经营的徽菜馆中,同庆楼名气最大。从清末至21世纪30年代,在武昌流传着这样一句话:"登黄鹤楼,不到同庆楼,等于'黄鹤'没有游。"同庆楼位于武昌斗极营,楼系3层,古色古香,临江面对黄鹤楼。登楼凭栏远眺,楚天空阔,烟波千里,晴川阁历历在目,鹦鹉洲隐约可见。楼厅里挂有名人字画,楹联条幅。同乡人胡适书赠的对联"种豆得豆,种瓜得瓜;跟好学好,跟差学差",尤其风趣。同庆楼的菜肴,以特有的徽菜风味著称。其中"红烧鲜鲤"最为脍炙人口。它专取两三斤重的江中活鲤,用尾部活肉及部分鱼块,加佐料精心烹调,使之味鲜而肉嫩,卤汁烧融,鱼身晶亮,置于盘中,鱼尾似在戏水。凡来黄鹤楼的游客,无不以登临同庆楼,一尝徽菜风味为乐事。同庆楼名噪武汉三镇,抗战前开有子店、分号十多家。胡桂森除了开徽菜馆之外,还兼营茶庄,生意火爆,有"胡桂森武汉半边红"的说法,曾任武汉总商会会长长达20年之久。当年宋子文来武汉,也专门慕名拜访;胡适也与他结拜兄弟。胡桂森的同庆楼不仅在武汉有名,在全国各地也有名,在芜湖,胡桂森有一个徒弟叫程裕有,原先开了一个酒店叫"同鑫楼",在征得师父的同意下,把"同鑫楼"改为"徽州同庆楼"。芜湖"徽州同庆楼"菜馆门面虽不大,但酒楼分前楼、后厅,气派不凡。前楼供应蟹黄汤包、长鱼面、肴肉大面等各色小吃,后厅设有黄山厅,请来名厨高手专门开办高档筵席。由于菜烧得好,同时店址临陶塘(今镜湖)风景区,十里长街上的巨商大贾,名人雅士,纷纷前来聚合就餐。芜湖同庆楼的名声便随之传开,生意越发兴旺。这样,同庆楼的品牌一直保存了下来,至今仍是徽菜馆的著名品牌。抗日战争爆发后,上海大部分徽菜馆被迫停

业,小部分经营者西撤至武汉三镇,只有极少数仍坚持营业。在日军占领上海后,徽菜馆处境十分艰难,如大嘉福酒菜馆开业不到半年,就遭日军炮火,8间店房被炸毁3间,剩下的5间被日本海军陆战队强占,办成了养鸡场。武汉的徽菜馆也难继续做生意。如伏岭下村人邵华泽、邵之琪、邵培柱等先后在汉口、武昌创办了新上海、大上海,但好景不长,1938年秋,日军逼近武汉,徽菜馆业主们又被迫内迁,一路西去重庆、宜昌,南下衡阳、柳州、桂林,先后在这些地方开设了乐露春、松鹤楼、大都会、鸿运楼、新苏、大中华、大上海等徽菜馆。其中

邵天民在衡阳、柳州、桂林、宜山、独山等地创办或合办徽菜馆20余家,亲任13家徽菜馆的总经理,成为享誉西南的徽菜馆大王。抗日时期的临时首都重庆也成了徽菜馆集中之地,共有三四十家,其中以乐露春名气最大。此店为1941年重庆大轰炸之后,绩溪人许桓甫、高广荫所开,恰好与陶行知所创办的育才学校相邻。陶行知常常在闲暇之时来馆中小坐,会晤同乡。一天,店里的老板请他为家乡菜馆留一墨宝,陶行知略一思忖,写下了他的名作《自立》诗:"滴自己的汗,吃自己的饭,自己的事自己干,靠人靠天靠祖上,不算是好汉!"陶行知的诗真是质朴,一点花架子都没有,就像是一个农民写的一样。值得一提的是武汉的大中酒楼,新中成立后,该店更名为"武昌酒楼",成为武汉最大的酒菜馆,仍保留了同庆楼的徽菜特色,尤以清蒸鳊鱼(武昌鱼)出名,鱼肉肥腴细嫩,色香味形俱佳。上世纪50年代,毛泽东视察武汉,该店厨师邵在维、邵观茂精心制作了包括清蒸鳊鱼在内的10道菜肴。毛泽东尝后,大加赞赏,吟咏出"才饮长沙水,又食武昌鱼"的诗句,一时使得武昌鱼名声大噪。不过很少有人知道,烹饪这一盘菜的两位厨师,都是绩溪人。是徽州人,让武昌鱼名声大噪。

徽菜之所以成为八大菜系之一,与徽商的影响力有着十分密切的关系。在外的徽商富裕了,自然会想起家乡菜,不仅自己喜欢吃徽州菜,请客也摆徽州菜,别人请吃饭也主随客意去徽菜馆——不知不觉地,徽州菜就变得兴旺发达了。随着徽州人的越走越远,各地也应运而生了很多徽菜馆。总而言之,有钱就是硬道理,要是徽州人当年没钱,徽菜无论如何也成不了"八大"之一。

面点、干粮和小吃

现在徽州的面点,最出名的,应该是黄山烧饼了吧?屯溪老街上到处都有的卖,在外地人看来,黄山烧饼跟一般的烧饼不太一样,它小巧精致,金黄香脆,表面像刷了一层油似的;尤其是加了肥肉末的霉干菜在烤过以后,鲜美入味,会让人一口气吃上好几个。黄山烧饼还便于携带,不会变质,即使是大热天放几个月也不会变质。难怪当年的徽商在离开徽州时会带上它们。好吃和便携,可以说是徽州面点的两大特点。

与黄山烧饼同样具有两重属性的还有徽州的面饼。面饼,徽州当地话叫"拓馃",也就是装了馅烙熟的面饼。徽州面饼的特点在于"烙",即用少许的菜油过一下锅底,再用火将它们炕熟。不像有的地方,完全是用油把饼煎熟;用油煎出来的饼,吃起来比较硬,也过于油腻,工艺上逊色不少。做烙饼的前期工艺像包包子,包馅包进面里,然后逐步摊开。好的烙饼是薄薄的皮,严严实实地包裹着馅,没有一处厚薄不均,也没有一处会让馅露在外面。这当中的功夫在擀时的劲道,这样的功夫,非得练个三五年不可。烙饼常见的有笋干馅、南瓜馅和豇豆馅,难得是南瓜馅豇豆馅之类作馅的饼,由于是新鲜蔬菜,含水分多,包起来很容易让外面的表皮融化,用擀面杖时用力要特别注意。"烙"也是讲究技术的,以前没有煤气液化气什么的,烙饼一般都是用干茅草之类的燃料,先点燃一把大火,然后,盖上盖焖一会,再掀开盖,看情况添几把小火;用柴烙的学问就更深了,要一会添柴一会撤柴,以保持一会大火一会小火,火过了,饼会炕焦,火小了,里面的馅会不熟。只有火候把握好的饼,才算是色味俱佳。

徽州面饼中最有特色的，是黄豆饼也叫作石头饼。石头饼是将炒熟了的黄豆磨成粉，放上油渣作馅。炒熟了的黄豆粉本身就香，再加上猪油渣，就变得香上加香了。石头饼之所以叫石头饼，是因为它的炕法和做法跟一般的饼有些区别：是用炭火在锅下慢烧，在饼上用一块很重的石头压住。石头往往也是专用，雕花刻字，刻着吉祥图案和一些"福"、"禄"、"寿"的字，徽州人对于生活艺术美的追求可见一斑。因为压得很紧，又是慢火烤就，烙好的黄豆饼显得很薄，就作业本般厚，吃起来也比较脆。石头饼最大的好处是好带，几十张黄豆饼叠加起来，用兰花布一裹系好，可以随身携带；吃起来也方便，不油手。与黄豆饼功效相同的，还有玉米饼，玉米饼是用玉米面做的，里面放点咸菜和肥肉，吃起来虽然有点糙，味道却特别香。为什么徽州的黄豆饼和玉米饼的味道那么香呢？除了徽州的黄豆玉米长在山上，很少受到污染之外，还在于徽州的黄豆粉和玉米粉，很多都是用石碾子磨出来的，磨的过程中，黄豆与石头摩擦，被碾压的黄豆粉玉米粉自然带有徽州青石的味道。这种真正的徽州味，夹杂在黄豆玉米之中，当然有着上等的香味。这些，又岂是那些用机器磨出的东西所能替代的。也难怪徽州的石头饼会让人口齿留香了，不仅耐饿，而且好吃，能像机油一样，让发条上劲。旧时徽州人跋山涉水走向全国各地，继而很多人通过奋斗成为富甲天下的徽商，这当中谁的功劳最大？烧饼黄豆饼玉米饼居功至伟。

旧时徽州的早点和面食，除了烙饼和烧饼之外，还有汤包、油条、馒头、包子、稀饭以及豆浆豆腐脑等。比较起长江沿岸城市的汤包，徽式汤包也有自己的特点。它以发面皮包裹鲜肉馅料制成，馅料中的鲜肉须取猪肉中的前夹肉，这一部分的肉质又松又嫩；制作汤包时，将前夹肉剁成肉泥，拌入冬菇、冬笋米、白芝麻粉及皮冻等佐料，加入调味品制成汤包馅料；

用发面皮包入馅料,做成圆形,顶端捏合皱褶封口,即成汤包;汤包的大小一般以二两面粉十只为标准;汤包入笼屉蒸熟后,每四只为一客。汤包上桌时,外加一碗清汤,清汤一般以猪肉筒子骨煨成,放入蛋丝、葱花等佐料;如果以牛肉作馅料做汤包,上席时须外加一碗淡淡的牛肉汤。徽州人还喜欢吃粢饭,也就是蒸米饭包油条:将糯米和粳米按一定比例配好,淘洗干净,浸泡一夜后放在木桶中隔水蒸,待蒸熟之后,勺二两左右平摊在白纱布上,在上面放一根油条,用白纱布一裹一捏就好了。包粢饭手势要快,因为它讲究的是一个"烫"字,热的糯米软粘,冷了就回生了。粢饭非常经饿,适合体力劳动者。对于一般人来说,豆浆油条是最好的选择。徽州人把油条叫作"油炸鬼",跟浙江人的读法基本相同,据传说与宋代秦桧谋害岳飞父子有关,"桧"与"鬼"谐音,人们以油炸"桧",表达对奸臣害忠良的愤恨。

徽州的水好,豆浆自然也好,一碗热豆浆豆香扑鼻,以前两三分钱就能买一碗。徽州人吃豆腐脑一般是放咸菜、虾皮、酱油、辣椒酱和葱花,很少有吃甜的。徽州人还偏爱吃毛豆腐,以前徽州府歙县城里的毛豆腐摊点很多,一只炉子,一个平锅,就在街头炕毛豆腐;煎好后,加上点辣椒酱,就坐在街边吃得像神仙。徽州的早点还有玉米糊,玉米糊跟稀饭的价格一样,玉米糊盛入碗里后,会吃的人会用筷子从中间挑着吃,这样一碗玉米糊吃完,碗仍是干干净净不留一点渍印,连碗也不用洗的。徽州街头也有那种寻常吃的烧饼,圆圆扁扁的,大饼师傅往往身穿圆领老头衫,额头上汗涔涔,面团在他手里翻来覆去,"啪啪"

地发出声音，最后"唰、唰、唰"地刷上油，然后，手一抖，一把香葱天女散花均匀落下；又一抖，芝麻落下，然后，将沾上芝麻和香葱的烧饼贴在炭火的炉子里，烤上几分钟，最后用铁钳夹出。徽州烧饼最大的特点是香，我小时候最怕排队买烧饼，一边排，一边吞着口水，等买到烧饼时，早已变得唇干舌燥了。

徽州还有一种早点，叫油炸墩子，很好吃，就是将面粉和得很稀，将南瓜、辣椒、萝卜等切成丝，放入面饼大的铁容器中，倒入和得很稀的面粉泥，放入油锅中炸。炸到一定程度，将油炸墩子从容器中倒出，再炸一会，放在锅上面的铁丝架上去掉油，就可以用纸包着一边走一边吃了。好像男人和孩子都喜欢吃油炸墩子，女人们不服气，说破鞋放在油锅里炸男人们都喜欢吃。女人们一般不喜欢吃油炸的东西，女人们爱吃的是桂花赤豆汤、桂花薄荷绿豆汤，以及桂花山芋汤、桂花白糖莲心粥等。

徽州的油渣馄饨也是一绝。徽州的馄饨分为两种，一种是类似江浙云吞之类的东西，徽州叫作"包袱"，是用薄面皮制作的，馅往往荤素相搭；另一种，就是小馄饨了，馅很少，皮很薄：用纯猪肉剁成泥状，左手持皮，右手用筷子尖在肉泥上蘸一点，在面皮上一划，随即左手几个手指一捏，馄饨即成了。徽州卖馄饨跟卖毛豆腐一样，一般是流动的，肩挑担子，手敲竹筒，随意行走在街头巷尾。馄饨担子的形状像一座小巧的拱桥，一头是锅灶，永远燃着炭火，另一头则放了事先准备好的馄饨皮肉馅以及猪油麻油佐料什么的，将一格格抽屉塞得满满。馄饨挑子也很讲究，若是竹编的，一般极细致，有的还有彩；若是木制的,有的有精致的木雕点缀,有的地方是施了金彩和漆。竹筒声里,有人要买的吃,就卸下担子,一边掷柴生火烧水,一边开始包馄饨下锅。碗是现成的,加好葱花、猪油、虾皮等佐料后,馄饨也熟了,用笊篱捞起,放入青汤之中,仿佛一条条小金鱼游入碗里;再撒上切碎的油渣,一碗白的白黄的黄绿的绿的馄饨便上桌了。只要一碗馄饨下肚,食客便会抖擞精神一变,由寒碜的孔乙己,变成乐呵呵的幸福王大民。

红烧肉的故事

前一段时间网上吆喝着"国民菜谱",有人例举酸辣土豆丝,有人例举青椒炒豆干,有人例举西红柿蛋汤。这些,都可以说是中国人最家常的菜。在我看来,中国幅圆辽阔,口味的差别很大,不过在宴席上,却有一道菜各个地方都有,那就是红烧肉。红烧肉不仅各个地方都有,各个场合也都有,它雅俗共赏,婚礼上上得,葬礼上上得,来雅客时上得,来俗客时同样上得,在外吃饭上得,家常菜也上得。真可以称得"百菜数第一,唯有红烧肉"。

徽州当然有红烧肉,不仅有,而且味道特别好。就像粽子分为两种,一种是咸粽,另一种是甜粽一样,红烧肉也分两种,一种是"综合性烧肉",即不光是肉,还有辅材,比如说春笋烧肉、笋干烧肉、霉干菜烧肉、豇豆干烧肉等;另一种,就是不放任何辅材,纯红烧肉,也叫"肉烧肉"。对于老饕们来说,这才是真正的红烧肉,只有这种吃法,才可以大呼过瘾。

红烧肉的做法各地大同小异,有的是先将肉蒸熟,有的是先将肉煮烂;有的直接下锅干烧,有的则先用酱油和黄油腌一下。而制作红烧肉的步骤和方法各地又不太一样,也属正常,无论怎样烧法,好吃才是硬道理。就我的口味以及烹饪的体会,红烧肉的关键在于选料和入味:一是选肉要精,要当天宰杀的鲜猪肉,最好是生长18个月也即一年半的猪,肉不老也不嫩。比较起猪的后腿肉,前夹肉也就是前腿肉要松软一些,也因此,红烧肉最好选用前夹肉,肥四瘦六宽三指。也有人喜欢吃偏肥的,会选肥肉多一点的五花肉。肉选好之后,一般要先放入加入姜片、大葱、黄酒的温水里过一下,煮个三五分钟,这一道程序,也叫"飞水",即去掉肉的血腥气。将肉从水里捞出之后,要先将捞起的肉放在冷水里浸一下,趁外冷内热时,切成小方块,然后倒入黄酒、酱油、冰糖以及姜片腌一下。值得一提的是,放糖宜放冰糖而不是白糖,因为冰糖能提鲜,放冰糖的红烧肉有一种特有的甘味。有的地方烧红烧肉还会多出一道工序,叫"过油",即用细竹签对着飞过水的肥肉频繁插入拔出,让肉中的脂肪流出;待肉冷却之后,再焯一次水,这一次的时间,要稍比第一次长一些,以5至8分钟为好。两次焯水会让肉溢出很多脂肪,这是以现代健康学的理念来烹饪。前期学准备工作做完之后,可以入锅烧制了——在热锅中加入菜籽油,烧至七八成熟之后,将切好的猪肉倒入锅中,加入适当的豆瓣酱、冰糖熬炒,让豆瓣酱和冰糖的味道深入到肉中。然后,就是适时地放入适量的上等的黄酒或者啤酒。一般不要放水,尤其是冷水,掺水不仅会让肉变"老",而且会使肉的纤维变硬,因此口感变得粗糙。红烧肉放红方汁也是一种选择,放了红方汁的红烧肉,相当入味,有一种不同于放入酱油的别味。

  20世纪90代末的一个冬天,我到绩溪勘头采访。中午临近,我们早早地来到勘头街上的古听泉楼对面的一家饭店。我们在门口慵懒地晒着太阳,看着不远处云川河水哗哗流淌。一切都显得缓慢而有古意,仿佛时间也静止着享受着这份悠闲。饭店不远处,正好有人在杀猪,猪是当地的黑毛猪,被五花大绑地捆在案上,一群孩子在兴高采烈地围观。我们呷着茶,远远地瞅着这极富农家生活气息的场景。我后来读书,看到张爱玲曾在《异乡记》对杀猪有过详细的描述,情景与我所看到的极其相似,我这里照实搬来:"忽然,它大叫起来了——有人去拉它的后腿。叫着叫着,越发多两个人去拉了。它一直用同样的声调继续嘶鸣,比马嘶鸣难听一点,而更没有表情,永远是平平的。它被掀翻在木架上,一个人握住它的前腿后腿,另一个人俯身去拿刀。有一只篮子,装着尖刀和各种器具。篮子编完了还剩下尺来长一条篾片,并没有截去,翘得高高的,像人家画的兰花叶子,长长的一撇,天然姿媚。屠夫的一支旱烟管,也插在篮子柄的旁边。尖刀戳入猪的咽喉,它的叫声也并没有改变,只是一声声地叫下去。直到最后,它短短地咕噜了一声,像是老年人的叹息,表示这班人是无理可喻的。从此沉默了。已经死了,嘴里还冒着水蒸气的白烟。天气实在冷。"

这是杀猪,在此之后,是去除猪毛了,张爱玲同样也写得好:"家里的一个女佣挑了两桶滚水出来,倾在个大木桶里。猪坐了进去,人把它的头极力捺入水中,那颗头再度出现的时候,毛发蓬松像个洗澡的小孩子。替它挖耳朵。这想必也是它生平的第一次的经验。然后用一把两头向里卷的大剃刀,在它身上成团地刮下毛来。屠夫把猪蹄的指甲一剔就剔掉了。雪白的腿腕,红红的攒聚的脚心,很像从前女人的小脚。从猪蹄上吹气,把整个的一个猪吹得膨胀起来,使拔毛要容易得多。屠夫把嘴去衔着猪脚之前,也略微顿了一顿,可见他虽然习惯于这一切,也还是照样起反感的……猪毛有些地方不易刮去,先由女佣从灶上提了水来,就用那冲茶的粉紫洋瓷水壶,壶嘴紧挨在猪身上,往上面浇。浑身都剃光了,单剩下头顶心与脑后的一摊黑毛最后剃。一个雪白滚壮的猪扑翻在桶边上,这时候真有点像个人。但是最可憎可怕的是后来,完全去了毛的猪脸,整个地露出来,竟是笑嘻嘻的,小眼睛眯成一线,极度愉快似的。"

猪很快就杀完了,人也散去了,一切恢复了宁静,小镇上又只剩下了哗哗的溪水声。到下午1点左右,一盘红烧肉端了上来,那份扑面而来的香气,那种让人垂涎三尺的色泽,那种入口即化的美味。老板介绍说,这就是刚杀的那头猪,你们吃着怎么样,香吧？我们忙不迭地点着头,接二连三地将肉块塞进"五脏庙"。吃得腹肚浑圆后,我问厨子,你怎么可以把肉烧这么好呢？主人回答说：就是随随便便烧的呀！不是烧得好,是养的猪好！那些猪吃的都是粮食和猪草,喝的也是"泉水",这样的肉,或许生吃都是喷香喷香的。的确是这样,这样的猪肉,那是怎么烧,都好吃的。当城市里供应的猪一个个靠着"瘦肉精"喂大,越长越变得无猪味的时候,只有徽州乡野里的猪,还散发着猪自身的"芬芳"。况且,一个人从喧嚣的城市来到这静谧的山野,身上所有的毛孔都放大,所有的感官细胞,包括味蕾、嗅觉都因为松弛变得异常灵敏。那种菜肴之味与人的身、心、神的吻合,真可以说是无比的和谐——在这种状态吃东西,吃啥不是"神仙宴"呢？

关于红烧肉,历史由来已久。苏东坡在发配黄州时,曾写了一首《猪肉颂》,特别有意思："净洗铛,少著水,柴头罨烟焰不起。待他自熟 莫催他,火候足时他自美。黄州好猪肉,价贱如泥土。贵者不肯吃,贫者不解煮。早晨起来打两碗,饱得自家君莫管。"少水、微火、慢炖,这是公认的红烧肉的做法,只不过东坡居士并没有注明放酱油。酱油的产生应该是明朝中期以后的事,苏东坡时代的肉,应是白烧的可能性更大。明朝中期以后,烧肉开始放酱油了,"白烧肉"变成了"红烧肉"。清初袁枚在《随园食单》中写道的："或用甜酱,或用秋油,或意不用秋油、甜酱。每肉一斤,用盐三钱,纯酒煨之；亦有用水者,但须熬干水气。三种治法皆红如琥珀,不可加糖炒色。"这算是红烧肉的主流烧法。红烧肉在技法上并无出奇之处,属于家常菜,不过各地的做法却不太一样,分几大流派:北派依然汤汤水水,属于白煮肉;湖北、江西的红烧肉里喜欢放辣椒;杭州的红烧肉改头换面,以"东坡肉"自立门户,先烧后蒸;江南红烧肉以上海为代表,基本上沿袭袁枚时代的经典套路,成为红烧肉中的"高大上"。

红烧肉什么样的烧法不重要,重要的是"肉"——肉好怎么烧都好吃,肉不好,吃的就不是肉,而是酱油和糖。

买肉买到外婆桥

有很多食物是味随世变。比如说猪肉,现在的猪肉吃起来怎么也不是 20 世纪 80 年代以前的味道了。20 世纪 80 年代的猪肉味道是什么?是香、鲜、韧,并且稍微有点甘,这是不假的,那时的猪肉就是吃了老半天后还有着口齿生香的甘甜。

先说一则有关猪肉的故事。故事是有"徽州通"之称的摄影家张建平先生说的:他小的时候,家里很苦,基本没有肉吃。越没的吃就越想吃,他也不例外。从小就特别喜欢吃肉,属于看到肉就不能自控,然后口水哗哗流得像瀑布,脚也走不动路的那种。童年的时候,他非常痛苦,经常是深更半夜睡不着,举头看明月,低头想肉吃。当时村里最富庶的人,是一个解甲归田的"老革命",带薪退休,无妻无子无女,也没有什么爱好,就喜欢跑到供销社称斤把肉,然后放点酱油肥肉烧瘦肉地烧红烧肉吃。"老革命"烧红烧肉的时候,整个村子里的人都屏住呼吸,拼命地吮吸着空气中芬芳的味道,直吸得前胸贴后背没晕死才算恍过神来。

他那时还很小,六七岁吧。不谙世事的他仗着自己年纪小,便"以小卖小"耍无赖。每次闻到香味之后,他便踩着小步来到"老革命"家门口,站在门边上不走,眼睛一眨不眨地盯着桌子上的红烧肉。老革命看着他的眼神,不免心一软,用筷子夹着一块肉,送到张建平嘴前。他像鳄鱼一样一口咬住,囫囵吞下,然后又直直地盯着桌子上的红烧肉。"老革命"没办法,叹口气,只好又送上一块。他又如鸭子一样吞下,然后又直直地盯着肉。"老革命"一般会在送上两三块之后,心一横,死活不理睬小家伙了。他也不作声,也不央求,只是眼巴巴地盯着那碗里的肉越变越少,直至消失。

这种伴随着快乐而痛苦的"嗟来之肉",一直持续了很长时间。

有一天,他又闻到了肉香,连忙撒开蹄子快步向"老革命"家奔去。"老革命"这一次破例买了二斤五花肉,正在灶台上烧,见张建平来了,突然起了无名火:这孩子是馋鬼投胎吧,怎么没完没了了! 于是,"老革命"盛了满满一海碗红烧肉,对他说:"我们来说个条件,这一碗肉,如果你能全部吃完,下次你来,我还给你吃;如果你吃不完,下次就别来了! 怎么样?"

张建平点点头,抢过碗,就用筷子夹着肉块,忙不迭地送进嘴巴,大嚼着咽下去。一会儿工夫,碗里的肉只剩下一半。不过,这时候他似乎已感觉饱了,吃的速度开始变慢。又过了一会,他感到肚子已撑大了,胀胀的,似乎再也塞不下了。不过,他仍清醒,看着碗里快要见底的肉,想着"老革命"开出的条件仍是拼命地往嘴里塞着肉。当张建平把碗里最后一块肉塞进嘴里时,终于,在"老革命"目瞪口呆的注视中,他"哇"的一声喷了出来。

张建平说他从此之后,有5年光阴,再也不吃肉了,并且一看见肉,胃里就直冒酸水,就情不自禁地想吐。这就是"后遗症",是"穷凶极恶"不计后果的"后遗症",也是饥饿年代众多带有悲剧性的喜剧之一。

20世纪70年代,中国最吃香的职业是什么?是屠夫。这点是今天的"新新人类们"无论如何也想象不出的。当年屠夫走在街上都是一步三摇仿佛踩鼓点,而满眼看到的,都是笑脸和恭维。"人怕出名猪怕壮,凡人就爱卖肉郎"。

存在决定意识,不服不行啊!那时的中国是票据时代,什么都是定量供应的,有粮食票、布票、棉花票、煤油票等,居民的猪肉供应量是每月0.25斤,小孩必须到达一定年龄才有供应,并且视情况酌减。一般城镇居居每个月至多只能吃上两次肉,买到肉以及吃上肉的那一天往往就成了中国普通居民一个月的节日。当时还有一个专门的单位,就是管理那些卖肉的,叫食品公司。进食品公司的可不是一般人,那都是"根正苗红",最少也得是个中农。

买肉通常要起大早,子夜两点起床,也不一定能排在最前面。我的家里,一般是前一天晚上,父亲和母亲把我们家中4个人的肉票集在一起,又摸出口袋里的块票和毛票,放在买肉的竹篮里。我和哥哥悄悄留心着父亲的举动,知道"解馋节"就要来到。我们能听到彼此咽口水的声音,那声音就像一颗石子从井口一直跌入幽暗的井中。一整晚我们都会翻来覆去,眼睛在黑夜里闪烁着饥饿的绿光。

排队一般是凌晨,等附近的公鸡开始第一次打鸣了,父亲就悄悄地起来了。因为全家人"蜗居"在一起,虽然父亲起来的动静不大,想不干扰我们,但我们因为兴奋,往往会醒得早,然后悄悄地睁着眼睛看着父亲起床后的一举一动:他先是稍洗漱一下,然后提着装着肉票和钱的竹篮,深一脚浅一脚地出去了。他得去排队,跟头顶上的星星一样,静静地待待,等到太阳出来了,食品公司的老爷小姐们上班了,排队的人才算是看到了希望。食品公司的卖肉地点是在市中心,因为人多,队伍往往一直要沿着街边排到数百米外的大桥边。这样的情景就叫"买肉买到外婆桥"。人们焦急地等待着,一寸一寸地挪动着脚步。往往是排在后面的人挪到摊点面前时,往往是日头高悬了。到了窗口之后,照例是先干笑几声,递上一支烟,手指一下,颤颤地说一声:麻烦你给来点瘦的。但卖肉的往往瞥也不瞥你一下,哼一声,锋利的刀一拐弯,一刀布满猪皮的褶皱肉稻草一扎就扔过来了,或者是骨头占百分之八十以上的。你刚想表示点不同意见,后面排队的人就会嚷嚷起来,快走快走!买肉,跟卖肉的不熟,窝着火走人吧!

还有更离奇的事:1975年,父亲的朋友姚叔叔有一回排了5个小时,好不容易到了窗口,里面扔出一堆肉,是冻的。鲜猪肉卖完了,便拿冻猪肉充数。好歹也算肉吧——姚叔叔只好拎回去了。没想到泡软之后仔细一看,肉片上还盖着印戳:"1964年战备"。——天哪,这是一块1964年的战备肉,也就是离买肉的那一年足足有11年哩!后来,姚叔叔描述说,这有着11年历史的猪肉纹理极糙,油性尽失,嚼起来像是干透了的稻草。这还不算,一家人吃完之后,晚上竟集体失声不语,全家人不约而同想起了《新闻简报》报道的长沙汉代马王堆女尸!

吃不到猪肉也想着猪啊!因为缺油水,人们似乎听到猪叫都感到亢奋。小时候,我最喜欢做的一件事就是看人杀猪。一帮人将猪死命地绑起来,一个大木桶放在一边。等猪抬上案板了,杀猪的便将一把锋利的尖头刀磨磨,吹一口气,然后一下刺入猪的喉管。猪长啸一声,死命挣扎,然后声音渐弱,当血水渗满一个小木桶的时候,猪便安静地睡着了。我那时爱听猪叫的声音,就像听到美妙的女高音独唱。

那时候是没有注水肉的。猪放在桶中烫过之后,刮完了毛,便在猪脚上划下一个小口子。屠夫的肺活量真是好啊,死命咬着猪脚,几口大气,便能将猪吹得圆圆滚滚。我认识一个姓丁的屠夫,更有一手绝活,先是憋口气,然后一口长气能将一头200斤的大猪吹得胀大一倍。什么叫真功夫,这就是真功夫。

然后就是开膛破肚。把猪吊在木头架子上,一刀划下去,五脏六腑哗地一起落下来,像一座小山似的,热烘烘的气味极其难闻屠夫就一块一块地把猪分割了。猪腰和猪心照例是撂在一边。等到所有的工作都忙完了,屠夫接过东家递过来的工钱,歇下来,抽会烟,然后提着猪心、猪腰什么的,或者是一对猪耳朵,地动山摇地走了。只剩下我们看着他的背影,暗嘘一口长气,没有什么其他的想法,羡慕呵,羡慕得连眼球都是红的。

剽悍,勇敢,风光,吃香的喝辣的。你知道我童年的理想是什么吗?就是当一个杀猪的屠夫。

豆腐的秘密

钱泳的《履园丛话》中记述："凡治菜以烹庖得宜为第一义，不在山珍海味之多，鸡、猪、鱼、鸭之富也。"这句话的意思是说，凡是烹饪中，以山珍海味、鸡鸭鱼肉为食材的，不算本事，因为这些东西本身味道就比较鲜美。这是大实话，据说以前的烹饪比赛中，有一道菜厨师们必须得做，就是青菜豆腐汤或者青菜蛋汤，能把青菜豆腐汤做得色香味俱佳的，肯定是一位烹饪高手。

李约瑟说中国有四大发明，在我看来，豆腐应该是不输于四大发明的第五大发明，它的影响，某些方面不比四大发明小。不只是大陆，凡是有华人的地方，皆有豆腐。豆腐的制作与烹饪，可以说是中国文化的重要组成部分。豆腐何止是一种菜肴，它分明就是人们打开一个新世界一扇门。这个世界上，以豆腐为原料的菜肴，至少得上千种吧，而且都是美味佳肴。宋荦《西陂类稿》记述："某日，传旨云：'朕有日用豆腐一品，与寻常不同，因巡抚是有年纪的人，可令御厨太监传授与巡抚厨子，为后半世受用。'"从文中看，康熙皇帝对部下多关心，特意让御厨教会巡抚厨子豆腐的做法以供其享受。皇帝不仅自己喜欢吃豆腐，而且认为宋荦喜欢吃豆腐。袁枚《随园诗话》记述："蒋戟门观察招饮，珍馐罗列。忽问，曾吃我手制豆腐否？曰：未也。公即着犊鼻裙，亲赴厨下，良久，擎出，果一切盘餐尽废。"蒋戟门喜欢吃豆腐，认为其他人也喜欢吃豆腐，他的判断当然是对的。

好豆腐一般都有一个前提条件,凡成好豆腐,必有好水才是。做豆腐需要的水量很大,对水的要求也高,相比较而言,徽州的豆腐因为水质好,制作出来的豆腐自然味道鲜美、口感细腻。

早年徽州的豆腐,都是用井水浸泡当地的黄豆,用石磨磨成浆,再倒入白粗布做的口袋,经白布口袋过滤出的汁,是豆浆,留在布袋里的,则是豆渣。生豆浆要倒进灶台的大铁锅烧煮,用棍子不停地搅动,稍一停,上面就会结成一层豆衣,用棍子一挑,一大块豆腐皮就出水了。豆腐皮也是一道佳肴,无论是打鸡蛋汤、蒸咸肉等放入,都能增味增色。好的豆浆颜色偏黄,浓郁清香。待豆浆煮好后,倒入木桶,点卤,或者放石膏,便成豆腐了。不过,这时候仍属于水豆腐,属半成品,要变成老豆腐、豆干、千张之类,还得继续深加工,再用白布包紧,上面放着木板,压上大石头沥水;待水沥到一定程度,就变成老豆腐了;再压,用酱油泡,就变成豆干……这当中的功夫,得一图一道程序地做,急不得,也慢不得。

因为豆好、水好、工艺好,徽州每个县都有较为著名的豆干,比如说歙县的茶干、开洋干,休宁县五城镇一带的豆腐干等,都非常有名。最好的豆干当然是手工做的,我小时候吃的就是这样的豆干。现在徽州纯手工做的豆干,已经很少了,不过现在的歙县城里还有一家,非常有名。我五舅有时回歙县,便会给我带一大塑料袋。这豆干不用任何炒、煮、烧,就泡上一杯好茶,可以不停歇地吃上很多块。据说,做这豆干的老陈都是第一天晚上磨豆浆,煮过之后点卤,然后早晨起来做豆干,每天只做1000块,卖完后就关门,再多的人排队,也绝不开工。多年做豆干的过程中,老陈养成了他的人生哲学和做人做事的原则,这也是老徽州人的做派。"徽州通"摄影家张建平老师曾让我品尝过一种用黑豆做的豆干,颜色有点像臭干,味道细、鲜、甜,有嚼头,绝对是豆干中的上品。我在黟县的关麓村,还看到过一家做夹心豆干的豆腐坊,工艺其实并不复杂:用纱布包豆腐进行压制之前,将虾米为主的馅夹在两块豆腐之中。一对夫妻把这个夹心豆干做得供不应求,连店面也不用,出来后就有人排队来买。至于"五城豆腐干",现在的名气很大了,产量也大,有些质量也不如先前的了。我曾经几次去过五城,知道当年龙湾镇中制作豆腐干最负盛名的有两家,一家是五城中街黄惟明开设的"淇昌"酱园,它是用自己店中制作的豆汁原油卤成;再一家就是古林桥头黄自振开设的"悦来"豆腐坊。这两家酱坊都是用当年新收的黄豆做豆腐,陈年老豆坚决不用;其他的诸如桂皮、茴香、丁香、冰糖、麻油等,都要精心挑选;难怪做出来的豆干特别好吃。徽州豆腐干总体上最大的特点是,不仅肉细鲜美,而且回味甘甜。我吃过安徽的很多干子,觉得徽州五城和歙县的茶干,比长江边上的"采石干"、"黄池干"要好得多,比淮南和合肥三河的豆干也好。徽州的茶干最大的特点在于细和甘,只有宣城水阳的干子可以一比,宣城水阳的干子也好,只是在嚼劲上,要比徽州干子稍稍地弱一些。

徽州还习惯将豆腐制作成豆腐果,其实就是将老豆腐切成片,放入油锅里炸,待豆腐片炸成表面黄色内部变空,也就成了豆腐果了。在菜市,人们经常见到由一根绿色的棕榈丝串起来卖的豆腐果。与外地豆腐果相比,徽州豆腐果最大的特点在于口感酥软,煮烧后松软。豆腐果的角色是一个"百搭",它能荤能素,能主能宾,无论是炒、焖、烧、炖都行,可以跟肉在一起红烧,可以切成丝炒辣椒,可以与火腿或咸肉、春笋配在一起做成"腌笃鲜"。什么是"腌笃鲜"?"腌",就是咸货;

"鲜",是指新鲜的菜肴;"笃",应该是象声词吧,就是用小火焖炖。这一道菜,是咸货与新鲜菜肴混搭,口味咸鲜,汤白汁浓,肉质酥肥,笋清香脆嫩,豆腐果入味后格外好吃。豆腐果还有一种做法,就是当成盛器,用来装肉、香菇、蔬菜等制成的馅。我在少年时每每过年前,都要坐下来帮母亲做这一道菜,用剪刀将豆腐果剪一个小口,用筷子将做好的馅放进去,然后重新摆好,放在蒸笼里蒸熟。这一道菜可以放入鸡汤、肉汤中,也可以放在"一品锅"的最上一层密密地排好。吃这个东西要小心,得先咬一小口,吮出点汤汁,再试探着用牙咬,否则里面的汤汁溢出来,很容易将嘴巴烫伤。

除做成豆腐果和千张外,徽州人吃豆腐最有特色的,就是做成腊八豆腐和毛豆腐。制作腊八豆腐要先将豆腐用包布做成圆形,中间按一凹陷,放入适量的食盐,擢在竹制的匾中,放在阳光地里曝晒一阵。盐逐渐渗入豆腐中,豆腐慢慢也变成黄色,也如石头一般硬了。做腊八豆腐一般得在冬天,冬天气温低,豆腐晒干过程不会变馊变坏。吃腊八豆腐先得用冷水发泡,待它松软后切成丝,无论是凉拌还是炒肉丝、辣椒丝都行,特点是嚼劲大,口感特别好,这也是盛夏时节的一道极下饭的菜。至于毛豆腐,做法就比较讲究了:必须以老豆腐为原料,最重要的步骤是发酵:需在室温12℃左右摆放一周,才能长出细软的茸茸白毛来；温度过低，长不出长毛，温度太高，毛豆腐又容易变质。夏天里是不能做毛豆腐的，温度太高，发酵容易失败。毛豆腐在慢慢发酵的过程中，由于温度、配料、发酵时间长短不同，出现白色、黄色和灰色等不同的茸毛，徽州人会根据不同的毛色，将毛豆腐分为兔皮毛、虎皮毛和猪皮毛几种。至于毛豆腐的吃法，一般先煎得两面金黄后，蘸辣椒酱吃；也有"蛋炒毛豆腐"，将毛豆腐煎炸到一定程度，叩入两枚鸡蛋，加入葱、姜、蒜同炒后起锅。以前，徽州卖毛豆腐的人挑着特制的担子，一头是多层的抽屉，里面装满长毛的豆腐，上面放着香油瓶、辣椒、酱油以及碟子、筷筒，另一头则是带柴炉的平底锅，可以随时取下来烧。卖毛豆腐的人一边喊着"毛豆腐"，一边穿梭在徽州的大街小巷，若有人招呼，他便停下来，取下挂在扁担上的小长条凳让人坐下，然后，一边跟客人拉家常，一边点柴生火。只一会儿工夫，毛豆腐便煎得两面发黄，然后用碟子端上，上面浇点辣椒酱，就做成一道速成的"街头小吃"了。

值得一提的是，做豆腐的"废料"也就是豆腐渣，也算是一道不错的菜肴。我少年时家里隔三岔五会从附近的豆腐坊买来豆腐渣炒着吃。豆腐渣极便宜，两分钱可以买一大盆。张爱玲也是吃过豆腐渣的，张爱玲在《谈吃与画饼充饥》里写道："譬如豆腐渣，浇上吃剩的红烧肉汤汁一炒，就是一碗好菜，可见它吸收肉味之敏感，累累结成细小的一球球，也比豆泥像碎肉。少掺上一点牛肉，至少是'花素汉堡'。"豆腐渣炒起来香，不过极耗油，炒起来一定要多放油，尤其是猪油，有条件的，干脆放点回锅肉进去，放了猪油的豆腐渣才会鲜、香；还要多放大葱、姜、蒜，最好再放点小虾，将红辣椒切成碎泥放进去，这样能让豆腐渣的颜色更为漂亮，红、黄、白、绿相间，再加几色，就七原色全了。"不过，三四十年前，家里哪有那么多的猪油放呢,豆腐渣会经常卡住嗓子,得把脖子伸得老长,经过一番"仰天长啸"才能咽下去。徽州那边还吃霉豆腐渣饼,春天时将新鲜的豆腐渣捏成饼,放在竹匾中,然后摆在露天处晾晒,待发霉后煎着吃,或者烧咸菜、烧肉,跟毛豆腐有异曲同工之妙。

河蚌嬉

我小时候是在农村长大的,几乎是在学会走路的同时,就学会了游泳。夏季是乡野孩子最开心的季节,等到蝉鸣之后,我们一天的大部分时间都会待在水边。要么在河边的柳树林里角力摔跤斗鸡,要么就是用弹弓打鸟,爬上大树端鸟窝等;或者站在河边,捡拾扁扁的石片打水漂,有时候水漂可以一直打到对岸去。岸上玩累了之后,下半场便是水中的嬉戏了,从石壁上跳入水中,扎猛子,打水仗,不亦乐乎。一个夏天下来,身上晒得同野人一样。在河边玩的另一大乐趣是捉鱼,在浅水区,用手轻轻揭开河里的卵石,总有一两个脑袋大大的、身体黑乎乎的小鱼静卧在那里。我们便蹑手蹑脚,轻轻地把手伸过去,但这鱼很灵敏,当你手快要接触到它身体的一刹那,只见那儿水一浑泛起一圈水晕,鱼儿便倏忽不见踪影了。

后来大了一点,我也学聪明了些,知道捉这"呆子鱼"往往会劳而无获,便想着办法抓别的鱼去了。夏日,蚕已成蛹,养蚕的"草龙"是很适合的捕鱼工具,一般有3丈多长,用草直直地缠起来。我和伙伴将"草龙"运到河边,往往是他拉这头,我拽那头,两人从浅水处一声呐喊,然后一起拖着往岸上跑。水被溅得乱飞,泥浆沾在身上也顾不上,心里却是极高兴,到了岸上,尽管呼哧呼哧喘着粗气,也互相乐着,咧开嘴直笑,赶忙拿开草龙,这时河滩上总有几条吓懵的鱼儿在活蹦乱跳。

我少年时不喜欢钓鱼,喜欢用小竹条在前面缚上1米多

长的渔线,用水中鹅卵石下的小虫子作诱饵,然后站在过膝深湍急的水中"拉鱼"。往往拉着拉着,只见水中鱼肚子一翻,便有鱼上钩了。这种方式拉出的鱼,多为几寸长的长条。一个下午,往往能拉个斤把左右,回去稍稍挤去肚子里的东西,加入面粉、黄酒和盐,放在油里面炸一下,炸得酥了之后,连皮带刺,都可以一股脑儿咽下。我曾经差点捉到一条很奇怪的鱼,这条鱼漂亮而妖冶,它周身发蓝,翅鳍鲜红,有将近1尺长。我在河里拉到这条鱼的时候,只见红光一闪,我眼前一亮,以为是彩虹落在面前。我把这条鱼拉出水面之后,拎着它就往岸上跑,不过却很奇怪地看着它的背上竟有两扇翅膀,扑啦啦挣扎着想飞翅。我吓了一跳,又急又慌,一屁股坐倒在水里,手中的鱼竿也落在水里,很快被河水冲走了。我呆呆地坐在河岸上,半响也没有反应过来,我不知道这是怎样的一条鱼。后来查所有的资料,我都没有搞清楚这到底是什么鱼。

  那时,我们还采取过一些其他的办法,比如,先看好一处的地形,然后借助水里的大石头,筑起坝来,用脸盆把圈好的水域舀干,然后去抓里面的鱼虾。或者,采摘河边生长的野辣椒,用石头砸烂之后,放入水中。鱼被辣得吃不消了,就会晕头晕脑地浮在水面上。不过,这法子最是辛苦,舀水和砸野辣椒的工作量都不小,虽说捉的鱼、虾、蟹不少,却失去了嬉戏之乐,弄过几回后也就不干了。后来有人教了一招简便的方法,倒是挺管用的——夏日正午,阳光毒辣辣地压在大地上,我们带着一根大铁棍,走到浅水里,鱼也是极怕热的,纷纷躲在大一点的石头下纳凉。我们便蹑足走过去,举起铁棍,对着石头狠狠一击,"咚!"的一声,尽管手常常被震得发麻,但也抑制不住快乐,搬开石头,好多鱼儿晕晕地浮上来——大多数是被这突如其来的一击震得失去知觉。我们便用纱布笼轻而易举地将它们拿获。

捉鱼是在夏秋之季,抓泥鳅倒可以随时随地。我小时候的徽州乡野,到处都是水田,只要有水田的地方,就有泥鳅。只要卷起裤角,站在水田之中,用手扒开稻田沟里的淤泥,便可以看到里面到处都是泥鳅了。抓泥鳅一般用3个手指,即用大拇指、食指和中指夹住泥鳅的颈部,夹住后,泥鳅就会发出"吱吱"的声音束手就擒了。那时,我们附近生产队还出了件奇事:有一天,我一同学的父亲挖泥地,忽然就挖出一个大洞来,但见里面有千万条泥鳅翻滚。同学父亲赶忙回去取来脸盆箩筐来盛。足足地盛满两大箩筐,一称,竟有近200斤!

好长一段时间,附近几个公社都在议论此事,说是不是这一带的泥鳅聚集于此开大会,否则哪来如此众多的泥鳅呢?直到现在,人们还是说不出个究竟来,自然界中许多事情,好像都是没有谜底的。泥鳅的烹饪方法有很多种,最简单的,当然是红烧了。至于其他,也有一些奇巧的做法:一是把泥鳅放到净水中养数日,让其吐尽腥中泥巴,然后打几个鸡蛋放在水中,饿极了的泥鳅自然猛吃一通,等吃完鸡蛋,就把它们提起来直接扔进油锅里炸,如此炸出来的泥鳅脆而鲜,有嚼头。泥鳅还有一种做法比较讲究,这就是"泥鳅钻豆腐":将养了3天吐净污物的泥鳅放入冷水锅中,再放一大块豆腐,逐渐加热,泥鳅怕热便纷纷钻入豆腐中,此时再以猛火烧开,加各种调料烹制,熟后将豆腐切厚片装盘,豆腐中夹着泥鳅段,荤素交融,妙不可言。泥鳅似乎对人类有百利而无一害,不过现在的水田里,已很少见到它们上吃泥淖下饮黄泉了。农田里都大量使用除草剂,市场上仍有泥鳅在卖,不过那大都是人工饲养的。泥鳅之根本,在于野、香、腥三味,缺此三味,泥鳅近于家鱼而又不及家鱼,于饮馔实在是可有可无了。

相比较抓泥鳅,抓黄鳝显然要复杂许多,得用一种篾编的竹笼,长长的,一头大一头小,大的一头是很容易钻入的进口,小的一头扎住口,晚上放在深深的水稻田里,用水将笼子淹没,然后第二天早晨去收。皖南的水田里有很多黄鳝,白天都钻进很深的泥地里,到了晚上,它们会出来活动觅食。这样,放在水里的笼子往往不落空。不过,收黄鳝得注意一点,笼子位置放得不好,笼口没有完全埋进水中的话,极可能会有蛇钻进去,待收笼子时,会出危险。抓黄鳝这个活,一般得大人去做,得小心识别笼子里不是蛇,另外,抓黄鳝得有点技术和气力,得用右手的大拇指、食指和中指将黄鳝的身体钳住,才能不让它逃脱。黄鳝的吃法一般是火腿烧鳝节,即把黄鳝斩成一节一节的,与火腿段同烧。如此烧出的黄鳝入味,鲜而香。姜炒鳝丝也是一道不错的菜肴:将黄鳝头往专用的木板钉上一挂,用带钩的锋利的刀从上到下一划,黄鳝的肚皮就开了;再用弯弯的刀尖一剜,先是剔去黄鳝的肠子,再剔去鳝骨;再用刀尖在去骨的黄鳝上多划几道,放在砧板上切一下,鳝丝就轻巧巧地形成了。炒鳝丝的要旨在于爆炒,用大火,加足葱、蒜、姜、黄酒和酱油。爆炒过的鳝丝又嫩又鲜,口感极好,是一道下酒下饭的好菜。

不捉鱼的时候,我喜欢在徽水河边走。我喜欢看水,喜欢听水声,也喜欢光着脚蹚水的感觉。有一天黄昏,我看到有个人在河边上摸着什么。我走到他身边,他对我笑了笑,黝黑的脸上露出雪白的牙齿,然后,他递给我一只大河蚌。我接过蚌,左看右瞧不知如何打开它,"这里面有什么呢?""有珍珠。""还有呢?""还有鲜美的肉啊,炒菜很好吃的。""那……我怎么打开它呢?"那个人笑了笑,一本正经地说:"你怕痒痒吧?"我点点头,他便说:"蚌壳也怕痒,你给它抓痒,它就会笑得喘不过气来,把嘴张开的。"我那时真是傻,真信了他的话,便坐在河滩上,专心致志地给河蚌挠起痒来,想着法子逗着它张开嘴笑。那人看我很专心地坐在那儿,捂着嘴"格格"笑着走了。我一直坐在那儿,一边认真地挠痒,一边想象那蚌能笑着张开口,吐出几个硕大的珍珠,明晃晃亮闪闪的……就这样一直到了月亮升起来之后,我仍专注地在河边给河蚌挠痒痒,我的家人也找到河边来了。他们听了我的解释之后,一个个笑弯了腰。我是个傻孩子吗?不,我只是一个有着好奇心的执着的孩子而已。

山芋与葛根

女儿泠然长这么大了,还喜欢吃烤山芋。每次她剥开山芋皮,要让我尝一口的时候,我总是赶忙把头一偏,说:"我不吃这个,我实在是吃得太多了"。

我说的不是假话。相信不仅仅是我,我们这一茬60年代出生的人,山芋实在是吃得太多,简直吃撑了,吃噎了,哪里还会再想吃山芋啊!

我8岁以前,因为母亲在农村小学教书,一直在乡野里摸爬滚打。那时农村小学教师家家都辟有一块菜园地,平日里种一些南瓜、辣椒、茄子、丝瓜、番茄之类的。每天的菜

肴,也是从园子里摘的,不是辣椒炒茄子,就是茄子炒辣椒,要么就是炒丝瓜或者丝瓜汤之类。南瓜可以从春天吃南瓜花开始,依次是吃青南瓜、中南瓜、老南瓜。70年代初,所有的东西都匮乏,鸡、蛋、肉等稍好一点的东西,都要定量供应,家里也没有钱,一个月能有一餐吃上肉就很不错了。所以,山芋就成了我们的主菜之一,甚至成了主食。一到吃饭,端上来的都有山芋。煮、烧、烤、炒、晒干、磨成粉……,小小的山芋,硬是做成了大文章。父母亲因为忙,对生活也不讲究,于是在很多时候,山芋跟我们的结缘越发深入,也更加频繁——早餐是煮山芋;中午虽是米饭,锅头上也会蒸上几块山芋;晚饭,通常也是煮山芋汤或者是山芋稀饭。这样的伙食,持续了很多年,你完全可以想象我在咽食山芋时的痛苦表情。有时候,我闻着

山芋的味道，几乎都能感受到死亡的腐朽气息。那时候的山芋，大约是一两分钱一斤，父母亲不仅买了大量山芋，有时候，还带我们到农户收获过的山芋地里再刨上一遍，有时候一下午，也能刨上百把斤。虽然有着收获的喜悦，但当我精疲力竭地看着家里随处可见的山芋、山芋干、山芋粉时，自己就像置身于山芋的汪洋大海中无法解脱。我心灰意冷，就差自己没变成个山芋了。

在一起上学玩耍的很多小朋友跟我的处境差不多。也可能，他们吃的山芋比我还要多。吃山芋麻烦的后遗症很多，最大的后遗症不是胃酸多、胃口不开，而是放屁。那时，我们几十个小家伙挤在一个小小的教室上课，完全可以想象出几十个生命旺盛的"屁虫"制造的空气污染。因为吃山芋的后果，教室里那种奇怪而幽默的声音接二连三，此起彼伏。每当有这种声音响起后，大家便会发出会心的笑。当然，有声音的还不怕，更怕的是那种悄无声息的臭气，就像一个阴谋家扔下一个毒气弹似的。有时候一阵毒气袭来，附近的人立即做鸟兽状四散分开，一边屏着呼吸，一边用手中的课本拼命地扇动。这情景让老师也看得啼笑皆非。有时候连老师也被熏得吃不消了，一边苦笑，一边命令学生们赶快把纸糊的窗子开开，然后张大嘴巴捂住鼻子像一个溺水上岸者一样拼命透气。现在想起来，老师也应该是放屁的，只不过他们往往会放得更阴险更狡猾更不动声色一点罢了。因为老师同样也是餐餐吃山芋，老师也会因此变成了制造毒气弹的机器。

那时候我们哪有零食啊，零食，也就是山芋干吧。相对而言，山芋干比较好吃一点，将山芋先煮熟，然后，切成条状，晒成干。快到过年时，拿出来，跟砂子一起爆炒。这个还可以吃。当然，靠山吃山，秋天的时候，山野里可以采摘到很多毛栗子，这也是零食之一。毛栗是好吃，但吃的时间太短。从秋天开始,一直吃到第二年早春的,是另外一种零食,就是葛根了。这是山区小孩最常吃的一种零食,也是比较好吃的一种——皖南山区的红沙土,适合生长品质优良的葛根,淀粉很多,很香。挖葛根,是很费事的,一般来说,要先在山坡荒野中找到葛藤,然后顺着藤摸到葛根所在的地方。用那种我们称之为"板锄"的大锄头在葛根的四周深挖,等葛根差不多露出面目了,就用结实的麻绳拴住葛根头后,系在锄头上将锄头一头抵着地,一头抬在肩上,用力一抬,葛根就完全出土了。待洗刷干净之后,放在大铁锅里,放上水,最好是用淘米水,用柴根使劲地煮上几个小时。然后,把起锅后的葛根切成一小段一小段的,撤去皮,嚼着吃,吃它的粉,然后吐掉粗纤维。葛根的营养价值非常高,按照现在医学保健书上的解释,是真正的绿色食品,含有丰富的维生素和葡萄糖,可以降血压、降血脂,对痛风之类的疾病尤其有好处。葛根是好东西,不过对于当时的我们来说,吃葛根,纯粹就是为了解馋,就是为了打牙祭。除此之外,用葛根榨洗出来的葛粉,可以制成葛粉圆子,也非常好吃。不过,我那时候吃得不多,仅在父亲一个朋友家吃过一次,那嚼劲和味道,让我难以忘怀。

我8岁以后,就转到县城小学了。葛根,也很少有机会去挖了,因为离最近的山里,也要走很多路。不过,10多岁的时候,有一次跟父母到绩溪校头的大山里去玩,在一个朋友家住了几天,几乎天天去山里挖葛根。校头一带因是黄土,葛根尤其粗壮,含的淀粉也多。从校头回来时,我们驮了很多粗壮的葛根回来。当然,葛根从来就不是少见的,在我上学的县向阳小学门口,一年到头,都有几个小贩卖葛根。她们一般是将葛根齐整整地剖开,你付多少钱,她们即切多少块葛根给你,也不用秤称。一般在课间时,我们都会涌到校门口,买上个两分钱或者5分钱葛根,然后幸福地嚼着。给我印象较深的是一个卖葛根的老太太,整天穿着黑色的棉袄,腰前系一个围裙,她每天都要卖满满一竹篮葛根。她总是自己携带一个小板凳,我们上学时她就来了,一直到我们放学没人了,她才回家。她的面前放着一块砧板,一把刀,那把刀非常锋利。她的葛根一直最好,尽是粉葛,没有水葛,也没有柴葛。我经常是把早上买馒头的钱省下来,买葛根吃。有时候一下课,她的面前总会围着一大群学生,吵吵嚷嚷的,都是去买她的葛根,当然,其中也有一些人不规矩,浑水摸鱼。混乱之中,老太太往往会张开瘦小的胳膊,护住自己的葛根,大声地叫着:"不卖了,不卖了!"有的孩子会乘她不备,抓上几块葛根就跑。老太太会气愤地站起来,大声地斥骂。因为是个小脚,也没办法去追,只有跳上两跳,一边骂着,一边继续做她的生意。

在向阳小学里待了3年之后,我就去另一个地方读中学了。奇怪的是,在不大的县城里,后来竟一直没有再见到过她。买葛根的孩子也是一茬一茬的,不知她后来卖了多少年,反正,吃她卖的葛根长大的孩子,一定不会少。

相较于山芋,我一直喜欢吃葛根。山芋,我这一辈子是看都不要看了,"痛苦"的记忆太深了。但葛根,我一段时间吃不到,还会追忆。前几天老家的朋友给我带来了许多葛根,我把它分给同事和朋友吃,他们都大吃一惊,不知道是什么,也不知道怎么吃。我有点得意。毕竟这是好东西啊,我小时候,也是吃过好东西的。

酱坊与糖坊

从乡下搬到县城,我家一直住在文化馆里。文化馆的隔壁,是一个酱油坊,好像有上百年的历史,当时已属于集体。那时的徽州,每个城镇都有一两个大酱油坊,生产着酱油、豆酱、咸菜之类的东西。酱油是零卖的,县城里每个家庭的孩子,一般都是从打酱油开始劳动。只要会走路了,就得学会打酱油。大人做饭的时候,看到酱油瓶空了,便大喊一声:"快去打酱油!"于是,孩子小手握住酱油瓶,接过递过来的一两毛钱,飞跑着去酱油坊。到了酱油坊,得踮着脚向高高柜台递过去钱,然后,营业员放下手中的毛线,面无表情地从柜台里走出来,掀开酱油缸上的竹笠,将漏斗插入酱油瓶中,又从一排吊着的竹器当中,取出适合的竹筒舀出酱油倒入瓶中。竹筒体量不等,有1斤的,有半斤的,也有2两、1两的。营业员狡猾得很,逢到心情不好气不顺时,手一抖,半两酱油就滴漏了。

酱油坊一般是前店后坊:前面的是店,卖盐、杂货、酱油和酱菜;后面的是坊,即生产酱油、酱菜的车间。酱是以黄豆为原料制成的:先将黄豆在大锅里煮熟,倒在竹匾上晒;几个日头之后,将七成干的豆豉放进半人多高的大缸里面,上面铺一层艾草,用竹编的大笠帽盖着。黄豆在缸中腐烂发酵,产生的液体就是酱油,剩下就是酱板。我后来想,小时候的红烧肉为什么好吃呢?除了物以稀为贵、肉质本身较好之外,酱油的好,也是很重要的。现在都是化学制酱油,搞配方,哪里去寻那种散发着豆香的"土"酱油呢？

酱油坊的主产品是"香菜"：入冬之后，采购大批当地打过霜的"高脚白"，就是茎白长、叶子少的一种白菜，架竹竿上在阳光地里暴晒几天，待晒到8成干了，用刀切成2寸长短，倾入木盆之中，加盐、八角、辣椒粉等佐料，用手使劲地揉搓。这个揉搓过程很讲究，有些人手"鲜"，做出来的"香菜"好吃；有的人手"臭"，做出来的菜难吃，甚至还会腐烂。酱油坊每年招季节工，一般都会一个问题：你的手喜欢不喜欢出汗？回答肯定的录取，回答否定的淘汰。菜秆揉搓一番后，一般是放入小瓮中，用洗净的石块压紧，搁置一个月后，开封就成"香菜"了。吃"香菜"最好倒入点麻油，或加点白糖拌一拌，绝对辣脆可口。除"香菜"外，酱坊里还生产腌萝卜、咸豆角、酱瓜、腌辣椒、腌大蒜、腌生姜之类。腌萝卜品种最多，分为咸萝卜、酱萝卜、萝卜块。咸萝卜直接用盐水泡，酱萝卜直接用酱油泡，皖南的沙地萝卜甜，水分也多，怎么做都好吃。至于萝卜块，做法跟香菜基本相同。好的萝卜块也叫"萝卜响"，是指它嚼起来很脆，齿间能发出清脆的声响。

那时候的酱油坊，是我们经常玩耍的地方。我们经常在酱油坊里逮蟋蟀——也可能是吃了酱油的缘故，酱油坊里的蟋蟀特别多，一个个体大威猛，特别好斗。在酱油坊里躲猫猫，也是最适合的场所——有上百个半人高的大缸以及1米多直径的竹斗笠，随便往哪里一藏，都会让人找半天。有一次，一个小伙伴竟潜入半缸酱油的缸里，让我们找了半天才找到。这家伙在里面怡然自得，有滋有味地品尝着酱油，吃着萝卜块，不知有汉，无论魏晋。当然，躲猫猫只能在酱油坊上半年相对空闲的时候，到了下半年的收购季节，酱油坊大院人来人往，收购来的萝卜、白菜会堆得如小山一样，上百个大缸也塞得满满。有时候萝卜装不下，竟会晒到我们打弹子的操场上。旁边既然有能吃的,就容不得我们不客气了。往往是空闲无聊时,像小野兔一样跑到竹匾上抓一把萝卜啃着吃。吃萝卜不仅能缓解我们的饥渴,有时候还会放出黄鼠狼般的臭屁,扰乱对手的斗志和注意力,让对方的弹子偏离方向。那时候的日子是真无聊,有时候无聊至极,几个人会凑个毛把钱,派人跑到酱油坊买腌辣椒来比赛着吃。这种腌辣椒特辣,俗称"狗吊辣",我们就拼着看谁能一口气吃得更多——比赛的最终结果是伤人伤己,我们会辣得满操场转圈,眼神发直,眼冒金花,恨不得逮到什么都啃上几口。一场比拼下来,后果会持续很长时间,上面不感到辣了,下面还会感到辣,上课时也会如坐针毡。

我们的童年就是这样贫乏和寡淡。除了粗粝的古巴糖和县里自产的甘蔗和野果,我们甚至很少能吃到糖或者其他甜食。只有在年边上,父母亲才会挑着半担冻米,去糖坊里做一点算是甜食的冻米糖。割冻米糖是一个较大工程:秋天时先将糯米蒸熟,放在阳光下暴晒,晒到半干时,将结块的糯米掰开,搓成一粒一粒的。到了快过年时,会将一年的糖票集在一起,买上斤把白糖,然后挑着冻米去糖坊里割糖。糖坊的人很多,空气中充满诱惑的甜香,我们吮吸着味道,仿佛吮吸着天堂的芬芳。割糖要先交加工费,随后,站在长长的队伍后面慢慢挪步。割糖的步骤并不复杂,先将冻米在锅里爆成米花,将白糖熬成糖稀,再将糖和米花搅拌,放入一个大木框中,用大石头压紧。待其基本冷却之后,用锋利的刀将之分割。在此之后要做的事就是把它一层层码进特制的白铁箱——这做好的冻米糖,就成为我们春节乃至大半年的零食。

我是不喜欢吃冻米糖的,因为吃得太多——年年吃,月月吃,天天吃……再好吃的东西,当不想吃也得吃时,就会变得让人生厌了。我喜欢吃的,是稻花糖和花生酥——稻花糖是用稻谷爆成的稻花做的;花生酥是将花生炒熟,倒入糖稀后放在石臼里用木头击打出的。这两种糖好吃,成本也高,像花生酥,那时候我们吃花生都难,哪能找来10多斤的花生来做花生酥呢?所以,我们家吃的,只能是便宜的冻米糖。有时候瞅着别人家割花生酥、稻花糖,只能咽着口水悻悻地回家,接着吃自家的冻米糖,吃得满嘴燥热喉咙发痒,吃得情绪沮丧满怀忧伤……到了后来,我再也不想碰那个干燥的、散发着一股异味的东西……终于有一年,在上一年的冻米糖大批存积的情况下,父母终于决定不再割新冻米糖了。我悄悄地长吁一口气,如释重负,终于可以摆脱冻米糖的羁绊和阴影了——那个时代的很多东西,都像冻米糖,看起来甜蜜而快乐,本质上却是简单的淳朴,还有乏味。

徽州的野菜

我童年的时候生长在皖南的乡村,从三四岁起,就与村中的孩子们一起,在山野河流边四处晃悠着边玩耍边觅食。我们采山里的野果,偷地里的萝卜和山芋,用弹弓打天上的麻雀和黄莺。我们吃山里的野兔,吃蛇,吃山里的野果,"贼大胆"般地尝遍田野里的百草、百虫。那时候真是个"饥饿年代",小伙伴之中难得见到一个胖子,我们都挺着一个青筋暴出的大肚子,小腿细得如柴棒,脑袋大得出奇,活像一群在田野上跳跃的饥饿蚂蚱。

野菜,是我们在乡野里离不了的东西。与平原相比,山区最为丰富的,就是各种各样的野菜了。皖南好吃且最有名的,自然数春天里的蕨菜了。蕨菜有一种山野的清香,无论是清炒还是凉拌,或者干脆就是晒干了烧肉吃,都别有一番滋味。蕨菜性凉,据说可以治癌,日本就专门从中国大量进口这种野菜。

山区野地里雨后还会长出一些地肤,也就是地衣,青绿色的,把它捡拾起来,洗净,和大蒜、青椒一起清炒,极爽口;也有人用地衣来煮粥,味道清香,吃起来滑溜溜的。比较常见的是荠菜和马兰头:荠菜与豆干放一起清炒有山野的清香,也可以用来包饺子,做馅是首选,无论用大白菜还是韭菜,都远不如荠菜香。荠菜做圆子也很好吃,好的荠菜圆子分两层,内层以荠菜为主:将烫过的荠菜挤干水,剁碎,加入炒熟的肉丁和切碎的虾米、香菇、火腿、鲜笋,用湿淀粉拌匀,捏成乒乓球大小的馅;再将肥瘦各半的猪肉剁碎拌匀后加蛋黄等裹一层。最后把圆子下温油锅炸至金黄色浮起即可。荠菜圆子要趁热食用,咬开那酥松香脆的金黄色外壳,里面一团青绿冒着热气,让人想起春天的山野氤氲的雾霭。

与荠菜如姐妹花般生长的是马兰头,早春的马兰头特别"蓬勃",小沟、小渠、小河边长得到处都是。春天里拎个篮子去乡野里采马兰头,用剪刀头插入根部,一剪一挑,一会儿篮子就满了。马兰头洗净后要用开水焯一下,加入麻油和糖,和臭干子、花生米一块凉拌,或者放在锅里炒一炒,吃起来,要的就是那种微苦微涩的清香。较高级的吃法是用马兰头炒猪肝,或者用马兰头炖猪头,猪头吃起来香,也不腻。马兰头还可以用来炖莲子,中医说是补气。气是什么?不知道。比马兰头更常见的是马齿苋,这种野菜在菜园的空地上随处可见,采摘马齿苋以棵小、稚嫩、叶多的为好。采摘后洗净,将鲜嫩茎叶用开水烫软,把汁液轻轻挤出,加食盐、米醋、生姜、大蒜、芝麻油等拌匀,吃起来有些酸酸的。马齿苋还可以用来炒鸡蛋、炒猪肝和猪腰,吃起来爽滑嫩鲜,味道稍酸。马齿苋最适合的吃法是用草木灰搓揉,搓出浆水后晒干。晒干后的马齿苋烧五花肉很好吃,很香,口感也很好,跟干豇豆烧肉可以一拼。

春天里好吃的还有香椿,每到清明前后,人们都要用绑着镰刀的长竹竿绑去树上绞几枝来香椿苗来炒土鸡蛋。香椿炒土鸡蛋,是春天里最好吃的菜之一,它还有个诗意的名字叫"吃春",能吃得五脏六腑都苏醒过来。香椿凉拌也很好吃:用开水烫软后,挤干水分,切碎后加入细盐、麻油、鸡精凉拌,再加入水豆腐或者豆腐皮,清新爽口滑肚肠。香椿还有一种较复杂的吃法:将蛋清和蛋黄分别下温油锅过成碎末状,将香椿芽末、蘑菇丁、肉丁、豆腐丁一同放在油锅里爆炒,最后勾薄芡出锅装盘;这便是很有名的"香椿赛蟹黄",黄、白、绿、红、褐五彩缤纷,色泽鲜艳,就像春天本身一样。皖南还有其他一些野菜,现在已不常吃了,比如说酸模,可以用来炒肉片、做汤,也可以采摘下来做咸菜。酸模吃起来有一种酸酸的味道,清新爽口,很是别致。

那时山野里还有百合,也是我们常去挖的。野百合与现在种植的百合是不一样的,现在的百合没有什么味道,寡淡无味。野百合在浓浓的药味之后有一股长久的甜味,袅袅娜娜能甜很长时间。野百合不太好找,山上的乱草丛中,偶尔发现,我们会高兴得不行。野百合一般作为佐料煮稀饭吃,煮稀饭时药味没有了,只有一种浓郁的药香。野百合还可以用来炒肉片,用来烧鲤鱼——百合鲤鱼是一道传统的名菜,据说从春秋时就有了。"百合",百年好合,这个名字好听,与鲤鱼搭配起来,一切吉祥。与百合同样从地里挖出来的,还有黄精,黄精可以跟鸡、甲鱼一起煲汤,肉嫩汤美。黄精是滋阴壮阳的一种东西,还兼补气、润心肺什么的。我曾在九华山看见有人卖黄精,一斤要200元,真贵!

徽州山野里还有一些东西可以吃,不过因为不太好吃,到20世纪70年代的时候,人们已不太吃了。比如说苦菜,也就是蒲公英,开花之前的叶与茎,都是可以炒着吃的。传说不食周粟的伯夷、叔齐深居在首阳山里,就是以吃苦菜为生。他们就是要把自己整得很苦,以不忘记前朝的恩惠。水边的茅草根也是可以吃的,白色的茅草根带有甜味,可以嚼着吃,也可以洗净后放在火上烘,烘干后磨成粉,用水和成面状做茅草饼。不过,我从来没有吃过茅草饼。水边还有鱼腥草,既是治感冒的中药,也可以作为野菜吃。我在皖南没有吃过鱼腥草,倒是有一年在云南的餐桌上吃过,苦苦的,有一种浓烈的腥味。有人说吃了鱼腥草是三月不知药味,我第一次初尝,差点翻江倒海。

徽州最好吃的是山野里各式各样的野蘑菇、野山覃,还有生长在榆、桑、槐、楮等朽木上的黑木耳。据说,绩溪大山深处的百丈崖,海拔800米以上的石壁上,有一种灰褐色的石耳,每三五年才能采摘一次,每次能收获石耳近千斤,味道特别好,有钱都买不到——都给首都的人买走了。这样的东西,已不是石耳,是"神耳"。不过,平常人也有平常人的珍馐,春、夏、秋各个季节,雨后山上的松林里,可以采到各种各样的松菇,其中以绿色松菇为多。小时候雨后初晴,我经常会拎着竹篮,到附近的梓山上去采松菇。寂静的松林里,我一边采着松菇,一边想着格林童话的故事,总是希望冷不丁能碰到个小矮人,或者碰到蘑菇精,可惜我一次也没碰到。松菇可以用来炒肉片,也可以用来做汤,虽然带一点土腥气,但鲜得让人犯结巴。这不是夸张,而是事实。我小时候家里来过一个北京的画家,吃了我妈烧的松菇汤之后,鲜得语无伦次,一时竟不会说话了,只能"喃喃"地手舞足蹈,像中了松菇的"毒"似的。第二天恢复后,他大为感叹,说:没什么东西能比松菇更鲜的了,它就是"天下第一鲜"。

徽州的野味

我在40岁时的那年元旦,烧了一桌让我记忆犹新的菜肴,主菜是麂肉山珍锅,是将风干的麂肉泡软,加入土猪的五花肉混烧,然后放入冬笋、干豇豆等。麂肉是野味中的上品,带点土腥气,又不是土腥气特别重的那种,处理得好,有着山野的清香。烧野味得放点五花肉,能除野味的焦涩味;为保持山珍的纯粹性,不加其他东西混杂,只加冬笋和干豇豆。冬笋味鲜,这是麂肉所缺的;而干豇豆正好扬麂肉的长处,增香又吸去多余的油。因为扬长避短,这一道菜又是文火慢烧,所以味道极其鲜美。野味毕竟是野味,它的味道是家养牲畜所无法代替的,是腥味,也是鲜味和香味。

我父亲20世纪70年代在旌德的乔亭乡搞工作组,认识当地一个猎人,极富有传奇性:他不种田也不种地,整天就是在深山里转悠,打豹子、梅花鹿、野猪、野狼什么的。这个猎人很神,他猎豹子,不是用枪,而是用药——如果在一个地方发现了豹子的行踪,会用一只羊作诱饵,在羊身上涂上蜜糖和砒霜,捆在豹子活动区域的一棵树上。豹子嗅着味道过来后,先是埋伏在一边窥视,然后会扑向羊。吃了砒霜的豹子中毒后,会挣扎着去附近的池塘喝水。猎人就埋伏在池塘边上,对奄奄一息的豹子补上一枪或几刀,在原地肢解豹子:先开膛破肚割除豹子的胃埋掉,再剥掉豹子皮,将肉和骨头分开,骨头送至药店卖掉,皮留在家中晒干,肉则分送村民们吃。打野鹿,又是另外一种方式,往往是在发现鹿的踪迹后,根据鹿的粪便和脚印情况,分析出鹿的位置,拎着枪领着好几个助手拼命追。追鹿真辛苦啊,鹿跑得快,猎人的步伐也得快,有时候一追,就是好几百里,并且都在山野密林之中,根本没有路径,不能休息,有时候吃东西都得跑着吃。野鹿意识到后面有紧追的猎人,就拼命地跑,跑的过程中,血不断涌上头顶的鹿角。鹿在前面跑,人在后面追,一直追到鹿精疲力竭跑不动为止,猎人便用猎枪将鹿打死,割去鹿角。这时候收获的鹿茸是最好的,能见到一线线血丝。鹿血也是一种好东西,滋阴壮阳活血,猎人们会每人喝个饱,补充气力。鹿角一般会卖一部分给药店,自己留一部分,鹿肉会带回去,分给村里人吃,尤其是村里身体不好的人,会多分一点。

20世纪70年代的中国还没有什么"自然保护"的概念,那时的野兽,好像是可以随便打的。猎人偶有收获,会请我父亲去他那享受一顿野味,有时候甚至捎上半斤八两的野味让父亲带回家。有一次,猎人还给了我父亲一块很大的豹骨头以及拇指般大小的一个豹爪子。我们兴高采烈地吃着鹿肉和豹肉,把豹骨头泡在烧酒里,把豹爪子做成项坠挂在脖子上。鹿肉带些土腥气,味道也较重,不过吃起来较香;豹肉的纤维很粗,土腥气重,一点也不好吃。至于豹骨酒,在泡了好多年后,我父亲用来送给那些患风湿病的朋友。他们喝了后,都说效果很好。

需要说明的是,当时的徽州,诸如豹子和野鹿之类,是很少的。猎人在正常情况下,只能靠打野猪、野兔、野鸡度日。野猪在皖南山区经常能吃到,我在宣城工作时,全区170多个乡镇,我几乎都到过。在很多乡镇吃饭,没有什么炒菜,端上来的都是火锅。这当中,大多是野猪锅、野兔锅、野鸡锅。野猪肉比家猪肉紧,脂肪不多,肉也更香,尤其是皮,软中带硬更有嚼头。野猪身上最好的东西是胃,这是一个"七把叉"的胃——野猪是乱吃一气的,有时候偷玉米,一口气能将数十斤的玉米连秆子一起吃下去;有时候饿了,会连石头都吞进去,吞进去也能消化掉。你说这胃好不好？中医里野猪的胃是一味上等的中药，对于人的各种胃病有很好的疗效，这也是中医"吃什么补什么"的医理延伸。这么厉害的东西自然要卖好价钱，也难怪野猪肚子现在1斤卖到500元以上！野鸡也是皖南山区到处都有的东西，有一次我开车到皖南，在黄山区至谭家桥的高速上，一只很大的长尾野鸡迎面撞上我开的车的挡风玻璃，"咚"的一声，把我惊出一身冷汗。那只鸡，我没有下车去捡，估计不死也晕了。皖南一带烧野鸡的方法一般是做火锅，将咸菜和鸡块一起放炭火上烧，或者是浓油赤酱红烧。广德县的一些地方喜欢用野鸡来炖汤，放很多黄酒，野鸡汤不腥，鲜得很，没有土腥气。当然，好喝的是蛇汤——蛇也是好东西，皖南人吃的一般是乌梢蛇和菜花蛇，加火腿冬笋木耳煨汤，也有的直接红烧。蛇肉并不是太好吃，肉少骨头多，只能吃出一点肉丝，不过汤却很鲜。对于蛇，我也并不陌生，小时候在乡野里玩耍时曾经跟小伙伴们打死过好几条蛇，打到的乌梢蛇和菜花蛇都是拿来煨汤，据说蛇肉汤清凉，夏天吃了不长疮，对皮肤特别好。我在宣城时，有一次外地来亲戚，我到菜市场买了土老母鸡，还特意买了一条乌梢蛇，准备做"龙凤呈祥"的大菜。卖蛇的人帮斩了头剖了腹剥了皮之后，将白惨惨的蛇身子塞进塑料袋让我带回家。我骑着自行车，前面篮筐放着蛇，后座上驮着鸡，走到一半时，篮筐里的蛇身突然动了起来，一扭一扭的，竟然从塑料袋里跑了出来。我冷汗直冒，差点没从自行车上跌下来！

  我还烧过野羊。有一次，皖南的好友托人带东西给我，我去拿，捎带东西的人说是羊腿，我没有听清，也没追问。回家后稀里糊涂按照羊肉的方式烧了。哪晓得这一烧不要紧，屋子里到处散发着腥气和膻气，吃起来也不是个味道。我打电话一问，才知道是野羊。野味和家味是不一样的，野味很鲜也很腥，得剁成小块，用咸菜和辣椒使劲烧才是。我真是毁了这美味，把它彻底烧坏了。不过说实话，过了40以后，我也有点不愿意吃野味了，总觉得不太好吃，也不人道——人类以强凌弱，实在是胜之不武。至于吃稀罕，"四十而不惑"，见过的事也不少了，太阳底下，还会有什么稀罕的事呢？

老徽菜中有"红烧果子狸"这一道名菜，我没有吃过，这一道菜之所以出名，想必是因为果子狸脂肪厚，胶原蛋白多，烧起来香味四溢，吃起来肥而不腻。尤其是冬天，吃上这样高脂肪的东西，能充分抵御山区的寒冷。在徽州，"红烧果子狸"之所以成为极品菜肴，是因为山里的冬天天寒地冻、白雪皑皑，几个人坐于厅堂之上，慢吞吞地吃着果子狸火锅，能吃得浑身暖意。现在的徽州，哪里能看得到果子狸呢？我在徽州那么多年，几乎从未看到过果子狸，更谈不上吃这一道菜了。我只是有一次去加拿大，在温哥华斯坦利公园不远的跨海大桥边，看见两只大的一公一母的果子狸，带着三四只小果子狸悠闲地散步。它们看见我们一点也不躲避，大摇大摆走过去。我看得不住感叹，这要是早些年在徽州，人们肯定等不及，扑上前去就将这些果子狸逮住，然后给红烧了。

那些好吃的花儿

除了野菜,徽州很多野花,同样也是可以吃的。以花为菜,不仅吃的是味道,吃的是养生,而且可以吃出情趣,感觉到身心的超凡脱俗。

吃花的习俗自古有之,战国时屈原在《离骚》中就吟诵道:"朝饮木兰之坠露兮,食菊花之落英。"早上喝着木兰花瓣上滴下来的露水,晚上吃几瓣菊花,这样的生活,真是超尘脱俗。因为屈原喜食菊花,菊花自此也成为餐桌上的一道风尚,东汉时的医学专著《神农本草经》中有菊花"服之轻身耐老"的记述,可以说是食花的较早记录。魏文帝曹丕曾送给他的好友

钟繇一束菊花,请他食用。东晋时,陶渊明所写"采菊东篱下,悠然见南山",应该是种菊以赏、以茶、以食。左思也有诗曰:"秋菊当糇粮。"糇粮者,干粮也。菊花既然可以当干粮,就肯定可以作菜了。至于"山中宰相"陶弘景,炼丹服丹之余喜欢食菊,已成为公开的秘密。在此之后,随着隐逸文化的发展,文人雅士对耕云种月田园风情的向往,鲜花菜肴越来越多

地成了餐桌上的雅事,连不算浪漫的杜甫也曾吃过槐花,并且留有诗:"青青高槐叶,采掇付中厨。"苏东坡在《后杞菊赋》中也说自己"日与通守刘君廷,循古城废圃,求杞菊食之,扪腹而笑",并且,"以菊为粮,春食苗,夏食叶,秋食花而冬食根"。由此可见,菊花几乎每个部分都是可以食用的。花卉菜肴得到推广,宋代美食家林洪功不可没,他撰写了一本《山家清供》,意为隐居者的素食,把花馔列入饮食典籍,"金饭"卷载:"采紫茎黄色正菊英,以甘草汤和盐少许焯过,候粟饭少熟,投之同煮,久食可以明目延年。"这算是菊花正式入了食馔。《山家清供》还记载了其他10多种鲜花美食,比如梅花汤饼、广寒糕(桂花)、荼蘼粥、雪霞羹(芙蓉)、牡丹生菜等,杂花入食,五味芬芳。

到了明清时期,食花更是成为上层社会的一种风俗。明代王象晋深得三昧,他在《群芳谱》中甚至说:"凡杞菊诸品,为蔬,为粥,为脯,为粉,皆可充用,然须自种为妙。"清代顾仲曾撰写《养小录》特设"餐芳谱"一章,详尽记载了20多种鲜花美食的制作方法。徐珂的《清稗类钞》中也专门收录了10多种花馔。金庸武侠小说《书剑恩仇录》中,有一个美丽无比的女子,叫香香公主,全身散发着一种天然的异常,"一香倾城"是因为得了太多的天地灵气,吃了太多的鲜花之故。当然,《书剑恩仇录》是小说,小说中的说法,姑枉听之就是。

徽州不能算是一块浪漫之地,这里的民风、民俗中,功利成分较多。不过,徽州也有一些习俗与食花有关:徽州人食花主要是茉莉、桂花和菊花——徽州自古文风兴盛,凡读书人考中功名,都喜在村前屋后种株桂花以示留芳,初秋来临,徽州到处丹桂飘香;至于茉莉,新安江两岸一直有种植的传统,面积和产量都很大;徽菊曾是贡菊,生长环境海拔高,多雾气,质地绝佳。徽州人喜欢将茉莉用面粉拌过,在油锅里炸着吃,也有用开水焯一下茉莉，用糖拌后作冷盘上席，吃起来齿间有清香；桂花多在做糖藕时加入，或者加糖腌过，作为糖点、月饼和元宵的馅；至于菊花，入菜肴较多，其中有一道"菊花三鲜"久负盛名：将鸡脯肉剔去筋膜切成细丝，加入鸡蛋清、生粉、麻油拌匀；将菊花撕下花瓣，摘去瓣尖和根部，放入水中浸泡1小时（中间换水1次），除去苦味，捞起沥干；将香菇去表皮切成丝待用；将炒锅置中火上烧热，放入生油，烧至三成热时，下鸡丝滑熟，倒入漏勺沥去油；原锅留余油，放入香菇丝稍煸；再加入鸡丝、菊花瓣、泡发过的鱼翅、精盐、鸡清汤、白糖、味精等，最后用湿生粉勾芡，淋上熟油即可装盆上桌。这一道菜色泽美艳，吃起来清凉可口，堪称色与味的最佳组合。

徽菜中有一道"野菊花拌猪肚"，雅俗混搭，各取所需；还有一道"鳜鱼菊花汤"：待鳜鱼炖出奶白色的汤后，放入菊花，算是火性的鱼汤中，加入点清凉，既好看，又中和。菊花还能做火锅，既可以使汤锅增色，又能祛火驱燥，算是一举两得。徽州菊花火锅的做法据说来源于宫中，是御膳房掌案太监张兰德出宫后传到民间，再辗转进入徽州的。德龄公主在《御香缥缈录》中曾记载慈禧太后最喜欢吃菊花火锅：用铜火锅盛鸡汤或肉汤，以急火烧沸，再投入肉片，并杂以白菊花瓣，名曰："白菊乌鸡涮红锅"。除了菊花火锅，慈禧喜欢吃厚瓣白菊花和鸽子肉做的小元宝饺子。这老祖宗真是把自己当作"菊花仙子"了。以我的感受，尝菊花和茉莉，色香是主要的，味是次要的，我曾在云南蒙自吃过大碗菊花过桥米线，米线味道一般，倒是大盆里五彩缤纷的菊花瓣，让人大快朵颐。

徽州各种花卉当中，最好吃的要算黄花菜。徽州的黄花菜大都是野生的，盛夏季节，经常在荒山野地里开得满地金黄，采摘下洗净后蒸熟晒干，炒肉丝是最佳选择。徽州最好的黄花菜是绩溪歙县交界的清凉峰、野猪裆以及祁门的牯牛降，那里的黄花菜不是星星点点，而是郁郁葱葱如郁金香一样大片开放，场面尤其壮观。这些地方的高山黄花菜，味道鲜美，有机成分多，可以说是徽州的"天山雪莲"。同样好吃的还有槐花，槐花可以生吃，可以凉拌，可以作为饼馅，也可以炒着吃：有一道名菜叫"槐花鸭丁"，先是将槐花在开水里焯一下，捞起来；将鸭丁、豌豆等放在锅里炒；待到8成熟的时候，加上熟火腿、鲜槐花和佐料，勾芡，起锅，吃起来鲜美无比。槐花还可以用面粉拖一下，放在油锅里炸，吃起来味道清香。同样可以炸着吃的还有南瓜花，用面粉拖过下油锅的瓜花，吃起来有荷包蛋的滋味。

我少年时最常吃的花卉是杜鹃也就是映山红。每年春天，当映山红大片开放时，我们都要在山野里疯上一阵，憩歇下来无聊时，便一片片摘映山红的花瓣吃，吃得嘴唇血红血红的，杜鹃花有一种酸酸的甜味，我们总是互相提醒不要吃多，吃多了会流鼻血。我曾经在屯溪的一家菜馆里吃过一道"映山红苹果"的菜肴：将映山红花瓣放在开水里焯一下，然后加一点白醋和盐，去掉一些映山红的酸苦味，捞上来，跟青苹果片放在一起炒，粘锅即起，加入色拉。这种别开生面的吃法，极有情致，妙趣横生。当天的宴席上，我还吃到了一道叫作"茉莉花炒虾仁"的菜：先将茉莉花放在开水里浸泡20分钟，然后倒入爆过虾仁的锅里，放入佐料，再炒一下。这道菜非常漂亮，红白相间，爽心悦目，吃起来更是鲜美无比。这一道菜，与"芙蓉鸡片"、"桂花干贝"、"菊花鲈鱼"以及"玉兰饼"等一样，一开始不能算是徽菜，不过一段时间之后，也慢慢变成徽菜了。

人与人不一样，花与花也是不一样，据说是歙县籍的明代文人张潮在《幽梦影》中说："梅令人高，兰令人幽，菊令人野，莲令人淡，春海棠令人艳，牡丹令人豪，蕉与竹令人韵，秋海棠令人媚,松令人逸,桐令人清,柳令人感。"这些话,当然指的不是吃,而是一种审美。至于吃和养生,菊花祛火,百合补气,桂花醒脾,玫瑰和肝,兰花润肺……知晓了这些,有的放矢地食花,便更是五味芬芳了。不过对于一般人来说,相比跟花的距离,人们对于肉还是更近一些,人不吃花可以,人不吃肉就不行了。人与肉、与花的距离,或许就是人与现实、与理想的距离。

清明馃、芙蓉糕及其他

中国古代的时候,每到春天,家家户户都有做青团吃青团的习俗,这个风俗,一直保存在徽州的乡野中,徽州把青团叫作"清明馃",做的方法和配的馅料,也有些不太一样了。

徽州清明馃有白色也有青色的:白色是纯糯米粉做的,青色则是在糯米中加入了艾叶的汁。艾叶在徽州叫黄花艾,田埂野地里到处都有,草本植物,如菊花一样一叶分五叉,叶片毛茸茸的,呈淡绿色。揪断了叶片,可闻到一股稍带辛辣的清香。一般是采摘下较嫩的艾叶,在石臼中捣得稀烂,过滤成汁,加适量石灰水,使之更加鲜

绿,兑入糯米粉中,就有艾草浓郁的清香。徽州清明馃的馅很丰富,有腌菜的,有芝麻白糖的,有豆沙的,有肉丁、笋丁、香菇丁的。包清明馃和包饺子有些相似,只是因为清明馃是糯米做的,包起来难度更大一些,形状也多样一些,有圆形的,有花边的,有三角形的,甚至还有包成动物形状的。

跟清明馃异曲同工的是粽子。北方的粽子大多用苇叶包,徽州的粽子则是用箬叶包成。箬是一种大叶竹,生长在山野里。采到箬叶后,一般挑选三四寸宽的在井水里泡几天,泡过井水的箬叶会变得柔软不易折断,也不太容易粘糯米。包

粽子是一个大工程,先将上等的糯米淘过后,和上酱油,摆置在脸盆里;将上等的前夹肉切成长条状,用黄酒、酱油浸泡做馅;再准备一些板栗或红枣做辅馅。待这一切准备好,先将箬叶半卷,放一半糯米打底,再将肉条、板栗放入,上面再盖上一层糯米,之后将箬叶合上,用麻线打包缠紧即可。咸粽子的馅是新鲜酱肉加板栗,甜粽子则是豆沙加红枣。豆沙也是事先做好的——将红豆煮烂后,倒入干净的白布口袋,放在盛清水的盆中洗;然后将盆中的红豆水倒入更细一点的白布袋,将水挤出,白布袋里就剩下红豆沙了。红豆沙做粽馅前要先倒入猪油炒,炒得喷香拌匀,待冷却后搓成一个个小长条,再夹入粽子中。关于吃的,少年时我家一直没有什么值得炫耀的,唯有粽子,明显高过当地白米粽一筹。徽州几个县当中,数歙县人对粽子最讲究,质量也最高,这大约跟歙县历史上徽商最多最富庶有关。我少年时家穷,平时也节约,但在包粽子上,母亲却异常舍得,肉、板栗、豆沙和红枣"四大样",一样都不能少。我母亲包的是很正宗的歙县粽子,长条形四角粽,异常紧实,大小模样像旧时代女人的小脚,所以也称"小脚粽"。

除了粽子,歙县的芙蓉糕也算是徽州点心中的上品。母亲自小跟着她奶奶长大,母亲的奶奶尽管很早就守寡,但以前家境还不错,母亲小时候最喜欢吃的,就是歙县的芙蓉糕了。歙县的芙蓉糕有一点像现在的沙琪玛,不过颜色呈白色,做法是将糯米用鸡蛋和成面团,揉匀稍醒,之后用刀将糯米切片,放入油锅,待糯米条炸至金黄时立刻取出;将糖均匀地撒在糯米条上,加入什锦果脯和彩丝,倒入备好的木框内,扒拉均匀,用木板或走槌压平;随后,将之放入烤箱,烤上15分钟左右取出,再切成4

公分左右的方块即可。芙蓉糕内部紧密并有匀称孔隙，食之松、软、甜、香。因为制作的工序相当繁杂，若非经验老到之厨师掌握，通常难以发掘其原味。五六十年代的徽州，只有歙县的个别老师傅能做。这种极其讲究的芙蓉糕，想必是回乡的徽商所带来的，它带有浓郁的贵族之气，非一般山野点心可比。母亲喜欢吃芙蓉糕，是因为她在童年时期曾有过一段幸福生活。

除了稍上等的芙蓉糕，徽州糕点还有芝麻糖、糖球、糖饼、酥糖、糖支杆、壳饼、火炙糕、交切、寸金、麻片、如意糖、绿豆糕、蜜粽糕等。我小时候上学时必经县食品厂，每次经过前，我都要提前准备，屏住呼吸，然后猛吸几口气，把袅娜出来的麻酥糖、芝麻球的香气拼命吸到肺里，好像因此占了老大便宜似的。旌德的麻酥糖是我小时候最喜欢吃的点心了，据说它的历史可以追溯到南宋，采用脱壳的白芝麻、白糖，用少量的面粉配米粉精制而成——外面红纸包裹，轻解红衣，里面是玉体横陈的饴糖，躲在香甜的芝麻粉中。抓起来填入嘴中，会觉得满嘴香甜，心中尽是喜庆。旌德酥糖最大特点是饴糖成带，相对完整，吃起来口感极好。那时候旌德有十几个上海小三线厂，来山里的上海人回上海探亲，就喜欢带旌德的酥糖，以至于旌德的"顶市酥"在上海滩变得小有名气。除麻酥糖外，徽州还有玉带糕、万字糕、蜜粽糕等，"糕"因为和"高"同音，可以理解为"步步高"，"节节高"，便成了过节的好礼品，东家拎着送到西家，西家拎着送到南家，最后转来转去又到了东家。糕做得最好的地方不在徽州，而是在徽州边上的泾县茂林，茂林的麻烘糕、玉带糕和万字糕"三糕"久负盛名，可能跟茂林一带有很多大户有关。大户们有钱，吃东西也格外讲究，制作者就会格外尽心，产品的味道和质量自然会水涨船高了。茂林一带最有钱的，算是姓吴的家族了，作家吴组缃、画家吴作人都是泾县茂林人。当年吴家若没有钱,哪会将子弟培养得如此出息呢?想必吴组缃和吴作人小时候都是吃过糕的,吃了玉带糕,果然"步步高"。

徽州一带不光是节日吃"三糕",他们平时还吃发糕:籼米经水浸泡后,入石臼中舂细过筛,筛下来的细米粉与水调和成稀粉糊,加入适量酵母,再加入鲜肉泥、毛豆米、切碎的辣椒和豆干等;将加了料的粉糊用勺子舀入铺有蒸笼布的笼屉里,入锅蒸熟后,将蒸糕摊在干净的面板上,切成菱形或长方形,就是发糕了。与苏沪一带的蒸糕相比,徽州发糕较为松软,以咸为主,吃起来更轻松随意一些。北方人平时吃馒头,徽州人呢,则是吃发糕。发糕一方面好吃,另一方面叫起来也吉利,又"发"又"高"。这样的主食,谁会不爱呢?

徽州各地的"宝贝们"

我母亲 1957 年从徽州师范毕业时,还是一个十七八岁的小丫头,身高不足 1 米 6,体重不过 80 斤。学校让学生填写毕业分配的意向,母亲几乎是毫不犹豫地填下:旌德!母亲是歙县城里人,住徽师附近的斗山街,离师范步行不足 10 分钟,从未到过旌德。后来母亲告诉我们,去旌德有两点理由:一是旌德产大米,她喜欢吃大米,不喜欢吃杂粮尤其是玉米糊之类的东西;二是歙县南乡太穷,说话又听不懂,她不想去那个地方。结果,母亲如愿以偿地分配到了旌德,吃着旌德的大米,一直工作生活了数十年。

旌德不属于古徽州的"一府六县",不过自解放起,就划入徽州地区。同时划入徽州地区的,还有太平县和宁国县。旌德是个山区小县,人口只比黟县稍多一点,却有着"徽州乌克兰"的美誉——那是指旌德产大米,在粮食供应上自给自足,还产美味的花生和鲜甜的甘蔗。徽州地区行署所在地是屯溪,那时候地区经常下派工作组,行署干部下乡,凡征求意见,十有八九会说想去旌德。旌德物产丰富,相对富庶,交通方便,人又爽快,这是行署机关干部所喜欢的。70 年代屯溪的知识青年下放,也是十有八九,都会选择到旌德插队落户。旌德农村的工分价值高啊,一个工一般 1 块钱左右。不像歙县南乡,一个壮劳力一天累死累活,只能挣上八九分钱。

那时外地人来旌德,一定要带回的东西必定是甘蔗和花生。旌德的甘蔗又甜又青又粗,不像歙县的甘蔗,又细又黄又长,吃起来还空心,像营养不良的黄毛丫头似的。至于花生,旌德县不仅产花生,乔亭乡一带还产小籽花生,小籽花生个头小，果实颗粒也小，炒熟后香中带甜。带甘蔗可以随便带，带花生就不行了——"文革"期间什么都要票，什么都限量供应，棉布要票，花生也要票，好像一个人一个月只能买半斤或者更少一些。自己都不够，怎么送客人呢？只好去乡下老百姓家收，偷偷摸摸地交易，不让村里和公社的干部知道。那时上面来人，单位是不接待的，就在私人家里吃饭。外县人来了，坐下来吃饭，什么都不要，要的就是菜油炒花生米。花生米一上桌，主人会夹着筷子连吃几粒，然后就着当地的山芋干酒，话匣子就打开了，能絮絮叨叨把积蓄一年半载的话说得一干二

净。我记得那时徽州文化局创研室主任翁俊先生到我家吃饭，只要一上炒花生米，他就变得滔滔不绝，谈人生，谈文学，谈自己的"洗澡"身世，谈从《海军报》下放到皖南的经历。翁先生一句话让我至今记得——他说，有一次在外吃饭，一粒花生米掉到地下的鸡屎边上，他舍不得放弃，捡起后在水里洗一下，又塞进嘴里去了。翁先生为人耿直、坦诚，眼中不容沙子，他说最看不惯的事，是别人用勺子舀花生米吃，或者接二连三不歇气地吃花生米；他说自己见人吃花生米，只能"哆、来、咪"，也就是一口气三颗，若破此规，便是有失"吃德"了。该出手时就出手，翁先生会横眉冷对，伸出自己的筷子挡住对方的去路。这样的"花生米轶事"，也算是饥饿时期的花絮吧！

旌德的特产是大米、甘蔗和花生。至于歙县，给我印象比较深的，是它们的虾米豆干、枇杷和蜜枣。我母亲爱吃枇杷，外公、外婆、舅舅每年会在五月枇杷上市时，托人带一两篓枇

杷来旌德。歙县的"三潭枇杷",产自新安江沿岸漳潭、绵潭和瀹潭三个村,皮薄、肉厚、汁甜堪称极品。我去过现在被称为"新安江山水画廊"畔的"三潭",那真是山环水绕、雨量充沛、云雾萦绕、空气洁净,这个地方生长的水果,肯定是"人参果"和"神仙果"!母亲每每吃到枇杷,就会复述一遍在徽师学习时的幸福生活:初夏的一天,学校里一下子开来好几辆卡车,满载着金光闪闪的枇杷。正当师生们感到诧异之时,校长在广播里宣布:为采集"三潭枇杷"种子加以推广,县政府决定让师范的同学们进行配合,各班级由班干部将卡车上的枇杷卸下来,搬进教室,分给同学们随便吃;要求是不能用嘴咬,只能用手剥着吃,因为枇杷籽一沾上口水就不能存活。两天时间内,同学们可以大吃特吃,能吃多少吃多少,吃得多的当先进,吃得少的要受批评……记忆如此甜美,当然值得复述。在我看来,这一段美好的经历,要算是母亲平凡生活中最不平凡的场景了。

歙县不光三潭枇杷好吃,好吃的还有三阳坑的金丝琥珀蜜枣和灯笼柿饼。这两者的产地,都是与浙江交界的三阳坑一带,海拔高,石头多。在石头山长出的水果,生命力会格外旺盛,肉厚味鲜也就很正常了。枣在经精选、发切、收切、锅煮、生焙、挤捏、老焙、分拣等8道工序后,金黄如琥珀,缕纹如金丝,光艳透明,口感软糯。我曾经在宣城待过一段时间,在我看来,宣城水东的蜜枣已算是很好了,声名远扬,但与歙县正宗的琥珀金丝枣相比,质地还是要逊色一些——三阳坑的金丝琥珀蜜枣更软、更细,核更小。据说当年扬州的徽商,点名要吃的,就是三阳坑的蜜枣,其他地方产的都看不中。三阳坑除枣子外,还产甜柿,几乎家家屋前屋后都种有柿子树,到了秋天,柿子红了,仿佛满天的灯笼落在人间。三阳坑的柿子不像其他地方柿子呈扁平状,而是皮薄肉厚像灯笼,颜色赤红如火焰。柿子吃不掉怎么办,采下来做成柿饼。三阳坑做柿饼的方式跟其他地方不同,不是放在屉子里,而是直接用棉线穿起,一串串地挂在太阳地里晒。一般的柿子哪能穿得起来呢,只有肉极厚极紧,才能不落下来。柿子翻晒过程中,得进行"捏饼",就是将晒得软的柿子慢慢捏成饼状。这一工序要穿插着进行好几遍,一次不能用力太猛,不能将柿子捏破。最后,是将晒得八成干已捏成饼状的柿饼,均匀地码入小缸中,封好缸口,盖上盖,让柿饼自然上霜即可。三阳坑的柿饼最大的特点是肉特别厚,咬上一口,像咬上极品鲍鱼,也像咬上大猩猩的嘴唇。你不要以为猩猩的嘴唇恶心,《吕氏春秋》中,它曾是极品珍馐。

现在的黄山市黄山区,也即当年的太平县,有两样东西相当出名:茶叶和茶笋。茶叶就不说了,太平的"黄山毛峰"和"太平猴魁"堪为徽州茶叶的"双绝"。至于"茶笋",是因为笋干带有茶叶的清香而得名。70年代,我五舅在黄山脚下插队落户,整日在莲花峰和天都峰的注视下干活。他来旌德探亲,经常给我们带黄山的笋干。那笋干是真嫩,泡发以后烧肉,嚼起来像吃老豆腐一样,不过味道比老豆腐鲜美多了。70年代的肉金贵吧,可是每次笋干烧肉,最先不见踪影的,竟然是笋干——筷子翻来翻去找不到笋干了,才无比遗憾地夹肉吃——由此可见太平笋干的好吃。太平好吃的还有太平湖即陈村水库的鱼，那是真正的清水鱼，水美鱼也美，湖中的鲢鱼、白丝鱼、鳜鱼和"小快嘴"等，无论哪一种，放点盐白煮都好吃。有一次我们在太平湖的船上吃饭，叫了一份小鳜鱼火锅，里面是6条太平湖产的小鳜鱼。小鳜鱼肚皮下铺一层小茶笋，那真是一个鲜啊！仿佛鱼被吃完后，还能生龙活虎地在肚子里游来游去。"做人要做正直人，吃鱼要吃清水鱼"。我当时突发奇想，真想写一副这样的对联，挂在那条船上。

黟县休宁最出名的，是香榧。香榧是一种很好吃的干果，吃起来既脆又香，营养价值极高。香榧树不仅结美果，长得也好看，树干粗壮，树枝如冠，完全可以作景观树。我曾在新安江源头的右龙村，看到村前村后到处都是高大威猛的香榧树，一共有数百棵，树龄都在数百年以上，云笼雾绕，花团锦簇。与其他树不一样的是，香榧结果不定时，开花也不定时，一年四季都能开能结。这样的习性，很显其神秘，也难怪当地人在树下设灵牌祭拜土地公公之类。在徽州，香榧树似乎只产于黟县和休宁，好像邻近其他县都很少能看到。我怀疑香榧真是树中精灵，非得躲避于大山深处才是。同样奇怪的，还有山核桃。山核桃树只能在天目山脉生长，只产在宁国、绩溪以及歙县的很少一部分地方。像邻近的广德、旌德等地，看起来自然条件相似，相隔只10来里地，因不属于天目山脉，怎么也长不出山核桃树来。大自然的神秘，在于它有时候相当慷慨，有时候却又吝啬无比。这样的现象，还真是一件怪事。

山里的野果子

秋天到了，山里的野果子想必也红了，我在雾霾笼罩的合肥，想念着久未见面的它们——小时候，一到秋天，我们必定要去山上去采毛栗子。皖南的山区，漫山遍野到处都是毛栗，毛栗比板栗小，却有着板栗不具有的清香，也比板栗更甜。采毛栗要带三样东西：大竹篮、粗线手套和大剪刀。毛栗跟板栗一样，外部是一个刺球，得用剪刀连枝一块剪下来，先装到竹篮子里，等到竹篮子装满，找一个空地，将刺球倒在地上，剥出毛栗。剥毛栗是有技巧的：炸开口的毛栗，只要用鞋踩着，用剪刀将它们挑出即可；没有炸开的毛栗，用鞋踩着搓一搓，等毛栗刺球变烂炸口后，将毛栗挑出即可。毛栗的吃法，一般是用水煮，也可以炒。一般来说，当地人喜欢吃毛栗，不喜欢吃板栗，因为毛栗更甜，淀粉也要细一些，不像板栗，吃得猛了会噎住。当地人一般都是自己吃毛栗，把板栗卖给外地人。除了毛栗，徽州还有一种栗子，叫"珠栗子"，它的形状圆圆的，像弹珠一样。珠栗子比板栗更香，属于野果，也是乡下孩子秋天里最好的零食。还有一种"板子"，跟珠栗子很像，果实呈椭圆形或圆形，不能吃，却能用来做"板子豆腐"。将"板子"采回来晒干，先剥去外壳，在清水中漂上一整天，除去它的苦涩味，然后用石磨磨成粉浆，用白粗布袋将粉浆过滤，沥洗出粉液；粉液晒干之后，用冷水融化，慢慢倒入煮沸的开水中，不停地用锅铲搅拌，待锅里的水粉凝固成很稠的粉糊状即可，再将凝固成类似果冻的东西倒入放有冷水的大木盆，待冷却后，用刀划成豆腐块——这就是"板子豆腐"。板子豆腐呈深褐色，可用来凉拌，也可用来放大蒜叶清炒，吃起来有一股清香，稍有点涩嘴，却不失为一种独特的味道。

在山野里撞击山楂树是一件令人幸福的事，野山楂树一般都在半人高左右，上面会星星点点结满果子。每逢看到它们，我会欢天喜地地跑过去，将树上的山楂果全摘下来。恢复高考之前我经常去山野里砍柴，这是父母让我为以后的上山下乡做准备，少时长成豆芽菜般的人物，当然要积极锻炼了，炼强健身体，更要炼一颗红心。秋天的山野里，最多的就是野山楂了，我会将口袋装得满满，每当砍柴累了，就吃一颗山楂果。山楂的皮肉很甜，也有点酸，吃起来特别解渴。野山楂吃不完带回家，一家老小会用针和棉线把山楂一个个穿起来，穿成漂亮的项链模样挂在脖子上，没事就拽一个下来吃。街市上也经常碰见卖山楂串的乡下人，手握一大把山楂串卖，三五分钱一串。县城里的女孩子尤其爱买，买后就挂在脖上，她们不仅仅是爱吃，更是爱漂亮，喜欢那种戴项链的感觉。也难怪有那部电影《山楂树之恋》，县城里的小男生小女生，有时候的确是用漂亮的山楂来抒发某种朦胧的情感的。

山里还有很甜的野柿子，不过相比家柿子，野柿子太小，味道也比较涩，而且经常给鸟啄得不成样子。相比之下，野生猕猴桃倒是比较多，有时候运气好发现一株野生猕猴桃树，上面的果子可以采摘一竹篮。野生猕猴桃味道不错，不过刚摘下来的往往酸得厉害，先得放在米堆或者糠堆里焐一段时间才能软下来，吃起来才会甜。县城里的街上经常有野猕猴桃卖，很便宜，我们往往等不到它软下来那一天，便一边酸得龇牙咧嘴，一边吃得一干二净。山里还有野葡萄，不过颗粒没

有家养的大，味道太酸，我们都不喜欢吃。山野里还有一种被称为"乌饭子"的蓝莹莹的果子，我们也经常吃。乌饭子似乎没野草莓那么好吃，只是微甜和微酸。我们后来才知道，乌饭子就是现在的时尚水果蓝莓的一种，不过较家种的蓝莓显得小。我们吃乌饭子可没吃蓝莓那么浪漫，每每看到乌饭子，只会贪婪而傻头傻脑地猛吃一气，直到把嘴唇吃得乌黑，手指也如乌鸡爪一样，有时候果汁沾到衣服上，回家洗不掉，还得挨一顿暴打。徽州乡下的乌饭米团就是用乌饭子来做的——春天，采摘较为鲜嫩的乌饭树叶，洗净后置于石臼里舂成叶泥，用粗纱布将叶泥过滤榨取其汁；将上等的糯米淘洗后浸泡在乌饭叶汁里，一天后，糯米便呈紫黑色；将备好的糯米粉和水揉成粉团，搓成一个个小团坯，做成石臼形加入馅料，馅料有甜可咸，甜有豆沙、芝麻粉和白糖，咸有肉丁、笋丁等；待糯米团包好馅搓成直径约两寸左右的糯米粉圆子后，外面蘸上用乌饭汁浸泡过的糯米，入笼蒸熟，这就成乌饭团了。乌饭团主要是用来祭奠逝者的，说是阴间的鬼魅们不敢吃乌饭团，没有人跟死者抢，死者就堂而皇之地享用了。

山上灌木丛中还随见一种野果，带着刺，我一直以为酸枣，其实不是，它的学名叫"金樱子"，汁多，皮薄，里面有小籽，因含糖量高，也被称为"糖罐"、"蜜糖罐"。据说没有糖之前，山里人就以金樱子来熬糖。金樱子不仅果皮上带刺，藤上也到处是刺。可以将果子摘下后，踩在鞋下轻轻一搓，刺就掉了，拾起来稍洗下就可以吃了。金樱子没什么肉，不过味道很甜，籽很多，不厚的皮肉里面挤着一大堆籽，长长的，上面还长有毛。山野里还有一种拐枣，形似鸡爪，褐色，一串串长在树上，我们也把它叫作"鸡爪子"，吃起来味甜，稍带涩味，熟透了会带有酒香，跟野梨子的味道差不多。拐枣一般在"霜降"前后成熟，霜打后的拐枣"果实"肉质鲜嫩，是农村孩子的好水果。秋天里常见村头村尾有小屁孩手里拿一串拐枣,像北方孩子手执糖葫芦似的。据说拐枣是世界上最古老的植物之一,它的历史比任何水果的历史都久,拐枣吃多了,会摇身变成山里的精灵。皖南的山野里,还有一系列可以吃,但谈不上多好吃的东西:有一种灌木结的野果,不大,比花生米稍小,水红水红的,上面有些白点,我们当地把它叫作"羊奶子"。我后来知道,这其实就是山茱萸果。山茱萸果吃起来味道还不错,甜甜酸酸的,不过吃多了嘴会涩。我后来知道山茱萸其实是一种中药,主治血压高、腰膝酸痛、眩晕耳鸣什么的,现在已有人专门种植了。还有一种草本植物结的果,叫"灯笼泡",外面是一层薄薄的衣,里面是果,中间是空的。我后来知道,它的学名叫"酸浆",吃时得选它的外皮变黄或变暗成熟时。不过它实在是谈不上好吃,只是说能吃,我们吃它,也就是因为无聊吃着玩。再就是"刺刺贵"了,这应该是一种荆棘,我们吃的,只是它的嫩芽,将它的最上一段掐下来,撕去外皮,咋吧着吃它的嫩茎。我小时候在山中游走,有时候口干,会找这种东西吃,嫩嫩的,有一股清香,也很甜。

山里的野果子大多属于秋天,只有野草莓属于春天。野草莓是草本植物,有着蛋形的锯齿状绿叶,春天到了之后,先是抽出茎端,长出白色的小花,然后,会结出红色的果实,这就是野草莓了。野草莓的颜色很漂亮,是一种鲜艳的水红,充满着诱惑和幻想。春夏之际的山地上,往往有很多野草莓。野草莓是真好吃,它既甜又鲜,比现在种植的草莓要甜得多,并且有一种很清新的滋味。跟野

草莓模样差不多的,还有一种叫蛇莓的东西,也是红红的颜色,只是稍深泛黑,有一种阴郁的感觉,并且果实较硬。大人们一直说蛇莓有毒,是蛇最喜欢吃的一种东西,所以每当看到蛇莓,我们总绕着走,脊背上会冒出一丝寒气。春天过后是夏天,跟野草莓一样好吃的,就是桑葚了。皖南山区是桑麻之乡,每到夏天,野孩子们就会手提小篮子,去桑园里采摘,一采就是一篮子,稍洗下便大吃大嚼。乡野的孩子们夏天是不需要买水果的,那些吃不尽的桑葚,就是最好的免费水果。

徽州的乡野里到处都是宝。除了上述的野果外,我们还经常吃一些其他东西,比如说春天吃茅草的芽,茅草泛青后,将它的芽抽出来吃,有一种别致的味道。这芽长开了就成茅草絮,长老了收割后可以扎扫帚。我们还吃一种叫"酸模"的植物,掐掉它的头与尾,吃它的茎部,酸却解渴……那可真是个饥饿的年代,我们在山野里游走,不知秦汉,无论魏晋,我们吞吐着天地的灵气,像一头头穷凶极恶的小兽。

第二辑

茶味

黄山的茶

童年里记忆最深的事之一就是爬黄山了。那还是20世纪70年代初期,我家在旌德,离黄山只有60公里。当时县城里的文化生活极其贫乏,除了看电影之外,似乎外出看风景的最佳去处就是黄山。我第一次去黄山的时候只有7岁,那时的黄山还是"锁在深闺人未识",人特别地少,上山的路也特别难走。年幼的我走到一半就挪不动路了。父亲没有办法,只好背着我走台阶,好不容易到了云谷寺,我们实在走不动了,

又饥又渴,只好向寺院的老和尚买水喝。现在想来,那一壶茶算是我这一生喝到的最好的茶了,茶色青青,如一条线一样落在腹中,落入了,灵魂也归来似的。然后,老和尚很耐心地向我们解释黄山的景点,说着"奇松、怪石、云海、温泉"什么的。那个老和尚瘦小,清癯,嗫嚅着一口很难懂的话。我父亲说他曾经是国民党部队的一个将军,后来起义了,再后来又出家了。也不知道真实情况究竟如何。他在半山寺里卖着茶水,好像要5毛钱一杯吧,在那个时候,这应该是一个很高的价格。我后来明白,我在半山寺喝的茶,一方面是茶好,产于黄

山之中,几近于野生;另一方面是水好,那时没有自来水,只有黄山的山泉水。以这样的水泡这样的茶,焉能不让人口齿留香肝脑清明?

但那时我已经注意到了黄山有一种独特的味道。是一种清香,好像是松树的清香,又好像不是,是黄山所有美景之香,弥漫在空气里。我后来想,以这样的澄明异香入茶,茶的味道,便怎么也差不了吧。

好山好水有好茶,这一句,可以说是茶中的至理。徽州地处北纬30°左右,山势巍峨矗立,水流蜿蜒,云雾缭绕,加上土质性酸,绝对是产茶的好地方。也因此,老徽州所属的六县一市,加上周边的泾县、宁国、旌德、石台等县,都产一些上等的好茶。尤其是黄山一带,得山水之至灵,方圆数十里的地方,更有多种好茶:太平猴魁、黄山毛峰、金山丝雨、滴水香、天山真香等等。这些,都是上天赐给黄山的好礼。曾有专家论证道:黄山山脉、天目山脉和武夷山脉是中国三大茶叶产区。外国的贸易商人多年研究已经发现,凡是黄山山脉出的绿茶,第一泡泡沫都特别白,而且特别厚,这就是他们辨别黄山茶的方式。这个说法绝对有道理。

黄山一带名气最大的跟黄山名字联系最紧的,无疑是黄山毛峰了。关于黄山毛峰最普遍的说法是,用烧开的黄山泉水倒进黄山毛峰,

只见一团云雾缓缓上升,最上端会开出一朵莲花。《黄山志》记载:"莲花庵旁,就石缝养茶,多轻香冷韵,袭人断腭。"这记载的,应该是最早的黄山毛峰了吧?黄山毛峰的产地在黄山以及附近一带,主要分布在桃花峰的云谷寺、松谷庵、吊桥庵、慈光阁及半山寺周围。这里山高林密,日照短,云雾多,自然

条件十分优越,茶树得云雾之滋润,无寒暑之侵袭,蕴成良好的品质。一般采摘于清明之前,选摘肥壮嫩芽,用手工进行炒制,茶状酷似雀舌,绿中泛黄,银毫显露,带有金黄色鱼叶(俗称"黄金片")。

20世纪70年代,诗人田间尚健在时,每年都要我父亲替他买几斤上等的黄山毛峰给寄去。我父亲便找当时黄山管理处的朋友,买来真正的毛峰,装在铁皮桶里寄去。有时候,我父亲会顺便买个半斤八两的自己尝尝。那个时候的毛峰真是好,茶叶放入杯中之后,开水一冲下,茶叶根根站立,举起"两刀一枪",杯口立即有一股清香氤氲而出,仿佛黄山云雾萦绕,茶的汤色也清碧微黄,极似青葱的黄山融入水中。黄山毛峰的好,在于茶叶中有一种清新脱俗的味道,近似于黄山松针,也近似于黄山雨雾,甚至近似于黄山的一草一木一花一叶。茶叶是一个很神奇的东西,它最大的特点在于能吸附天地的灵气,吸附花草虫鱼的味道,包含其中,最后加以释放。它不仅有实的成分,还有虚的成分,仿佛山川神鬼附诸。对于黄山毛峰,明代的《随风录》中说:"松萝茶近称紫霞山者为佳,又有南源、北源名色,其松萝真品殊不易得。黄山绝顶有云雾茶,别有风味,超出松萝之外。"这云雾茶,应该是早期黄山毛峰中的极品。

相比黄山毛峰,我更喜欢的,是太平猴魁。这是因为太平猴魁更香,也更经泡,尤对"中年茶鬼"的胃口。也的确这样,比较起黄山毛峰的清纯和淡雅,太平猴魁更像是历练的中年人。现在我从合肥回旌德老家,沿合屯黄高速到甘棠镇站下来,必定要经过太平猴魁的主产区新区乡。这一带山环水绕,云蒸雾绕,除了一条公路通向山外,极其封闭。每次我经过这里,都要想的是,这到底是怎么一个地方呢,竟产如此上品的茶叶！太平猴魁的生产地首先是土壤条件好，是风化的页岩，这也暗合了《茶经》里说的茶"上者生烂石、中者生砾壤、下者生黄土"的论断。茶园里除了成行的茶树，也有一些野生树木和野兰。茶园里植被形成小的生态环境的丰富度对茶的品质影响很大。在所有绿茶中，猴魁最奇怪——叶子奇长，采摘相对也晚，每年的4月20日前后才能开采，不仅长相古怪，而且产量稀少。并且，猴魁要生长在阴坡的山谷里才算好，而且要有一定海拔高度——但是又不能太高，重要的是，种植面积不能太大，周围要有松林、竹林为上，"那样猴魁独特的清气才能出现"。太平猴魁的工艺也很独特：它采摘的不是茶尖，而是五到十厘米左右的整个茶叶枝，采摘后一般用纱布裹着，一枝一枝地进行压迫，然后一根一根地排列整齐放进锅里烤。这样做出来的太平猴魁外形两叶抱芽，扁平挺直，自然舒展，白毫隐伏，有"猴魁两头尖，不散不翘不卷边"之称。据说最上等的猴魁一般能达到10厘米左右长短，每一根猴魁根部，能看到一根纤细的红线，具有很强的神秘性。又据说上等猴魁冲泡的最佳剂量是13支，如此单位才显得不浓不淡，汤色清绿明澈，阴暗处看绿得发乌，阳光下更是绿得好看，绝无微黄的颜色。这一点，与毛峰等其他绿茶不一样。至于茶的滋味，太平猴魁虽然汤色醇郁，但绝不涩嘴，有一种很清新明朗的香气。它的香气和味道不是沉郁下降的，而是明朗高爽，甘甜久远。这一点，只要细细地品尝过几次之后，舌根中就能带有清晰的记忆。

除了黄山毛峰和太平猴魁之处，黄山方圆几十公里的还有绩溪的金山时雨、歙县的滴水香以及旌德的天山真香等。旌德的天山真香也是毛峰做法，主产地在黄山脚下的旌德县祥云乡，这里距天都峰直径距离只在10公里之内。同样是山高水环，同样是云雾笼罩，茶树生长在海拔400至700米的深山幽谷之中。"天山真香"的外形挺直略扁,色泽翠绿,汤色浅绿清明,有一种独特浓郁的香气。虽然与黄山毛峰的产地接近,但绩溪的金山时雨做法与黄山毛峰却绝不相同。看起来,它更有一种手工茶的感觉,最大的特色,在于它被手工搓得如丝线一般纤细,开水一冲下去,杯口会有浓雾升腾。金山时雨产于绩溪上庄镇的金山,创名于清道光年间,原名"金山茗雾"。清代末年,"时雨"就由上海"汪裕泰茶庄"独家经销,据说当年的胡适,最喜爱喝的,就是这种绿茶。

黄山南麓的歙县大谷运,也是一个产好茶的地方。名噪一时的"屯绿",当年集中的产区,就是歙县的大谷运区。徽州有不少资深的茶客,不喜欢喝毛尖的"黄山毛峰",他们嫌茶味寡淡,不过瘾,对他们胃口的,就是产自大谷运的"屯绿",手搓茶,味道重。大谷运的茶叶品牌,最著名的就是"滴水香"了,这是大谷运人汪自力到上海后创建的一个品牌,在全国销量很大。大谷运还生产另外一种独特的茶,叫"黄山绿牡丹",它是谷雨前采摘一芽二叶的壮实鲜叶,严格挑拣经高温杀菌后,用消毒后的棉线串成花朵状。这工艺十分考究,每朵"茶花"约需60个长短匀齐一致的茶叶,要求每片茶叶无红梗红蒂、无爆点、无焦边茶条。泡茶时,只要将一朵茶簇放入茶杯,倒入开水,一两分钟后,茶盏中即有一朵盛开的"绿牡丹",芽叶完整,色泽翠绿,峰毫显露,香气清高持久。这"绿牡丹"不仅味道醇正、余味幽远,着实也有观赏的价值。

黄山还有野茶,《昭代丛书》记载了张潮云:"吾乡天都有抹山茶,茶生石间,非人力所能培植。味淡香清,足称仙品。采之甚难,不可多得。"这一个抹山茶,说的就是黄山的野茶。因为野茶树有很多生长在悬崖峭壁上,似乎只有老鹰才能到达,所以当地人称"老鹰茶"。春夏相交的时候,也有当地人会攀援而上采摘,然后制作成茶。我曾喝过这种野茶,茶味极重,较苦涩,有腥香。不过一口浓郁的苦涩下去,随之而来的,是源源不断的甘甜。野茶最大的特点在于它浑于天然,它的味道,着实就是天地的味道。

  黄山一带的茶堪称极品,应该跟黄山附近的土质有关,这一带土壤多为风化的砂石土,能促进茶树根须的生长。在这种状态下生长的茶树,树根极为遒劲,能扎得很深,能吸取土地中的精华以茂枝叶果实,至于长在岩石丛中的茶树,就更可想而知了。与此同理的,还有葡萄和咖啡,像波尔图葡萄的生长土壤,也是岩石和砂土。当然,黄山一带的海拔和纬度,以及仙境一般的植被和云雾,也是黄山茶能成超一流茶的充分条件。仙境一样的地方,自然有不同凡响的"仙草",这是毋庸置疑的。

徽州处处皆松萝

在我的感觉里,明代黄山的大方和尚,就像是茶圣陆羽的转世:这个来自苏州虎丘寺的高僧如闲云野鹤般行走四方,爱山,爱水,爱喝茶。徽州历史上曾有两种名茶与他有关:一种是产自歙县老竹铺的名茶"老竹大方",由大方和尚采摘山中野茶培植而成,做法接近于杭州龙井茶,呈扁平状,颜色为铁褐色;另一个,就是更有名的"松萝茶"了,以休宁松萝山一带的茶叶,用炒青做法加工而成,色重、香重、味重,有罕见的橄榄清香。

松萝在明清时期的地位,有点像现在的黄山毛峰或者太平猴魁。明代冯时可在《茶录》中称:"近出松萝最为时尚……是茶始于比丘大方,大方居虎丘最久,得采制法。其后于徽之松萝结庵,采诸山茶于庵焙制,远迩争市,价倏翔涌,人因称松萝茶。"《歙县志》也载:"明隆庆,僧大方住休之松萝山。制法精妙,群邑师其法。因称茶曰松萝。"明代的许次纾《茶疏》就记载道:"若歙之松萝,吴之虎丘、钱塘之龙井,香气浓郁。"徐渭在《刻徐文长先生秘集》中,曾将松萝茶列为当时三十种名茶之一,有"松萝香气盖龙井"之说。万历年间,在徽州任职的龙膺曾经将松萝的做法写进了《蒙史》:"予理新安时,入松萝,亲见之,为书茶僧卷。其制法用铛磨擦光净,以干松枝为薪,炊热候微炙手,将嫩茶一握置铛中,札札有声,急手炒匀,出之箕上。箕用细篾为之,薄摊箕内,用扇扇冷。略加揉捻,再略炒,另入文火铛焙干,色如翡翠。"崇祯年间,在另一本名为《茶笺》的书中,也提到了松萝的制法:"茶初摘时,须拣去枝梗老叶,惟取嫩叶,又须去尖与柄,恐其易焦,此松萝法也。炒时须

一人从旁扇之,以怯热气,否则色香味俱减。予所亲试,扇者色翠,不扇色黄。炒起出铛时,置大瓷盘中,乃须急扇,令热气消退。以手重揉之,再散入铛,文火炒干入焙。盖揉则津上浮,点时香味易出。"清代郑板桥曾于某一天喝了某个徽商给他泡的徽州松萝,七窍顿开,兴奋异常,当即作诗一首以此抒怀:"不风不雨正晴和,翠竹亭亭好节柯。最爱晚凉佳客至,一壶新茗泡松萝。几枝新叶萧萧竹,数笔横皴淡淡山。正好清明连谷雨,一杯香茗坐其间。"

　　松萝声名鹊起,假冒伪劣也随之出现。明代吴从先在《茗说》说:"松萝子土产也色如梨花,香如豆蕊,饮如嚼雪。种愈佳,则色愈白,即经宿无茶痕,固足美也。秋露白片子更轻清若空,但香大惹人,难久贮,非富家不能藏耳。真者其妙若此,略混他地一片,色遂作恶,不可观矣。然松萝地如掌,所产几许,而求者四方云至,安得不以他混耶。"不过以当时的认知水平,显然缺乏品牌的保护意识和经验,松萝茶遍布之后,徽州人没有想到打假,反而有点洋洋自得。《通志》说:"宁国府所属宣、泾、旌、太诸县,各山俱产松萝。"《歙县志》云:"茶概曰松萝。而歙产本轶松萝上者,亦袭其名,不知佳妙自擅地灵,若所谓紫霞、太函、幕山、金竺,岁产原不多得;其余若蒋村、径岭、北湾、茆舍、大庙、潘村、大塘诸种,皆谓之北源。北源自北源,又何必定署松萝也,然而称名者久矣。"类似记载《徽州府志》、《黟县志》、《婺源县志》等方志中都有。从茶叶品质上来说,徽州人的自得当然有道理,皖南山区自然条件大差不差,茶叶质地都属上乘,只要工艺不走形,所产茶叶都属好茶。再说松萝松萝,不就是有着松针的清香吗?徽州茶园大多与松

林相伴而生，杂树生花，哪一种茶叶中，不携有松针的清香呢？不过工艺毕竟是工艺，即使是品质优异，后期制作跟不上，茶味的味道自然也会大打折扣，更何况再好的好西，也架不住一哄而上泥沙俱下。松萝风行了上百年之后，因为处处皆松萝，松萝的品牌一下子演砸了——自清中叶之后，徽州已再无松萝茶了。

徽州处处皆松萝——我这已不是说的古代，而是当今；不是说茶的品牌，而是说茶的品质。近代和现代除了赫赫有名的太平猴魁、黄山毛峰和祁门红茶外，徽州和皖南遍布好茶：黟县有墨茶，休宁有白岳黄芽，旌德有天山真香，泾县有汀溪兰香、涌溪火青，宁国有黄花云尖，宣城有溪口高山茶，广德有瑞草魁等。在黄山山脉的延续，位于旌德、泾县、宁国、宣城四县区交界地带的那一片大山，更是好茶的聚集地。这一带海拔较高，水转山环，云雾缥渺，原始植被葳蕤生长。20世纪90年代的一个春天，由于要采访大山深处人家，我费尽周折进入到泾县苏红乡大山深处。汽车在盘山道上蜗牛一样爬行，目光所及处，尽是满目苍翠，各种蕨类藤蔓植物拥簇着树冠如盖的树木，恣肆地四处蔓延。更让人惊叹的是，身前左右的大山上，漫山遍野开有大片映山红，绚丽得像一片片火烧云落在了地面上一样。穿行而过之时，竟发现那些蓬勃盛开的映山红树竟然有碗口粗细！山高水长，自然是产茶的绝好地方。那一次正是摘茶季节，采访过后，我在一农家憩息，主人端了一杯茶上来。我一掀杯盖，顿觉云蒸霞蔚，清香弥漫。我呆了半晌，呷了一口，记忆深处突现亮光，所有的感官都轰然打开。这真是好茶！我感觉好像置身云雾之中，又像身陷密林深处。以大山密林深处的水来泡高山野地里的茶，更何况茶叶枝头刚别离，正是生命力无比顽强之时！完全可以想象茶味的滋味和芬芳了。

茶的味道，就是地方的洁净和芳香：像安吉的白茶，茶叶中，隐约就有竹林的清香；黄山毛峰，最为突出的，是黄山松针的味道袅娜……汀溪兰香也是这样，山野里的深谷幽兰，会不知不觉地渗入到茶叶中。至于泾县的名茶涌溪火青，芳香复杂得难以分辨——它汤色清亮，色绿，香高，味浓，似乎不只是兰草香，又似乎不只是板栗花、野梨花、猕猴桃花等的香气，它还有整个山野和植物的气息，幽秘得就像萤火虫在静夜中的星星点点，也像黄昏阵雨前黑蜻蜓的贴地飞翔。涌溪火青的形状跟一般的皖南茶叶都有区别，颗如珠粒，落杯有声，入水即沉。它的做法有点像炒青，只是揉搓得更加圆润，关键步骤在于杀青之后的揉捻，得双手轻轻团揉，用力不宜过重，达到初步成条和挤出部分茶汁即可。在此之后，用手把茶叶放在大锅里压、挤、推、滚、翻、转、焙、炒，劲道要轻，以防止茸毛脱落。青类绿茶在焙、炒过程中温度之低、时间之长、投叶之多、速度之慢、动作之微妙，均为炒制其他茶叶所难以比拟，可谓名副其实的"低温长焙"。如果说汀溪兰香像是山中美少女，那么，涌溪火青更像是绿茶中的雍容贵妇：那是深晓"人生三昧"的刚柔相济余韵流芳。

对于涌溪茶，一直传有一句话：涌溪茶用涌溪水，出了涌溪就变鬼。不仅说的是涌溪茶要用涌溪水来泡味道才好，而且指涌溪茶出了涌溪之后，魂魄就会丢失，再也没有当时当下当地那种绝美味道了。人间的极品，一定是带有某种神秘性的，它们一直是活的生命，而不是死的物器。

水的味道

我一向对于精力旺盛者持有一种钦羡和敬畏之心,这起源于我并不强壮的身体。身体是革命的本钱啊,我总是由衷地羡慕那些精力充沛不知疲倦、一生中能做很多事的人,比如丘吉尔,比如海明威,比如大仲马,比如毕加索,他们是如此的精力过人孔武有力,可以像秋风扫落叶一样为所欲为。

就拿大仲马来说吧,这个肥胖的家伙一生中竟然写作了上亿字,他的作品全集就达 303 卷,据说还远远不止这个数字,他自己对拿破仑说他的作品多达 1200 卷,这样的成就让人目瞪口呆。不仅如此,大仲马还并不因为写作而荒废了自己的生活,他的生活同样是放浪形骸活色生香,像一头浪漫的公牛一样雄踞在这个世界上。

食色,性也。大仲马也不例外,除了丰富得几近糜烂的生活之外,他还有着一个血盆大口,几乎吃尽了全法国乃至全欧洲最好的食品。不仅仅是能吃,而且大仲马还会吃,在吃上积累了很多经验和心得,并且能够品藻得头头是道。到了晚年,大仲马将自己吃的经历整理了一下,写出一部厚厚的《烹饪大辞典》。这是大仲马生前最后一部著作,在将所有的天才都交给了传奇小说之后,大仲马阐述了一点自己一些吃的故事和感受。大仲马写吃也写得好啊,一时让整个巴黎为之侧目,很多馆子都对大仲马毕恭毕敬战战兢兢。

大仲马谈吃的文笔自然是妙趣横生。这些姑且不说,奇怪的是大仲马这样的人物竟然在文中初露禅意。人到晚年了,聪明至极的人一般都会摇身一变,不是变成僧就是变成妖。大仲马也不例外,在吃了那么多好吃的东西之后,他忽然话锋一转,说他自己"已有五六十年只是饮水"。然后说,喝葡萄酒所体验的乐趣哪能敌得过从一杯沁凉的未被污染的纯净泉水中得到的乐趣呢!大仲马说:"一个真正的美食家,不在于对于食物的品藻,而在于对于水的鉴别,能够品得出水的滋味。"能说出这样的话需要何等的智慧啊!这一番话,让人石破天惊。

大仲马晚年才悟出的道理,而中国文化在这方面的建树,已是颇有说法了。茶圣陆羽不仅对茶有着奇异的鉴赏力,对于水,也有很强的辨别能力。在《茶经》中,陆羽如此说水:"其水,用山水上、江水次、井水下。其山水,拣乳泉、石池慢流者上;其瀑涌湍漱,勿食之,久食令人有颈疾。又多别流于山谷者,澄浸不泄,自火天至霜郊之前,或潜龙蓄毒于其间,饮者可决之,以流其恶,使新泉涓涓然,酌之。其江水,取去人远者。井,取汲多者。"陆羽认为水中山泉水为上乘,其次是江水,再其次是井水。山泉水中,以乳泉即钟乳石上滴下来的水为胜;石头中慢慢流出的泉水汇成池的,也不错。至于汹涌的山泉,就不能用来煮茶了,因为可能会诱发颈部的顽疾。山谷里的泉水在暑天至霜降的那一段时间里,积水中可能会有不好的东西,对人体有害。而江水,要取人迹罕至地带的;而井水,是要取人常汲用地方的才好。

比陆羽观点更玄乎的,是唐人张又新,他所撰的《煎茶水记》,被认为是继《茶经》之后最重要的一部茶叶著作。在《煎茶水记》的自述中,张又新写道:元和九年春季,他和朋友们相约到长安城的荐福寺聚会。他和李德垂先到,在西厢房的玄鉴室休息时,遇到一个江南和尚,背着包袱,里面有几卷书。张抽出一卷浏览,见有一本"文细密皆杂记",卷末题为《煮茶记》,记载了一件轶事:唐代宗之时,湖州刺史李季卿路过扬州,遇见陆羽。李季卿认为,陆羽以善茶天下闻名,扬子南零水又殊绝,这是千载一遇的"二妙"归一。于是,李刺史命令军士到南岸去取南零水。水取回后,陆羽舀水煮茶,一喝之下,发现根本不是南零水,只是一般的长江水。李刺史便传取水的军士来问询,军士不承认,辩解道:"我划小船去取水,看见的有上百人,哪里敢说假话呢?"陆羽不再答话,只是把取来的水倒掉一半,再用勺舀出,说:"这才是南零水!"军士这下慌了神,跪地求饶说:"我取了南零水后,在归途中因小舟摇晃,到北岸时只剩下半缸,所以舀江水加满。不料被先生识破,先生真是神鉴也。"李刺史与宾客数十人都非常惊讶,请陆羽谈对天下各处水质的看法,陆曰:"楚水第一,晋水最下。"李因命笔,口授而次第之:"庐山康王谷水帘水第一;无锡县惠山寺石泉水第二;蕲州兰溪石上水第三;峡州扇子山下,有石突然,泄水独清冷,状如龟形,俗云虾蟆口水,第四;苏州虎丘寺石泉水第五;庐山招贤寺下方桥潭水第六;扬子江南零水第七;洪州西山西东瀑布水第八;唐州柏岩县淮水源第九,淮水亦佳;庐州龙池山岭水第十;丹阳县观音寺水第十一;扬州大明寺水第十二;汉江金州上游中零水第十三,水苦;归州玉虚洞下香溪水第十四;商州武关西洛水第十五;未尝泥。吴淞江水第十六;天台山西南峰千丈瀑布水第十七;郴州圆泉水第十八;桐庐严陵滩水第十九;雪水第二十,用雪不可太冷。此二十水,余尝试之,非系茶之精粗,过此不之知也。夫茶烹于所产处,无不佳也,盖水土之宜。离其处,水功其半,然善烹洁器,全其功也。李置诸笥焉,遇有言茶者,即示之。又新刺九江,有客李滂、门生刘鲁封,言尝见说茶,余醒然思往岁僧室获是书,因尽箧,书在焉。古人云:'泻水置瓶中,焉能辨淄渑。'此言必不可判也,力古以为信然,盖不疑矣。岂知天下之理,未可言至。古人研精,固有未尽,强学君子,孜孜不懈,岂止思齐而已哉。此言亦有裨于劝勉,故记之。"

张又新的《煎茶水记》,是假借陆羽来谈水。这个时候,已明显能看到文人在谈水中的虚玄了。到了宋朝,欧阳修著有《大明水记》,叶清臣著有《述煮茶小品》,说的也是水。明朝有徐献忠的《水品》、田艺蘅的《煮泉小品》。田艺蘅在《煮泉小品》中颇有些诙谐地描述,"山厚者泉厚,山奇者泉奇,山清者泉清,山幽者泉幽,皆佳品也。不厚则薄,不奇则蠢,不清则拙,不幽则喧,必无佳泉"。又说"泉,不难于清而难于寒"。这些文章和书籍,写的都是水,各种水的故事。明代冯梦龙在《警世通言》中写了一个"王安石三难苏学士"的故事,很像是"陆羽鉴水"的改写版:说是王安石有一次生病,太医开方需用瞿塘中峡水烹阳羡茶,恰逢苏东坡因公过三峡,王安石便托他带一瓮中峡水回来。山峡风光优美,东坡目不暇接,把这事给忘得干干净净,船到下峡才想起取水一事,心想下峡的水,还不是从中峡流过来的,于是取了一瓮下峡水带回。王安石取水烹茶,一看汤色,便知不是中峡水。于是幽幽地说:"瞿塘水性,出于《水经补注》。上峡水性太急,下峡太缓,唯中峡缓急相半……此水烹阳羡茶,上峡味浓,下峡味淡,中峡浓淡之间。今见茶色半晌方见,故知是下峡。"这下轮到苏东坡心里发虚了,只好老老实实地把在下峡取水的事说出,连忙向王安石赔不是。到了清朝,汤蠹仙著有《泉谱》,对全国各地的泉水,有着鉴别和品藻;深谙传统文化的乾隆对于鉴水,也有极大的兴趣,每到一处必命侍从汲当地名泉水,称其轻重,以此排出等级:钦定北京玉泉为第一,其次是塞上伊逊泉、济南珍珠泉、杨子金山泉……

除了泉水,古代还有用雨水、冰水、露水、雪水等来煎茶,一是取其鲜活,利于养生;二是求其雅致和别致。宋人赵希鹄《调燮类编》以为"雪水甘寒……烹茶最佳",可收藏起来备后用。明朝罗廪《茶解》曰:"梅雨如膏,万物赖以滋养,其味独甘。"郑谷诗有"读《易》明高烛,煎茶取折冰"。文震亨《长物志》云:"雪为五谷之精,取以煎茶,最为幽况。"《红楼梦》写妙玉以雪水烹茶宴请宝钗、黛玉、宝玉一段,颇得古人之意。当黛玉问及"这也是旧年的雨水"时,妙玉冷笑道:"你这个人,竟是大俗人,连水也尝不出来。这是五年前我在玄墓蟠香寺住着,收的梅花上的雪,共得了那一鬼脸青的花瓮一瓮,总舍不得吃,埋在地下,今年夏天才开了……隔年蠲的雨水哪有这样轻淳,如何吃得?"

妙玉真有如此绝妙的鉴赏力吗?反正我这俗人是不信的。这个极聪明的"小蹄子"在要什么鬼心眼,只有天知道了。聪明人容易变成妖,也容易聪明反被聪明误,自设圈套往里钻。中国文化就是这样,走着走着虚玄无比,雾霭重重,模糊一片,以至无法分清方向。余秋雨说中国文化一直缺乏"辨伪机制",是因为中国文化一直缺乏执着的科学和理性精神。我以为的确如此。王安石是真能琢磨出水的不同,还是故意诈了一下苏东坡?我想后者的可能性更大一些。以王安石一根筋似的粗糙和随意,以及他马马虎虎的生活态度,他真能分辨出水的味道?也许生性怪异的王安石故意在苏东坡身旁安置了一个耳目,以试探苏学士对自己的态度。这种可能性要大得多。至于水与茶的关系,还是明代张大复说得好:"茶性必发于水。八分之茶遇水十分,茶亦十分矣;八分之水试茶十分,茶只八分耳。"张大复说的不像陆羽说的那样虚玄,他只是强调水是重要的,这样的话,才是实在话。

绿衣仙子入凡尘

　　唐代之前,茶主要限于药用、解渴、解酒、祭祀、养生等功能。间或有当饮品的,都是乱喝一气,如牛饮般粗放。唐宋之后,茶正式成为饮品,有初定的茶道和规矩,不过制作以蒸烘为主,先制成片茶、团茶和饼茶,待饮用时,将固形茶碾成碎末,放于火上烘烤,再将细末放入釜中煮开,加入芝麻、黄豆、盐、香料什么饮用。这样的方式,跟现在湘西的擂茶有些相似,与其说是喝茶,不如说是吃茶,像吃马奶子茶之类。宋时饮茶不再烘烤加料,是将团茶、饼茶碾成粉末置于碗中,注汤点饮,因而产生分茶、斗茶等技趣性的品鉴游戏。到了明清之后,茶叶的制作出现了"革命",茶叶采摘后直接烘烤,然后泡发饮用。茶不再是吃,是呷,以一种简单方便的方式延至今天。

　　以茶的习性和味道,自古以来,茶叶较少用来吃的,不过菜肴中会以一些茶叶作点缀,最典型的,算是杭帮菜"龙井虾仁"了:将泡开过的龙井少许,与剥过的虾仁一起爆炒,白色的虾仁上,搭配着少许绿色,如同美玉搭配翡翠。这一道菜中,虾仁是主要的,龙井是帮衬,是清雅的点缀。杭州有西湖,也有龙井,当地人以西湖自豪,也以龙井自傲。因此,即使是生拉硬拽,也喜欢将龙井拉入菜肴之中。以龙井入菜的,还有

"龙井茶熏河鳝"、"龙井蛤蜊汤"等。"龙井茶熏河鳝"的做法是：将新鲜的鳝鱼去骨，拌入生姜、葱、盐、糖、鸡粉腌制五分钟后，加入龙井茶、米饭、香叶等，混在一起熏熟。这一道菜的特色在于有淡淡茶香，鳝鱼鲜嫩爽滑绝无腥气。至于"龙井蛤蜊汤"，是先将蛤蜊煮到张开时，倒入事先泡好的茶汤，加适量盐、味精等调料即可。山珍海味一相逢，便胜却人间无数。我还吃过一道"龙井大排"：将一汤匙龙井茶叶包在纱布里，放入锅中与大排骨一起焖烧，加入酱油、料酒、味精、白糖等调料，先大火后小火，一两个小时后，烧成的大排肉质酥松细嫩、异香四溢。茶叶与菜肴握手言欢，还有碧螺鱼片、旗枪鲍鱼、雀舌炒蛋、云雾石鸡、五香茶叶蛋等，不过这些菜肴，说是吃茶味，倒不如是为沾龙井碧螺春的灵气，让菜肴本身更具趣味。

　　乌龙和铁观音系列，以茶入菜的典范是名菜"白毫猴头扣肉"：将白毫乌龙茶叶开水泡开，取茶汤备用；将素火腿、猴头菇分别煎至香味溢出，将素火腿排放在碗中央，猴头菇排两旁；将霉干菜洗净、切碎、炒香，加入泡好的茶汤和酱油、糖、姜末，炒至入味，倒入碗中，上笼蒸四十分钟，取出扣入盘中；用炒锅把辣油、面粉炒香，加入剩下的茶汤和盐、白醋、糖、淀粉，勾兑成芡汁淋在盘中，青菜心烫好后围边即可。这一道菜色香味俱全，乌龙茶的作用，就是为菜肴提香。另一道名菜"铁观音炖鸭"，在此菜里茶的作用要大得多：用大茶壶放入铁观音茶叶，开水冲泡滗去水后复加水，把浓郁的茶汁注入砂锅内；再将洗净的鸭子去头去足切成块后放入锅中，加入洗净去内皮的栗子仁，再加入佐料黑枣、冰糖、酱油及清水，上火慢炖，至鸭肉能用筷子轻松插入即可。起锅时，再撒些铁观音茶末以增加香气。"铁观音炖鸭"的特点是香气荤蔬相杂，如阴阳鱼一般盘旋缭绕。味道是勾心的，香气是勾魂的，以这样的香气盘旋，自然会让食客们心不在焉魂飞魄散。

红茶同样可以入菜。最有名的,是"红茶蒸鲈鱼":先用花雕酒将鱼的全身涂抹后装盘,撒入上好的红茶末,再倒入调制好的美极鲜酱油、红椒丝、姜丝和葱段,用旺火蒸十分钟即可上桌。这一道菜颜色唯美,鱼色泛红,蒸过的鲈鱼会像红色的鲤鱼一样充满喜庆,浓香诱人。

近年来讲究生态烹饪,因为用茶入菜格外雅致,越发变得时兴起来。比如大热天吃饭,会先上一道"青山绿水"作汤点:在煮好的冰糖水中放入新鲜的苦丁茶、杭白菊、枸杞子,再放入煮熟的汤圆,这一道与其说是菜,不如说是时尚的欢颜。如果嫌这样的开口汤太素,可以上一道"清茶功夫乳鸽汤":先将

乳鸽炖好后,再将茶汤调入鸽汤中,做好后将它灌入放少量茶叶的紫砂壶中,分给每一个食客。这样的"开口汤",说是喝汤也行,说是喝茶也行,荤中有素,素中有荤。海宁是金庸先生的家乡,当地有人独创一道"洪七公猪尾"很有名:先将猪尾过油锅,然后将炸过的铁观音茶叶与猪尾一同入锅翻炒,以茶叶的清香来搭配猪尾的韧劲,一荤一素,自得其乐。洪七公是《射雕英雄传》中的人物,丐帮中的老大,别以为丐帮中的人物品位就差,他们吃千家饭万家菜,见多识广,对菜肴的好坏更有鉴别力。这一点就像济公,济公吃鸡,那是非得嫩酥无比才会吃的,一般的鸡,他那斗鸡眼都不会瞅上一瞅。

徽州和皖南也常以茶入菜,形式和内容大同小异,比较有名的,是毛峰虾仁、金雀舌、顶谷鱼片、雀舌烤鸡、祁红甜豆等。"金雀舌"的做法并不复杂:以黄山毛峰上品"雀舌"泡开后,立即捞起,裹鸡蛋糊,每两三片并在一起,掷入芝麻油锅炸至金

黄色,撒入花椒盐拌一拌即可。这一道菜色泽金黄,茶尖如雀舌,香酥咸鲜微涩。比较而言,当年宣州敬亭山宾馆有一道菜"敬亭绿雪",倒是有些名气:将敬亭绿雪茶叶泡开后,待其茶叶初展、翠绿显露时捞起沥干,用10克干淀粉撒拌均匀,下五成热的油锅里炸半分钟左右,见茶叶浮起呈暗绿色即迅速捞起控油,堆放在盘子中央;另取10个荸荠削皮切成细丝,拌少许干淀粉后下六成热的油锅里炸成嫩黄色同样沥油,然后围镶在茶叶周围;上桌之前,在茶松顶端摆绵白糖一勺,上桌后让客人自行将糖、茶松、荸荠丝拌和。菜成之后,白绿相间,香甜可口,有迥异于其他菜肴的"别味"。

"金雀舌"和"敬亭绿雪"都是皖南绿茶中的极品,以我的观点来看,寻常的茶叶作菜肴也罢了,以这样的极品茶叶作菜肴,实在是"暴殄天物"。酒与菜,哪能与极品茶相比呢?美茶入菜,更像是"绿衣仙子"入凡尘,在胡吃海喝的宴席上强作欢颜,做着"三陪小姐"的营生。在皖南,对于这样的不知好歹,有一种谚语专门形容,叫"乌龟吃大麦"。

宋朝的徽茶

有一个说法很有意思,说宋徽宗赵佶实际上是南唐后主李煜投胎——李煜被宋太祖赵匡胤夺走江山,又被宋太宗赵光义毒死之后,怀着深仇大恨转世投胎赵家,当上了宋朝的皇帝,以骄奢淫逸断送赵家天下的方式来实现复仇。这种说法还真有点"靠谱",赵佶与李煜还真是有些相像:他们都是皇帝中的"文艺青年",英俊潇洒,风流倜傥,有艺术气质。相对于李煜的诗人气质,赵佶似乎艺术功力更为深厚,不仅通晓音律善于诗文,而且精于书画,一笔"瘦金体"更是君临天下。赵佶兴趣还特别广泛,对茶艺也颇感兴趣,曾著有一部《大观茶论》,共 20 篇,对北宋时期蒸青团茶的产地、采制、烹试、品质、斗茶风尚等均有详细记述。以皇帝的身份写作此类文章,可能古今中外,赵佶是第一人吧?

在《大观茶论》中,赵佶有滋有味地描述了点茶过程注汤击拂的 7 个层次:"点茶不一,而调膏继刻……妙于此者,量茶受汤,调如融胶。环注盏畔,勿使侵茶。势不欲猛,先须搅动茶膏,渐加击拂,手轻筅重,指绕腕旋,上下透彻,如酵蘖之起面,疏星皎月,灿然而生,则茶面根本立矣。第二汤自茶面注之,周回一线,急注急止,茶面不动,击拂既力,色泽渐开,珠玑磊落"。在宋人看来,茶饮如同药饮,需煎的时间越长越好。宋人煎茶,是用炭火将茶叶水烧得沸腾之时,加入冷水点住;待茶叶再次沸腾,再加入冷水点住……如此三番五次,方可收到色香味俱佳的效果。赵佶又谈到茶叶的香:"茶有真香,非龙麝可拟。要须蒸及熟而压之,及干而研,研细而造,则和美具足。入盏则馨香四达,秋爽洒然。或蒸气如桃人夹杂,则其气酸烈而恶。"从文中看,赵佶对于茶的色香味和煮茶的技术,还真是熟稔,算是一位极内行的茶叶专家。

宋徽宗不仅写茶,而且还画茶。有一幅《文会图》据说是赵佶所绘,栩栩如生地描绘了当时文人聚会的场景:私家园林

的大柳树下,一些人围坐长方形的大桌前边吃边聊,桌上摆满了盛满菜肴的盘盏碗碟,也摆放着一些水果;旁边的小桌子上,摆放着各种茶具,几个人正准备着接下来的品茗谈欢。《文会图》所绘的,是当时的生活场景,在宋人看来,吃是次要的,茶,是必不可少的。宋人极爱茶饮的雅事,一般会选凉台静屋、明窗曲几的室内,或者干脆选林竹之荫、泉石之间的野趣之地,或暮日春阳,或清风明月,动手烹茗,斗茶取乐。斗茶是各自携带自己专门的茶、水以及茶具,比拼着各自泡过来的茶的汤色和味道,以茶的汤色无色透明为上,青白、灰白次之,黄白乃至泛红为最下。这当中最为关键的因素,是茶叶的质量和水的质量。与赵佶同样痴于茶的,还有端明殿学士蔡襄,蔡襄不仅爱茶,还著有《茶录》一书,这也是继陆羽《茶经》后影响最大的一本论茶专著。到了晚年,蔡襄因年老有病常年服用草药,无法再饮茶,便每日烹茶,以嗅茶香自得其乐,由此可见他的痴迷程度。那个时代,已有"柴米油盐酱醋茶"的说法,意味着茶叶已进入普通人家。苏东坡有一句诗写的是:

酒困路长唯欲睡,日高人渴漫思茶。酒醒的时候,第一个想到的是茶;茶清理了胃和大脑之后,又开始考虑喝酒。清茶一盏,薄酒一杯,酒茶互补,神清气爽。真可谓:有茶无酒可明道,有茶有酒小神仙。

宋时茶的兴盛,改变的不仅是人们的生活方式,也改变了人们的思维方式。茶的沉郁和幽远,不知不觉会让人安静下来,诱发着人们格物致知明心见性修禅悟道。徽州被称为"程朱故里",是指宋代"理学"的代表人程颢、程颐以及朱熹都是徽州人。程颢、程颐的祖先是从徽州来到河南的,"二程"或许是品呷着徽州茶,悟出了"天地万物与我一体"的道理。朱熹也是这样,中年之后的朱熹于五夷山隐屏峰设精舍,每时呷茶远眺,夜睹星象,思维豁然开朗,一下子悟出了天上人间的至理,也随之想到了"存天理,灭人欲"。北宋还有位林逋,由于痴迷梅花的暗香疏影,酷爱白鹤的仙姿绰约,便植梅养鹤,过起了"梅妻鹤子"的生活。林逋爱喝茶,在梅鹤相伴中喝出幽幽意境——石碾轻飞瑟瑟尘,乳香烹出建溪春,世间绝品人难识,闲对茶经忆古人……喝茶的确是能喝出很多东西的,不仅能喝出怀古的情致,也能喝出历史的纵深与世界的幽微,甚至能喝出"物我两忘"的禅意。宋朝之所以在智力上有着极大的开拓,在文化风格上有着整体的幽深和雅致,我认为是茶在起着无形的作用,是茶在释放着"三昧"。

赵佶、蔡襄、林逋等一干人喝的茶中,有一些,就是徽州产的。从宋代开始,徽州就是一个产茶区。《宋史》说歙州等地产茶,"有仙芝、玉津、先春、绿芽之类二十六等",这是说当时徽州茶叶的品牌。至于徽州茶的产量,据李心传在《建炎以来朝野杂记》中记载,每年大约有210万斤,约占全国的二十四分之一。当然,宋时喝的应是饼茶,做法是将鲜叶经蒸气杀青后,烘干捣碎,碾成细末,再蒸软做成圆饼状,中间留一孔,烘干即可,跟现在的普洱茶有点相似。宋时的徽茶,歙人罗愿在《新安志》中有更详备的叙述:"茶则有胜金、嫩桑、仙芝、来泉、先春、运合、华英之品;又有不及者,是为片茶八种。其散者曰茗茶。"不过,那时茶叶的制作从总体上应比较粗放,销售也属专营,集中由官府统购统销,想必质量和味道要差很多。并且,既然是垄断和专营,就有可以钻的空子。当时朱熹的外祖父祝确富甲歙州,被称为"祝半州",或许是私底下经营茶叶赚钱。否则,居于偏僻、交通不便的徽州,哪能获得那么大的财富呢?

有宋一朝,真是一个有趣的年代,不仅经济发展、人民富庶,生活还特别悠闲,从皇帝到大臣到百姓,一个个都喜欢附庸风雅吟诗作画撰写文章。有人说宋之所以灭亡,跟皇帝大臣们的昏聩有关系,尤其是宋徽宗之流,天天琴棋书画不事稼穑,骄奢淫逸不理朝政,导致了国力衰败无心恋战。

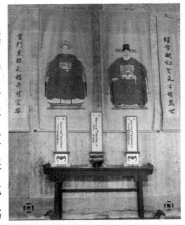

其实这两者哪有关系呢?热爱艺术和管理朝政事务在很多时候并不矛盾,热爱艺术的人,往往还有一颗敏感的心,特别能善解人意体恤民情。何况朝廷的"无为而治",对于经济发展有着极大好处。宋代打不过女真,也打不过蒙古,那是冷兵器时代没有办法的事情:瘦小而文弱的南方人,哪能打得过剽悍的北方游牧民族呢?不仅宋朝打不过,连国富民强横跨欧亚非大陆的古罗马帝国也打不过,同样让金戈铁马的北方蛮族给灭了。从这个角度来看,硬把"不爱江山爱美人"的屎盆子扣在赵佶身上,明显是有失公允的。

茶与禅

1689年冬天,年轻的僧人道悟由太平登黄山,半路上,下起了大雪。到达半山寺时,已是夜半时分,寺门紧闭,道悟在门前的空地上静静打坐,没去打扰寺里的僧人。第二天,早起的扫地僧发现了雪中有一个树桩,再一看,"雪桩"抖落了身上的雪,变成了一个和尚。众人便戏称新来的和尚"雪桩",于是道悟和尚干脆改法号为"雪庄",从此归隐黄山,终日以笔画山。雪庄一生共画有《黄山图》42幅,黄山花卉120多种,是与黄山关系最为紧密的画僧。雪庄在黄山共32载,让他离不开的,不仅是黄山美丽的景色,更有黄山的云雾茶。

茶与禅,一直结合得如此紧密——古时一些名山大岳中的寺院附近,常常辟有茶园,最初的茶人,大多是僧人。很多名茶的出现,都与佛门有关,如有名的西湖龙井茶,陆羽《茶经》说:"杭州钱塘天竺、灵隐二寺产茶。"杭州灵隐寺佛茶是驰名江南的佛门名茶,这种茶叶是由寺院里僧尼亲自栽种、管理、采摘、炒制的。灵隐佛茶叶形扁平、光滑、翠绿、整齐,一经冲泡,汤水碧绿清爽,香气四溢,经久不散;而且具有清心寡欲、养气颐神、明目聪耳、沁人心肺之功能。西湖龙井茶,是南北朝诗人谢灵运在天竺寺翻译佛经时,从佛教天台宗的发祥地天台山带去的;四川雅安的蒙山茶,相传是西汉蒙山甘露寺禅师吴理直所栽,称为"仙茶";庐山云雾茶,是晋代名僧慧远在东林寺所植;江苏洞庭山碧螺春茶,是北宋洞庭山水月院山僧所植,它还有一个名称,叫作"水月茶"。除此之外,武夷山天心观的大龙袍、徽州的松萝茶、云南大理的感通茶、浙江普陀山的佛茶、天台山的罗汉供茶、雁荡山的毛峰茶等,都产于寺院。安溪铁观音"重如铁，美如观音"，其名取自佛经，自然与佛教有着不可分割的联系；君山银针产于湖南岳阳君山，最初也由僧人种植；惠明茶因浙江惠明寺而得名……至于普陀佛茶，因产于普陀山，最初是僧侣献佛、待客用的，所以干脆以"佛"命名。

世界上第一部茶叶巨著《茶经》，就是由曾当过和尚的陆羽所著——相传陆羽出生后，因家境贫寒而被弃于河边，被一老和尚捡回，留在寺中抚养长大。从小对寺院生活耳濡目染的陆羽，对僧人种茶、制茶、烹茶、饮茶生活经验进行了记载，就产生了这么一本书。在《茶经·七之事》中，陆羽记载了三位僧人的饮茶之事：其一是单道开，东晋人，他在临漳昭德寺修行时，常以饮茶来解困驱眠；其二是北魏名僧法瑶，长年住在吴兴武康的一座小山寺中，严守戒律，仅以蔬菜为食，用膳时也只饮茶；其三是昙济道人，也是位著名的高僧，避居于寿州附近的八公山中，南朝宋国新安王刘子鸾与兄弟豫章王刘子尚来拜访，昙济道人以茶茗招待。子尚品后，赞不绝口，说："这真是甘露啊，怎么能称它为茶呢！"

茶与禅，在更多时候，像是镜花水月的关系——唐代名僧皎然在《饮茶歌》中写道：一饮涤昏寐，清思朗爽满天地；二饮清我神，忽如飞雨洒轻尘；三饮便得道，何须苦心破烦恼；此物清高世莫知，世人饮酒多自欺。这是喝茶，更是悟道。茶诞生之后，被认为是有德之物，利于丛林修持，并且由"茶之德"生发出禅宗茶道。释氏学说传入中国成为独具特色的禅宗，禅宗和尚、居士日常修持之法就是坐禅，要求静坐、敛心，达到身心"轻安"，观照"明净"。其姿势要头正背直，"不动不摇，不委不倚"，通常坐禅一坐就是很长时间，甚至可以达几个月。我国佛教僧侣修行的方式是"禅定"，即安静地沉思，只能静坐，不可卧床，又叫"坐禅"。茶叶中含有咖啡碱，可以兴奋中枢神经,使肌肉的酸性物质得到中和,消除疲劳,提神益思,因此茶叶便驰名佛界。同时,佛家持淡泊的人生态度,抑欲忌荤,提倡素食,清淡茶汤无疑是最佳饮品;且茶性净洁,久饮助人寂静斯文,为佛教平添一层神秘色彩,茶与僧人结下不解之缘。

佛教对饮茶很讲究。寺院内设有"茶堂",是禅僧讨论教义、招待施主和品茶之处;法堂内的"茶鼓",是召集僧众饮茶所击之鼓;寺院有"茶头",负责煮茶、献茶;寺院前有数名"施茶僧",施惠茶水。佛寺里的茶叶称作"寺院茶","寺院茶"按照佛教规制还有不少名目:每日在佛前、灵前供奉茶汤,称作"奠茶";按照受戒年限的先后饮茶,称作"普茶";化缘乞食的茶,称作"化茶"。而僧人最初吸取民间方法将茶叶、香料、果料同桂圆、姜等一起煮饮,则称为"茶苏"。到宋代,余杭径山还举行"茶宴"和"半茶"活动,并且发明把嫩芽茶研成粉末,用开水冲泡的"点茶"法,这对促进民间饮茶习俗普及有重大作用。据说,古代虔诚的佛教徒总是以鲜花一束、清茶一杯奉献于佛前,因而,逐渐在民间流传着"茶禅一体"、"茶佛一味"的说法,将茶、佛文化融为一体。明代乐纯著《雪庵清史》介绍居士"清课"包括焚香、煮茗、习静、寻僧、奉佛、参禅、说法、作(做)佛事、翻经、忏悔、放生等。"煮茗"居第二,竟列于"奉佛"、"参禅"之前,这足以证明"茶佛一味"的说法千真万确。

茶使人宁静、和谐。在精神层面上,茶道提倡的清雅、超脱、俭德、精行,正合禅僧体悟佛性的法门。在其他物质生活极为贫乏的时候,煎煮一杯香茗,观察水沸茶滚,茶香飘逸,思绪似乎走过千山万水、长长岁月,慢慢涤荡胸臆,最后归于心灵上从容、安寂,这与佛教所说的"戒、定、慧"具有相同的价值归宿。也因此,茶与禅在宋朝之后结合得更为紧密,有很多关于茶的公案,都是日常生活中的小事,但诙谐幽默,意味深长。《景德录》说及吃茶的地方竟有六七十处。《指月录》载:有僧到赵州从谂禅师处,师问,新近曾到此间么。曰,曾到。师曰,吃茶去。又问僧,僧曰,不曾到。师曰,吃茶去。后院主问曰:为什么曾到也云吃茶去,不曾到也云吃茶去?师召院主,主应诺,师曰,吃茶去,院主当下大悟。这便是大家熟知的"吃茶去"公案,赵州从谂禅师三称"吃茶去",寓意何在?正在消除人的忘想。佛家历来主张"佛法但平常,莫作奇特想",一旦落入攀援妄想,则与和性相去甚遥了。赵州大师正是巧借"吃茶去"这一机锋,令人省悟的。云岩昙晟禅师生病时,还以"煎茶给谁吃"为话头,点化道吾圆智,这种不计有无、不随生死的情怀,正是禅的至理所在。有偈子云:"青青翠竹皆是法身,郁郁黄花无非般若。"煎茶、饮茶这等事,在僧人眼里却同佛性打成一片,不分彼此,达到了"茶禅一味"的浑然境地。

说茶与禅,自然离不开日本。茶传到日本之后,规矩和程序就更多了。在日本,茶事被视为净心清欲的佛事,日本的茶道,更多地渗入了"和敬清寂"、"一期一会"以及"独坐观念",这些,都是"静与寂"的精神。它是想以茶叶带来的静思和冥想,来消除人们心中的杂念和妄想,达到一种"无"的境界。比较起中国茶文化,日本的茶道似乎更纯粹,更洁净,也更少人气。日本的茶人也如在家的僧人,茶室更像是寺院的佛堂,仪式也更具有形式感。这样的方式,与其说变得更有禅意,还不如说让茶变得更无烟火气。奥修曾说佛教在印度是种子,在中国长成树,在日本开成花,就是说佛教的精神渗透了日本的国民生活当中。而茶呢,在我看来,茶同样在印度是种子,在中国长成树,也开成了花;而在日本呢,它只是一缕香气,袅娜在那个岛国之上,成为若隐若现的灵魂。

茶与虚玄

很久很久以前,人类尚在蒙昧中,"道"还只是有其形,未有其词的时候,茶树就已经遍布中国的南方森林。那时候的茶,只是被人们当作一种树。直到神农尝百草,人们才知道了这种树叶的解药性。《神农本草经》云:"神农尝百草,日遇七十二毒,得茶而解之。"从此之后,茶成为解百毒的一种药。五代十国蜀人毛文锡所撰的《茶谱》中记载:昔日有僧,久病不愈。一老翁告以蒙山顶上的茶能祛宿疾,僧遂于山上筑室采茶,"获一两余,服未竟而疾愈"。这同样说明了茶的治病功能。唐代著名诗人李白曾写过一首《答族侄僧中孚赠玉泉仙人掌茶并序》,诗序中云:"余闻荆州玉泉寺近清溪诸山,山洞往往有乳窟,窟中多玉泉……其水边有茗草(茶叶),罗生叶枝如碧,唯有玉泉真公常采而饮之,年已八十余岁,颜色如桃花,而此茗清香滑热,异于他者,所以能还童振枯,扶人寿也。"这是说茶具有养生之效。可见在唐朝之前,微苦的茶叶,只是一味不错的养生良剂。

到了唐朝,极可能从印度和西域传来的饮茶习惯,加上陆羽《茶经》的影响,慢慢地,由南至北,饮茶不仅成为一种习俗,也有了规矩。不过,那时的茶,尚没有一个"道",陆羽在《茶经》中只是提及了选茶、炙茶、碾末、取火、选水、煮茶、酌茶、传饮八个主要程序,对于"茶道",也就是饮茶的根本,似乎没有涉及。唐时基本上还属于大碗喝茶阶段,与饮酒区别不大,只是人们觉得挺好喝的。唐代白居易有诗:"食罢一觉睡,起来两瓯茶。举头望日影,已复西南斜。乐人惜日促,忧人厌年赊。无忧无乐者,长短任生涯。"说明茶已被越来越多的人喜爱,茶促进了人精神的自由,以及人与人的和谐。当然,在同期写到茶的诗文中,已有不少出现了对饮茶后产生虚玄之感的描写,比如唐人卢仝在《走笔谢孟谏议宪寄新茶》一诗中,有写一连痛饮七碗而后仙的描述:"一碗喉吻润,两碗破孤闷,三碗搜枯肠,唯有文字五千卷。四碗发轻汗,平生不平事,尽向毛孔散。五碗肌骨清,六碗通仙灵。七碗吃不得,唯觉两腋习习清风生。"

从诗中看,这是说的饮茶吗?分明就是喝酒,把茶当作还魂神仙草来喝。不过从诗中看,对于饮茶,已不同于碗喝茶的感受,既然有"两腋习习清风生"之感,就有些偏向于虚玄了。比卢仝更过的,是陆羽的老友皎然,在《饮茶歌诮崔石使君》一诗中,皎然这样写道:"越人遗我剡溪茗,采得金芽烹金鼎。素瓷雪色飘沫香,何如诸仙琼蕊浆。一饮涤昏寐,情思朗爽满天地;再饮清我神,忽如飞雨洒轻尘;三饮便得道,何须苦心破烦恼。此物清高世莫如,世人饮酒多自欺。悉看毕卓瓮间夜,笑向陶潜篱下时。崔侯啜之意不已,狂歌一曲惊人耳。孰知茶道全而真,唯有丹丘得如此。"

诗人在饮用越人赠送的剡溪茶后,"三饮"便得道,何须苦心破烦恼,连"采菊山篱下,悠然见南山"的陶渊明都觉得可笑,言辞之外,只有天上的神仙,才能领悟自己的感受。皎然悟的是什么"道"?我认为他的"道"并不虚玄,只是茶与人的暗合之妙:比如茶的淡雅幽远,合于隐逸生活迎风踏月、抚山弄水的意趣;茶的苦中蕴甘,合于人们节衣简食、苦甘互济的心念……这样的暗合,使得人们每当仕途困顿或倦于俗务时,就会寄情于杯盏,借此来排遣心中的苦闷,并于清凉静谧中求得恬淡平和之心情。

明清时期,茶叶制法和喝法焕然一新,此时人们将采摘后的茶叶搓、揉、炒、焙等工艺和今天类似,并且,确定了炒青制茶法，喝茶也随之变得越来越简便。与此同时，由于社会的专制高压，人们只能从静谧的生活中寻找安慰和自由，茶变得越来越让人钟情，茶与人们的生活，与文化和读书人的联系越来越紧密，有关"茶道"的要求也变得越来越精细，在饮茶时格外讲究空间，对人数、心情、氛围也设了很多要求，茶艺也变得越来越美观，越来越雅致，越来越严格。明代冯正卿有"十三宜"的说法，所谓"十三宜"，系指饮茶时所宜者，共十三项："一无事"，即要有饮茶的闲暇工夫；"二佳客"，饮茶的客人需高雅博学之辈，既能与主人交流感情，又能真正品玩茶道；"三幽座"，品茗时，环境需清幽典雅；"四吟咏"，饮者需以诗助兴，以诗唱和；"五挥翰"，饮时需挥翰泼墨，吟诗作画；"六徜徉"，饮茶可闲庭信步，时饮时啜，体验古之品茗者的闲情雅致；"七睡起"，饮者小睡刚起，一酣清梦，饮尝香茗，则另有一番情趣；"八宿醒"，饮者如宿睡未解，神志朦胧，则稍饮香茗，定能破除睡意，神清气爽；"九清供"，品茶时，需有清淡茶果佐饮；"十精舍"，饮茶时宜有清幽而雅致的茶舍，则更能衬托和渲染出宁静高雅的气氛；"十一会心"，品茗时，贵在饮者对饮茶艺术、茶的品位与茶道本身能心领神会；"十二赏鉴"，饮者需有品玩和鉴赏茶道的修养，才能领悟茶道的艺术真谛；"十三文僮"，饮茶时宜有聪慧文静的茶僮随侍身边。明代许次纾在《茶疏》，还有诸如"饮茶二十四时宜"的说法。这"二十四时宜"包括：明窗净几、风日晴和、轻阴微雨、小桥画舫、茂林修竹、课花责鸟、荷亭避暑、小院焚香、酒阑人散、清幽寺院、名泉怪石等。

  与《茶疏》相类似的，还有当年江南才子徐渭的一篇文章《煎茶七类》：一、人品：煎茶虽微清小雅，然要须其人与茶品相得，故其法每传于高流大隐、云霞泉石之辈，鱼虾麋鹿之俦。二、品泉：山水为上，江水次之，井水又次之。井贵汲多，又贵旋汲，汲多则水活，味位清新；汲久贮存，味减鲜冽。三、烹点：

用活火,候汤眼鳞鳞起,沫渤(去掉力)鼓泛,投茗器中。初入汤少许,俟汤茗相浃,却复满注。顷间,云脚渐开,乳花浮面,味奏,奏全功矣。盖古茶用碾屑团饼,味则易出。今味茶是尚,骤则味亏,过熟则昏底滞。四、尝茶:先涤漱,既乃徐啜,甘津潮舌,孤清自萦。设杂以他果,香味俱夺。五、茶宜:凉台静室,明窗曲几,僧寮道院,松风竹月,晏坐行吟,清谈把卷。六、茶侣:翰卿墨客,缁流羽士,逸老散人,或轩冕之徒超然世味者。七、茶勋:除烦雪滞,涤醒破睡,谈渴书倦,此际策勋,不减凌烟。徐文长说的是煎茶吗?表面说的是茶道,其实是茶与人共存时的一种和谐。

大道至简,大理若拙。茶道也是这样,在对茶叶的描述中,在对人的感受描述上,在对茶道的探索上,慢慢变得虚玄起来。在此之后,一些文章对茶的描述玄之又玄,到了后来,茶叶真成了神仙草,反而不知它本来的真面目了。茶叶在重蹈着武术的命运,变得更像传奇,也变得玄之又玄。中国文化就有这点本事,搞着搞着,就开始"腾云驾雾"了。——其实说白了,茶叶就是一种饮品,泡好一杯茶就是茶道。千利休说得好:"须知茶道之本不过是烧水点茶。""炭要放得利于烧水,茶要点得可口,这就是茶道的秘诀"。鲁迅先生在《喝茶》一文中曾这样写道:"喝好茶,是要用盖碗的。于是用盖碗。果然,泡了之后，色清而味甘，微香而小苦，确是好茶叶。"茶是来自乡野的，茶文化的本质，应是民间的朴拙，等同于儒家的"俭"以及道家的"拙"。在我看来，茶道的本质，在于欣赏茶、体会茶，交流心得与喜悦，放松自己，静纳万物，把身体的所有感觉打开，让茶的味道从身体中穿行而过。只有这样，才能品尝出真正的好。对于品茶，摒除虚玄，倒是有更为实在的辨别方式，那就是"三看三闻三品三回味"，"三看"为：头一看是看干茶的外观形状，即看其是芽茶，还是叶茶；是珠茶，还是条索茶，以及看干茶的色泽、质地、均匀度、紧结度、有无显毫，等等；二看是看茶汤的色泽，即看茶汤是否清澈鲜艳明亮，并具有该品种应有的色彩；三看叶底，即看冲泡后充分展开的叶片或叶芽是否细嫩、均齐、完整，有无花杂、焦斑、红筋、红梗等现象，乌龙茶还要看是否"绿叶红镶边"。

"三闻"则是：干闻、热闻、冷闻。干闻是闻干茶的香型，以及有无陈味、霉味和吸附了其他的异味。热闻是指开泡后

乘热闻茶的香味，茶香有甜香、火香、清香、花香、栗香、果香等不同的香型，每种香型又分为馥郁、清高、鲜灵、幽雅、辛锐、纯正、清淡、平和等表现形式。冷闻是指温度降低后再闻茶盖或杯底留香，这时可闻到在高温时，因茶叶芳香物大量挥发而掩盖了的其他气味。至于"三品"，是指茶要细细品啜。第一品主要是品火功，春茶的加工工艺是老火、足火、生青。第二品是品滋味，这时应让茶汤在口腔内流动，与舌根、舌面、舌侧、舌端的味蕾充分接触，看茶味是浓烈、鲜爽、甜爽、醇厚、醇和，还是苦涩、淡薄或生涩。第三品是品茶的韵味。将茶汤含在口中，像含着一朵鲜花一样慢慢咀嚼，细细品味，吞下去时还要注意感受茶汤过喉时是否爽滑。至于"三回味"，那是指人

在品茶之后的感受。品了真正的好茶后,一是舌根回味甘甜,满口生津;二是齿颊回味甘醇,留香尽日;三是喉底回味甘爽,气脉畅通,五脏六腑如得滋润,使人心旷神怡,飘然欲仙。

  我这样论茶道,又是否是一种无趣?

第三辑 皖味

李鸿章爱吃什么菜

我的朋友翁飞博士是专门研究清史的。前些年担任《李鸿章全集》主编时，他阅读了大量有关李鸿章的原始资料，突然在一堆书中发现几张李鸿章幕僚记录下的菜谱，有李鸿章家宴的，也有李鸿章宴请外宾的。翁博士如获至宝，偷偷藏匿，不予示人，只是在酒酣耳热之时，每每提起。有商家曾出重金想购得菜谱开发"李鸿章菜"，但翁博士一直不愿示人。因此，李中堂究竟喜欢吃些什么菜，也只有翁博士知道了。

我的《晚清有个李鸿章》主要是从历史、政治和文化的角度去分析李鸿章，对于李鸿章的私生活，涉及很少。不过，在阅读大量李鸿章的资料中，对于李鸿章的性格、习性以及个人生活，也算是略知一二。闲着无事，也想推断一下李鸿章喜欢的菜肴，算是"山寨版"的"李鸿章菜谱"吧。

从小吃过苦的人一般都喜欢辣与咸。这一点，于李鸿章来说，也不例外，虽然李鸿章小时候不至于食不裹腹，但在磨店那个野地，能吃得多么好，肯定也是谈不上的。可以断定，李中堂的口味肯定是很重的，嗜咸辣。这咸辣一旦嗜上，肯定就根深蒂固了。

"李府家宴"的招牌菜，很多人知道是"李鸿章大杂烩"。据说，那一年李鸿章出访欧美，一路上吃了两个多月的西餐，吃得肠胃都要造反了，一到美国，就让使馆安排中国菜宴请美国宾客。因中国菜可口美味，深受欢迎，不到一会，满桌的菜即席卷一空。李鸿章命令厨师加菜，但正菜已上完，厨师只好将所剩海鲜如海参、鲍鱼等余料混合下锅，乱炖一气后端上桌子。客人尝鲜后赞不绝口，询问菜名，李中堂哪里答得出来呢，只好用合肥话回答了一句：杂烩。意思是乱七八糟地放在一起烧的。李中堂喜欢吃的菜，自然会有人模仿着去做。孰料后来李鸿章成为清廷签条约的首席谈判代表，不断地赔款割地，引得国人一片骂声，这一道菜也变得更有名了，"李鸿章大杂烩"变得一语双关，是菜名，也是痛斥李中堂的叫法了。

"李鸿章大杂烩"的特点是煮，也叫"水碗"。合肥人吃"水碗"由来已久，江淮地区人口味重，吃东西也不讲究，烧火的木柴也缺乏，做菜习惯于一锅煮，慢慢传下来，就成为地域特色了。"李鸿章大杂烩"就是一锅煮的产物，现在流行的做法是，将海参、鱼肚、玉兰片、腐竹、熟猪肚、火腿等先炒，然后放入老母鸡汤等一锅煮。这样的吃法，很符合老爷子的性格，好嚼好吸收，味道也不错。就"李府家宴"来说，"李鸿章大杂烩"应该是一道主菜，没有这一道菜，也可能就不成席了。

比较起"李鸿章大杂烩"这一道菜，也被说成是李鸿章爱吃的另一道菜"鲈鱼烩"似乎有点不靠谱。电视剧《走向共和》开头就有镜头：李鸿章一边悠哉吃着鲈鱼，一边处理着事务，洒脱自如，游刃有余。第二集时，李鸿章觐见慈禧时，特意说："臣于调养之术有三条心得，一是孔圣人说的'食不厌精'，臣特别喜欢吃清蒸的淞口鲜鲈鱼，下面的人背地里叫臣'李鲈'。"《走向共和》如此的细节，出处是哪，我一直不太清楚。关于鲈鱼，比较有名的是西晋张翰借口思恋故乡莼鲈，辞去官职回到家乡，故有"张鲈"的说法，而"李鲈"的说法，似乎有点望文生义。李鸿章到底是否爱吃鲈鱼，当问翁飞兄才是。

"肥东到肥西，爱吃老母鸡"，合肥话的发音有意思，"xi"和"jī"分别发作"sī"和"zī"，读音相近，并且是短促的舌尖音。合肥人说"鸡"跟其他地方的人不一样，没来由就让合肥的老母鸡变得很有名了。这也算是一种阴差阳错吧？李鸿章当上大官后,每天都要喝点老母鸡汤,这也成为一种习惯了。"李府家宴"的这一道菜,断是少不了的,也算大菜。至于咸货,江淮之间,嗜咸喜辣,咸鸭、咸鹅、咸鱼之类的,都是盘中必有的。合肥一带的咸货一直很有名的,像吴山贡鹅,既嫩又肥,吃起来很是过瘾。咸鱼红烧放糖放酱油很是不错,能烧得赤红赤红的,口感好味道也足。咸鸭煨黄豆也是一道风景,将咸鸭斩好,连同黄豆一道,放入瓦罐,用文火慢慢煨上个五六小时,一掀盖子,云蒸霞蔚,满屋喷香。

合肥有名的,还有"糯米丸子"。这一道菜是李鸿章的家传,张爱玲的弟弟张子静曾有描述:"合肥丸子是合肥的家常菜,只有合肥来的老女仆做得好,做法也不难,先煮熟一锅糯米饭,再将调好的肉糜放进去捏拢好,大小和汤圆差不多,然后把糯米饭团放在蛋汁里滚一滚,投入油锅里煎熟。""合肥丸子"和扬州"狮子头"最大的区别是:"狮子头"是纯肉丸,"合肥丸子"是糯米丸。扬州一直富甲天下,那里的实力,毕竟不是江淮之间的庐州府所能比拟的。实力影响民俗,这也是常识了。

"李府家宴"自然得上几盘素炒:"面粉槐树花"应该也是有的,李鸿章在肥东磨店的老家,前后左右到处都是槐树,早春槐花开,芬芳诱人。槐树花用面粉拖一下,放在油锅里炸,吃起来有鲜鱼的味道。"凉拌马兰头"也应不错,二月里田间地头的马兰头,嫩得能掐出水,放开水里焯一下,放入香干,用小磨麻油拌一下,吃起来极爽口。再有的,就是香椿头炒土鸡蛋了,初春时的香椿头炒土鸡蛋,是全国各地餐桌上的一道名菜。李老爷子应该爱吃得很。

"李府家宴"还应有一些独特的菜:江淮之间的臭豆腐烧臭菜,一直很有名,雅名叫作"千里飘香"。"千里飘香"这一类的臭菜系列,不吃也罢,一吃就会上瘾,就如同吸大麻似的。李鸿章想必也会上瘾,他的餐桌上,时不时也会溜上这一类"不登大雅之堂"的菜肴。当然,招待外宾时是不能有这一道菜的,老外对于中国饮食,最怕的就是臭味,你再解释,老外也会皱起眉头。生在江淮之间的我父亲也喜欢吃这样的菜。有一回他从皖南去江北老家,老家亲戚没什么送他的,就送了他一坛"千里飘香"。我父亲带着它上了公共汽车,结果一车的人先是拼命吸鼻子,后来又拼命捂鼻子,全都变得神经兮兮不正常了。我父亲后来实在不好意思,只好让司机停车,忍痛割爱将那一坛"千里飘香"弃之路边。

"李府家宴"最后的主食,以"南瓜稀饭"最为合适。李鸿章晚年牙不太好,少吃多餐,南瓜稀饭便成了必不可少的主食。南瓜稀饭黄色配白色,颇有"金搭银"的风采。不过特别注明的是,稀饭应以干牛屎煨出的为最佳,因为干牛屎点着之后是文火,火势柔而软,煨出的稀饭应该有特别的青草味吧。昔日的江淮之间,农夫们专门会把路上的牛屎拾进筐子里,揉成泥,一大块一大块糊在自家的墙上晒。远远看去,就像墙上烙着一个个大饼似的,所以有"牛屎粑粑"之称。到冬天里,就拿出来煨稀饭,那稀饭煨出来,真叫一个香,灶王爷在天上嗅到了,口水都能流成雨。吃完稀饭后,李鸿章一般会啜一小杯以人参、黄芪等配制而成的补品。至此,"李府家宴",算是大功告成了。

比较起人的地位、思想和兴趣,一个人最难改变的,恐怕就是饮食的口味了。从肥东磨店到京城,从当年那个吟"丈夫只手把吴钩,意气高于百尺楼;一万年来谁著史?八千里外欲封侯"的穷酸书生李鸿章,到那位官至中堂的李中堂。李鸿章经历了很多,也改变了很多,唯独没有改变的,恐怕还是他的饮食习惯。俗语说"江山易改,本性难移",也许可以改为"江山易改,口味难移"。

"大关水碗"有意思

我曾经在一个名叫"大关水碗"的饭店里品尝过江北菜,印象很深。这个乡土气息浓郁的饭馆,上来的菜多是用碗盛的;菜不是蒸,就是煮,看起来白花花的很有特色。虽然看起来清淡,不过菜吃起来却别有风味,很鲜,很嫩,有本真味。我后来了解到"大关"是地名,是桐城的一个靠江边的小镇,以地方菜好吃为名。之所以叫"大关水碗",是因为菜大多是蒸或煮的,水多,不能用碟只能用碗,盛上来都是水汪汪的,不是汤就是水,很少有炒菜或者干锅,或者烧炒得红彤彤的那种。

"大关水碗"是安徽江北菜,这样的菜肴做法,一下子让我明白了山区菜与水乡菜的不同:皖南山区多以红烧和炒菜为主,皖南大别山区更很少有水煮或蒸菜,多以干锅为主,比如著名的金寨吊锅。而江北菜呢,都是以蒸和煮为主,很多菜不是蒸就是煮,南瓜也是煮,山芋也是煮,豆子也是蒸,茄子也是蒸;连鱼之类的,不是煮也是蒸,很少能看到炒或者熘的,更谈不上烤鱼之类。并且,"大关水碗"的菜还跟其他地方的不一样,其他地方是炖,也就是东西放入水中在火上直接烧;而江北不一样,它很多是放在笼中或大铁锅中蒸,比如现在江北的名菜山泉野山菌,就是用水发松茸菇、杏鲍菇、槐树菇、姬菇、滑子菇等,放入罐中,用鲜膜封口后盖上,上笼蒸几个小时,然后再端上来;另一道有名的菜滑余仔排,也是先用小猪排裹上山芋粉,然后放在笼中蒸过,再放入炖盅内,加入清汤,盖上盖之后再蒸上个把小时。这就是蒸的功夫了。因为盖子紧闭,味道不易走失,入口也会更细腻润滑,并且清蒸既可以保持鲜鱼的原汁原味,又能保留鱼的色泽和形状,达到"色香味形"的和谐。具有同样做法的还有农家土菜渣肉,以炒米粉、猪肉以及蚕豆酱等配料调制:先将大米与八角炒至颜色金黄、喷香,然后放在碓窝里舂成米粉;然后将土猪的五花肉切成块状,用自制的蚕豆酱或者黄豆酱捏一捏,随后在米粉里拌一下,使肉块外表均匀布满米粉,接着装碗放饭锅里蒸,煮饭至米汤蒸发、饭粒饱满干爽时,将肉均匀铺在米饭上,继续蒸三五分钟,肉香、米香熔为一炉时,便可起锅。至于鱼、虾之类,因为新鲜,也是蒸多于煮,取了现在时尚的菜名,称为"桑拿鱼"、"桑拿虾"的。蒸可以使鱼身丝毫不破,将鱼本身的鲜味拔出,然后用姜、葱、盐、醋及豆豉将味道逼进鱼身里,出来的肉嫩若凝脂,保持了食物的本色。

江北不仅是菜要蒸、河鲜要蒸,连主食包括米饭也要蒸。江北菜比较有名的金瓜腊鸭饭,就是蒸出来的——用泡过3小时的糯米和腊鸭胸脯肉放在一起,加入青豆、

胡萝卜、香菇,再倒入一点黄酒,调匀后上蒸笼,熟透后打开香气扑鼻,一直可以钻到人的五脏六腑里去。同样集中体现蒸菜特色的,还有渣肉,用猪五花肋条肉,也可选靠近脖颈的二刀肉,先用沸水烫去异味,再用上等黄酒、酱油、醋、糖、盐、葱、姜等拌腌入味,加入豆腐乳汁、腌芥菜卤、虾仁等,再加入渣粉拌匀,取鲜荷叶用开水烫过,裁成小片,将渣肉包起来,装盘中上笼大火猛蒸15分钟上桌。这样,荷包翠绿,肉红形整,酥烂软糯,油而不腻,清香四溢。还有一道腐皮丸子,用黑猪前夹肉剁碎,拌入同样剁碎的山药,加上盐和料酒后,外面用干腐

皮包裹成圆子坯,上笼蒸5分钟后取出,然后倒入鸡汤烧至沸腾。这一道菜既家常也上档次,老少咸宜,妇孺皆喜。蒸是最返朴归真的,几乎不要佐料,只需有盐即可,最多是一点去腥的姜、蒜、葱和黄酒。蒸过的东西一般原汁原味,有一种纯真的味道。尤其是刚出水的鱼,蒸起来特别鲜,也特别嫩,在蒸面前,诸如炒、烧、熘这些,都显得多余了。江北菜比较有名的,是"毛圆青菜汤",也就是小肉圆,经过清蒸之后,白白嫩嫩的,放几根鸡毛菜进去做汤。

  江北之地为什么爱蒸菜,我有很长时间都没有想透。连吃番茄和茄子都要蒸,这是哪种吃法呢?后来我脑筋急转弯,明白这是地理环境决定的——我童年的时候曾经去过长江北岸的地方,给我印象最深的,不是那里的水乡,而是家家破落的茅草房以及土墙上晒着的一个个硕大的牛屎饼。那些硕大的牛屎饼很多都是跟那些斗大的革命标语字挤在一起,比如"抓革命,促生产"等,即使是"某某某万岁"的标语,同样也有牛屎饼团结在它周围。这样的情景,给我留下了深刻的印象。江北地区缺柴少火,燃料只能用稻草甚至牛屎代替。稻草和牛屎不发火,火不旺烈,自然不太适合炒菜;最适合的,就是蒸和煮了。长此以往,这也形成了江北一带饮食的风格。这也是江北地区,尤其是桐城、无为等地饮食的重要特点。

  现在安徽长江以北的很多地区,包括安庆市、芜湖市无为县、马鞍山含山县以及合肥市的庐江、巢湖、肥东、肥西、长丰等地,绝大多数的居民,都是明初乃至清初,从江南的饶州以及徽州移民过来的。历史上著名的"瓦屑坝移民",实际上就是将饶州和徽州等地的人集中到瓦屑坝地区,然后再移民到江北。那些曾经在饶州和徽州山区生活的人,到了江北之后,一开始会有很多生活上的不习惯,肯定包括生火烧饭什么的。山区做饭烧菜根本不用考虑生火,而江北就不一样了,柴甚至会比大米还金贵。在这种情况下,可见那些移民们的烦恼了,但人的适应能力就是很强,慢慢地,他们便学会用另外一种方式来做饭烧菜,学会了蒸和煮,一段时间之后,他们同样能将食品做得有滋有味。并且,从煮和蒸上面,他们还摸索出一种烧和炒不具有的味道。古语说:煮不如烧,烧不如蒸,水火之间,取气而已。这话还真有三分玄机。就这样,江北一带人喜欢上了用蒸的方式,三分无奈,七分自愿。人类的这一种适应能力,还真是够顽强、够求变的。橘在淮南为橘,而在淮北为枳。其实人也是这样吧?因"大关水碗"是桐城的,不免让我想起桐城,想起桐城派,想起当年方苞、刘大魁、姚鼐他们肯定是喜欢"大关水碗"的。桐城派提出的"复古"主张,就是强调内容和义理,摒弃一些形式的东西,不重罗列材料,堆砌文字。这倒与"大关水碗"的风格有点相似。不知这两者之间,是否存在着一定联系。我看是有联系的,毕竟,一方水土、饮食,养一方性格人物。

不过,以蒸菜为主开饭店实在太不划算,一个菜蒸3个钟头,只卖三五十块钱,远不如烧菜、炒菜节约时间。对于饭店来说,时间也是成本啊!从这一点意义上来说,"大关水碗"店真是开得着实敦实而厚道。

羊肉的花样年华

几年前,我在公共汽车上曾遇到一件好玩的事:一个新疆小伙子上车就唱"亚克西",一边唱,一边跳,我们一车人都被逗乐了。小伙子咧着个嘴向众人解释,他刚在合肥开了一家烤羊肉铺,店刚开张,生意就相当好。他操着半生不熟的普通话说:有钱就是好地方!合肥也是好地方!他邀请大家去他的羊肉馆作客,说等到自己卖羊肉串赚足钱了,就开一家烤全羊馆,把新疆的烤全羊带到合肥来,到时生意一定更好!过了几个月时间之后,我还真在长江路上看到了他的烤全羊馆——当朋友带我去这家火爆的烤全羊馆尝鲜的时候,我一眼就看到了他,他显得稍成熟了一些,也发福了些,不过仍然是笑容可掬合不拢嘴。

现在还真是羊肉的"花样年华",羊肉馆如雨后春笋一般涌现出来,生意都出奇得好。我曾经去过双岗附近一个河南人开的红焖羊肉馆,每天都是食客盈门,座位得提前预订,否则要排很长的队等翻台。那儿的羊肉是论碗卖,一碗30元,羊肉烧得很嫩,入口即化,味道很足,没有膻味。兴致上来,一个人就着二两白酒能吃好几碗。安徽大剧院门口的烤羊肉串在合肥也很有名,我原先在环城路与桐城路交口处上班,夜班之后和同事一起去那吃羊肉串,曾经是我的习惯。合肥还有数不清的"马店羊肉"以及淮南羊肉粉丝汤,虽然很多来历不明,不过生意都很好,初冬之后,凡是看到店肆门前热气氤氲人头攒动的,往往就是羊肉汤馆。政务新区附近有一家"马店羊肉",能将羊肉汤熬成奶白,味道非常鲜美。吃得多了,也算是知道了羊汤的制作方式:先将整羊对半劈开洗净后入大锅焖烧,火候大小间断掌握,中间有两次稍停;烹煮过程中,羊身子通常不能翻身,要在锅中加入一碗老汤糟卤。待羊煮熟之后,闭火,焖锅。此时,羊肉处于皮肉紧实的状态,不能"出封",既不能将皮肉捅破,也不能切开大块。等汤冷却之后,将羊身整体出锅,放在宽大的砧板上,用老虎钳夹去骨头,待冷却凝结由厨师飞刀切成薄片。这样的前期活一般都是晚上做,待早晨吃羊肉汤的顾客来后,会视顾客的需求,在碗里分别加入馓子、粉丝和面条,再加入切成薄片的羊肉,舀入滚热的羊汤。天寒地冻时节,北风呼号,一碗热气腾腾的羊肉汤置于面前,再来上二两白酒,一碗羊腰羊脑什么的,这种享受不是神仙下凡,就是庄子、嵇康之流的重现。

"马店羊肉"算是皖北羊肉汤的代表。皖北的确是大快朵颐的好地方,不仅能吃到羊肉、牛肉,还能吃到狗肉。有一次去宿县是盛夏,主人硬要带我们去吃"伏羊"——说三九天吃羊肉好,三伏天吃羊肉更好。那一次,我们在室外近40℃的天气里,在一个不起眼的饭店里,吃了红烧羊羯子,吃了红焖羊肉,喝了一大盆羊尾骨汤,每人还吃了十多串烤羊肉。还有一次,同样是去宿县出差,当地的朋友将我们拉到郊区一个大杂院,要请我们吃"烧全羊"——待我们坐定上茶之后,店家牵了一头羊进来,主人看过之后点点头,于是上秤后牵出。待我们打了一圈"掼蛋"之后,"全羊席"开始上了:第一盘是葱爆羊脸肉,接着,是炒羊肝、炒羊腰、炒羊蛋;再后,是烤羊腿、烤羊肉串;最后,以一盆羊杂烩汤为宴席画上圆满的句号。一只四五十斤的羊,最终被我们吃得干干净净。

比较起"吃全羊"的刺激和兴奋,其实我最喜欢的,还是"涮羊肉",这不仅因为涮羊肉好吃,还因为吃起来优雅从容,有皇城根的大气和淡定。每次去北京,若有空闲,我都要去"东来顺"小坐一回。涮羊肉适合清汤,锅底什么都不放,就放点姜片，或只放点虾米和干香菇，用筷子将薄薄的羊肉片夹住，放入沸汤之中，稍停顿，左一涮，右一涮，拎起来蘸上芝麻酱，吃起来鲜美无比。据说羊肉中最适合涮的那一块在脖子之后，色如脂玉，最嫩最鲜，连生吃都有一种甜味，放在水中摆一摆拎起后入口即化。涮羊肉的蘸料很讲究，有芝麻酱、花生酱、豆腐乳、虾酱、韭菜花酱等，也可以自己配制或者自带佐料。京剧名角马连良先生每次到"东来顺"，都是自己带蘸料，他的蘸料是什么，谁也不知道。马连良涮的方法也特别，提起筷子只是在沸水中浸一下，不停顿，羊肉就带着血丝吃。这样的吃法，是地道"老北京"的范儿。涮羊肉据说起源于元代——元世祖忽必烈统帅大军南下远征，一日人困马乏饥肠辘辘，忽必烈突然想吃清炖羊肉了，于是吩咐部下杀羊烧火；正当伙夫宰羊割肉时，探马飞奔进帐报告敌军逼近。厨师急中生智，飞刀切

下十多片薄肉，放在沸水里搅拌几下，待肉色一变，马上捞入碗中，撒下细盐。忽必烈连吃几碗，翻身上马迎敌，结果大获全胜。忽必烈是涮羊肉的鼻祖？我看不像。以我的理解，忽必烈肯定是大碗喝酒大块吃肉的主，至于涮羊肉，更像是那些八旗子弟发明出来的。涮羊肉和鼻烟壶之类，有异曲同工之妙。

由涮羊肉，让我想起了《齐民要术》上的"炮羊肉"——将刚满一岁的小肥羊杀死后切成薄片，拌入豆豉、盐、葱白、椒、姜、胡椒等调料后，装进洗净的羊肚内缝好；挖一个土坑，将之烧热，掏出火灰，把羊肚放进坑里，盖上火灰，上面再烧火；羊肉熟了，香味扑鼻，就可以解开吃了。以这样的方式做出来的

羊肉,估计如叫花鸡一般原汁原味。比较起涮羊肉的烫着吃,"炮羊肉"似乎更有古风。只不过我从没见哪家羊肉馆卖过"炮羊肉"。悠悠古风失传,可惜了。

　　北方人吃羊肉"白汤清水",南方人吃羊肉则偏向"浓油赤酱"。我曾经在乌镇吃过很有名的红焖羊肉,用小锅烹烧,配调料讲究,内有冰糖、茴香、桂皮、甘草、酱油等,出锅后的红烧羊肉连皮带肉,吃起来咸中带甜,又脆又韧,好吃!乌镇在哪里呢?在江南。可见羊肉也是不分地域的,鲜美的东西,东西南北中,人人都喜欢。中国人吃羊肉的历史比吃猪肉长多了,猪肉红火起来是什么时候?是苏东坡倡导之后。羊肉呢,有中国人的历史,就有吃羊肉的历史。什么是"鲜"?就是"鱼咬羊"。中国人很早就吃这一道菜了——当人们吃到第一口"鱼咬羊"的时候,肯定是电闪雷鸣,日月尽辉。就像仓颉造出字的那一刹那,白日下粟如雨,晚上鬼哭狼嚎;也像亚当夏娃吃到了苹果,耻辱感和快感顿生。"鲜"对于人类,就像字的功能一样,它让人醍醐灌顶,茅塞顿开,拨云见到太阳。

巢湖是个杂鱼锅

《安徽商报》的葛怡然在微博上发帖:巢湖是个杂鱼锅。我猜想这是葛美女在巢湖边吃农家乐后情不自禁的情绪流露。巢湖像大海,是指风景而言;巢湖像个杂鱼锅,那是就食物的丰富性而言。也的确,巢湖方圆八百里,因地质下沉形成,湖大水浅,里面上百种鱼虽不算珍稀佳肴,却是可口诱人。当然,将巢湖当作杂鱼锅,胃口未免太大。大跃进时有打油诗曰"抡起巢湖当水瓢",具有革命浪漫主义的意象,葛美女此番语句,似乎也有异曲同工之妙。

　　巢湖最有名的,当然是"巢湖三珍"——螃蟹、银鱼、白米虾了。巢湖的银鱼和白米虾,算是比较有特色的。大银鱼筷子般长短,小银鱼超过一寸,吃起来却如长条豆腐一般鲜嫩。唐代杜甫曾写过一首题为《白小》的诗:"白小群分命,天然二寸鱼。细微沾水族,风俗当园蔬。人肆银花乱,倾箱雪片虚。生成犹舍卵,尽其义何如。"在杜甫看来,银鱼就是鱼中的时蔬,比如秋天的菠菜什么的,诸如银鱼炒蛋、银鱼蛋羹、面炸银鱼、银鱼炒韭菜等,与其说是湖鲜,还不如说是一盘清新的素食产品,吃得安静恬淡心不慌意不乱。这样的看法,倒是挺有意思。至于巢湖的白米虾,又嫩又鲜,非寻常大小虾所能比。与白米虾有关的菜肴有葱爆白米虾、白米虾炖豆腐、白米虾蒸蛋、油炸香酥白米虾等。比较独特的是白米虾糊:取白米虾半斤,摘头留尾,洗净控水,投入六七成热的锅里,与葱姜末同炒,待白米虾由透明状变成乳白状时,兑水用大锅烧开,再取五香渣粉若干,徐徐投入,用筷子速搅,见稀稠适度改用小火熬融,最后调咸淡略加鸡精即成。白米虾糊颜色微黄,虾体雪白,味道既有米的焦香,又有虾的咸鲜。夕阳时分,渔歌唱晚,一碗虾糊,一盏米酒,真是接地气壮人气,人生须尽欢,一曲农家乐。

除了"三珍",巢湖还有青鱼、草鱼、鲢鱼、鳙鱼、鲤鱼、鲫鱼、鳊鱼等,在吃遍了山珍海味之后,吃一点此类"山野村夫",也算换换口味。巢湖中产量最大的,就是鲢鱼也称胖头鱼了,最普遍的做法是"砂锅鱼头":选4至5公斤活蹦乱跳的胖头鱼,去鳞去鳃去内脏,在头后3公分左右处将头剁下,煎黄后捞出放入砂锅之中,放水,撇除浮油,辅以姜、葱、蒜、花椒等佐料,用文火煨数小时。上桌时,汤色如乳,鱼肉白里透红,细嫩似豆花,肥而不腻无土腥气,是一道好吃不贵雅俗共赏的佳肴。巢湖的鲶胡子红烧也不错——鲶胡子又叫鲶鱼,学名鲇鱼,因其鳃边有3对胡子状的长须而得名。春天是吃鲶鱼的最佳季节,桃花雨过后,冬眠后的鲶鱼急于觅食产卵,浮游于浅水之中,比较容易捕捉。鲶鱼的肉质较细,胶质多,可以红烧,也可以斩成一块块与豆腐放在一起炖,名曰"鲶胡子炖豆腐"。"炖"当地音读"duo",应是象声词,模仿的是文火砂锅炖食物时冒气泡的声音。由这一个字,便知吃鲶胡子炖豆腐锅的怡然自得了。

巢湖的刀鱼算是湖中比较精致高贵的品种了。虽然湖刀从来不如江刀,不过巢湖的刀鱼吃起来也很鲜美。清洗刀鱼不用开膛破肚,只要用筷子从鱼鳃处往下一捅,然后一搅一拔,鱼肠便顺着筷子出来了。刀鱼的烧法有油炸和清蒸两种,油炸刀鱼脆、嫩、鲜,刺也变得酥松,吃起来方便,是一道很好的下酒菜;清蒸刀鱼不用洗鳞,只需加盐、葱、蒜、黄酒,用大火蒸10分钟即可,清蒸过的刀鱼色如凝脂几近透明,因为鱼肉太嫩,只能用筷子头一点一点挑起品尝。20世纪90年代,我经常从宣城到合肥,走的是经过巢湖市区的老路,路很窄车又多，半途要在巢湖边的小饭店吃饭。每一次吃饭，我都要点油炸刀鱼尝新。那时候的巢湖刀鱼很便宜，一盘只要10多元。后来高速通了，路改道了，就很少吃刀鱼，也吃不起刀鱼了。巢湖里还有一种小毛鱼，也是以鱼群的形式出现，跟刀鱼形状有点像，只是体形稍小，身体略扁，脊背呈青灰色。小毛鱼除少量鲜食外，大部分要晒干后作鱼干吃，酌放辣椒酱、蒜、盐，用油煎炸，可以下酒；或者用辣椒炒着吃，吃稀饭时配着最佳。小毛鱼鲜倒是鲜，就是刺毛太密，有些卡嗓子，只能做出几道不能登大雅之堂的小菜。

巢湖有吃杂鱼锅的习惯，将小昂丁、小鳜鱼、小麻条、小鲫鱼、小"肉滚子"、小鳊鱼、小餐鲦等小鱼、小虾一股脑地放进锅仔，加入葱、蒜、黄酒等，放点豆腐一起煮。煮的过程中看到一锅杂鱼济济一堂，仿佛能听到它们的欢声笑语。小杂鱼清洗起来很容易，不必开膛破肚，只需抓一条在手，用大拇指从尾巴处贴肉往上一推，鳞就去掉了；然后在

鱼鳍处一掐，掐出一道口，用力在肚子上一捏，鱼肠就挤出来了。小杂鱼锅的特色在于鲜，不是哪一种鱼味道的鲜，而是整体味道上的鲜——多种鲜加在一起，能鲜得人腾云驾雾。杂鱼锅是野鱼的大聚合，"野"和"不野"是有区别的，"野"是"鲜"，"野"还是"香艳"，就像花草，家里的花草不称香艳，只有野外的花草才香艳。烧杂鱼锅，巢湖一带的习惯是重口味，只有辣，才能使腥转变为鲜；只有咸，才能使杂鱼锅既入味又甘美。

不光是鱼杂，巢湖这一带人也杂，文化也杂——最早生活在这一带的，是有巢氏的氏族公社，那是汉族的先祖之一。后

来，这一带成了南北通衢的要道，也成了兵家争夺的战场；南来北往，混杂居此。到了明清，又从江南的饶州和徽州地区，迁来大批"瓦屑坝移民"。历史与文化的融合，习惯与传统的杂糅，让这一带的人既剽悍勇敢，又聪明世故。他们生存能力极强，适应力极强，文化包容性也特别强。杂树生花，杂人生精，巢湖一带的人，也一个个如巢湖的鱼一样机智、灵巧、接地气。李鸿章、冯玉祥等，都可以说是其中的典范：既远见卓识，有很强的处事能力，也能见风使舵、投机取巧、谋取实利……当然，这又是另外一个大话题了，姑且在此打住，以后再说。

宣城那些好吃的

　　1991年秋天,我从屯溪调动工作来到宣城后,寄居在地委宿舍区一个单身同事的屋子里。因是初来乍到,心里颇有压力,辗转一宿没怎么睡好。第二天早晨,我下楼随便来到小区内一个早点摊,要了一碗面条充饥。面条入口,我几乎是大吃一惊——这面条太好吃了,不仅鲜美无比,而且还特别有筋骨有嚼头!长这么大,我还是第一次吃这么有筋道的面条!真是吃好了就不想家,一碗面条下肚,我的惆怅和沮丧一扫而光!后来我发现,不仅是这一个叫小方的中年人摊点上的面条好吃,当时宣城地区所在地宣州市的大街小巷,几乎所有摊点上的面条都好吃。不仅面条好吃,好像所有东西都好吃,特别对胃口,而且还很便宜!这就是我对于宣州的第一印象。从1991年来到宣城,到2000年离开宣城来合肥,算算在宣城的日子,我共有三大收获:一是以小见大深入地了解了这个社会;二是读了不少书,基本形成了自己的世界观;三就是,吃了不少好吃的东西。

　　宣城这个地方,半是山区半是圩区,有山有水,有山珍也有河湖鲜品。宣城人民真是有福了,既能随意吃到正宗的山珍,也能吃到正宗的河鲜。宣城跟徽州相连的那一部分都是山区,在饮食上跟徽州没有太大的区别,徽菜发源地的绩溪县,现在行政规划上还属于宣城。徽州有的东西,宣城一般都有。就拿野味来说,20世纪90年代,我在宣城各乡镇采访,经常在一些小饭馆里吃到山麂、黄羊、野猪、野鸡之类。吃野味一般都是在冬天,烧得又辣又咸,加入大量葱、蒜、料酒去土腥气,放在炭火的炉子上一边烧一边吃,一边喝高度酒。人在冰天雪地的山旮旯里,吃着喷香的野味,喝着温热的小酒,不知有汉无论魏晋,实在是一件无比惬意的事。徽菜所需的原材料比如笋、木耳等土特产,宣城的山区也有,宣城人也习惯吃这些东西。宣城的菜市场也是这样,既高悬山鸡、野猪之类的山珍,也有江河湖泊中活蹦乱跳的鱼虾、老鳖卖。到了春天,宣城菜市会卖山野里的蕨菜和野笋,只不过卖的方式与徽州稍有不一样:徽州的新鲜蕨菜和野笋是扎成一把卖,而宣城则是将野笋剥开蕨菜用开水烫过,放在筐子里随便捡拾。宣城一些地方吃冬笋的方式,也与徽州有所不同,广德和宁国一带喜欢火焖冬笋:将冬笋连壳埋入柴火灰中,烧焖至手按微软时拨灰取出,去壳、根,切成条块后蘸点生抽吃。冬笋脆嫩,入火灰焐焖后水分散发较多,切成条块后易吸汁,所以吃起来清脆鲜嫩味道足。

　　徽州有的宣城都有,宣城有的,徽州倒是没有。宣城偏东北一带,属于圩区。圩区水网密布,多各种各样的水产品,其中最有名的,是秋季的大闸蟹。以前的宣州区和郎溪交界处的南漪湖,是水产品的聚集地,那里不仅产各种各样的鱼和大闸蟹,还经常能捕到野生的大老鳖。有一次,我们去南漪湖边一个乡镇,到中午吃饭时,主人将我们带到一个小饭店,上菜时只一道菜,一个腰一般粗细的大砂锅,里面是老母鸡炖野生老鳖:老母鸡是村里走地3年以上、有着嶙峋硬爪的;鳖是南漪湖边刚刚捕捉到的,直径达1尺裙边过2寸,双眼凶狠发出绿光的那种丑家伙。煨的过程中,不放其他东西,只放点葱、姜、蒜和上等的青草湖黄酒。结果几个小时熬下来,汤汁黄得发绿,浓郁稠密如油。我喝第一口时,竟然情不自禁浑身起了哆嗦。那一餐我们没喝酒,也没吃什么其他菜肴和主食,就着大锅饭的锅巴,把这一大锅上等汤煲吃得精光,连锅底都朝天了。

宣城还有一些特别的风味。宣城市郊有一个扬子鳄保护中心，里面有成千上万条鳄鱼。前些年保护中心在获得允许后，曾在宣城几家定点饭店烹饪鳄鱼肉做菜。我吃过一次，那肉吃起来松蓬，没什么味道，嚼起来的口感像嚼橡皮，一点也不觉得好吃！问一问价格，一盘要卖近千元！真是吃一个稀罕。我在宣城时，经常乘车去老家旌德，在半途中，路边有一个断崖山拔地而起，上面还建有一座古亭，悬崖峭壁之下，有一条小河涓涓流过。这条河，就是琴溪，宣城传统名小吃琴鱼就生长在这条河里。琴鱼长不过寸，口生龙须，"重唇四腮"，每年清明前后，琴溪两岸的村民用竹篓、篾篮在琴溪滩头张捕，捕获后放入盐开水煮，佐以茴香、茶叶、食糖焓熟后用炭火烘干。琴鱼主要用作茶点，与茶干等喝茶时当零食，至于味道，实在没有过人之处。琴鱼的出名，在我看来，主要是以"琴"得名，雅致有诗意，其次是因泾县茶好，声名远扬，辅助的茶点也会因此沾了不少光。

宣城好吃的还有鸭脚包。我初来宣城去菜市买菜，看到菜市干货店常挂一串串黄褐色的东西，一个连着一个，乍一看，像是窗帘物件似的。我不知是什么，感到很诧异。干货店老板向我介绍，这是鸭脚包，把鸭脚、鸭肠、鸭心缠在一起，吃时隔水蒸熟，先吃鸭肠，再吃鸭心，最后啃鸭掌。我听得如坠烟云，不知所云。几天后有一次吃饭，恰巧上来一碟鸭脚包，在众人的怂恿下，我开始尝新，没想到这"鸭脚包"还真是好吃，又甜又鲜又有嚼头。我是基本不吃动物内脏的，鸭脚包却让人无法抵御。那一餐我啃了好几只！鸭脚包的做法是取下麻鸭一只鸭掌，在掌内包上一只鸭心，有的加上一只小红辣椒，再将鸭肠子密密匝匝缠上，随后放进有糖、盐、酱油和香料的卤水中腌制，腌好后取出晾干即成。在宣州地区，以水阳镇的鸭脚包配五星乡青草湖农场的黄酒，算是晚餐的双绝。吃喝之间，俨然一个小糊涂仙。

水阳是宣城的一个镇，位于水阳江和南漪湖边上，靠近江苏高淳，典型的江南水乡。水阳有"三宝"：豆干、鸭翅、鸭脚包。我不太吃鸭翅，除鸭脚包，我喜欢吃水阳干子——水阳豆干松软、细腻、甘甜，有特别的味道，仿佛带有大豆天然的芬芳。宣城当地还有一句话，叫"水东的枣子，水阳的嫂子"，是说宣州区水东的枣子好吃，水阳镇的嫂子很漂亮。我在宣城工作了十多年，去过两三次水阳，每次都是匆匆忙忙采访先进人物先进事迹，从没时间一睹"水阳嫂子"的风采，现在想来实在是太可惜了。

芜湖的小吃

我上大学的时候很沮丧,因为当时安徽师范大学临时"荣升"第一批次招生,在一本线上将我们这些被北大复旦踢落的"亚学霸"一网打尽。"文革"结束后,人们胆量尤小,从不敢在"是否服从分配"志愿栏上填"否",怕被别人认为思想意识路线立场有问题。我的一个学兄,高考时轻松达到了重点线,因为在"是否服从分配"一栏填写了"就近分配"几个字,录取书通知他到当时只是大专院校的徽州师专去报到,否则不准再考。学兄的父亲跑到上面问究竟,回答是"你们不是要'就近'吗?屯溪离你们县最近,只有90公里!"有了如此"榜样",我们哪里敢言"不"呢,只好打消一心想学外贸做生意的"徽商梦",悻悻地来到赭山脚下。四年时光,何以解忧,唯有胡吃乱吃,另外就是在操场上胡蹦乱跳。在校期间,我经常做的一件事就是无来由地一个箭步翻越围墙,然后像待业青年一样满大街闲逛,最后落脚于某一个小吃店,以一碗小刀面、牛肉锅贴来慰藉无聊的灵魂。

我记得那时吉和街靠中山路的街口处,有一个回民餐馆,里面的牛肉锅贴尤其好吃。没有课的时候,我会约个同学,步行上街,先走到中山路,在中山路电影院看一场电影;再向前,走到吉和街街口,那就是我们的目的地了。那时的饭店,都是大众食堂的模样,没有装潢,也没有雅座,一切都自己动手,先买号,再拿着盘子在门口去领锅贴,然后去圆桌前占位子。吃的时候,大家就乱哄哄地挤在一起。给我印象很深的是锅贴里的牛肉剁得很烂,味道很浓郁,也很鲜。我们一般一个人买个两块钱,两个人花个4元钱左右,就能吃得很饱了。有时候我们一时兴起,还会去百大附近的小笼包子店去吃小笼包。芜湖的小笼包是真好,汤水鲜,油水足,皮薄透明,据说汤包的肉馅都是加了新鲜猪皮的,包之前先冻下,液体不流出,一蒸,就全成汁了。小笼包子上桌了,一揭笼盖,热气腾腾地就上来了,按要求筷子要夹顶部,摇一摇,底部的皮太薄,夹破了,漏了汤汁就可惜了,然后夹起来,用嘴轻轻在底部咬个小口,嘴一啜,先吸汤汁,再将包子蘸醋,包进嘴里再嚼。那时候,我们青春年少,哪在乎这些陈规陋习,一个个如狼似虎,豺撕狗咬,恨不得囫囵吞下。往往一咬下去,汤包里会射出一道油来,烫得我们直叫唤。不过被烫也是幸福啊,仍乐呵呵地"瞎吃"一气,有时候一口气能吞下三五笼包子。

吃牛肉锅贴和小笼包子,算是穷学生的奢侈生活了。在一般情况下,都是花1毛5分钱下碗面,再买5分钱大白干子或者臭干子什么的。那时候师大内部有一个面条摊,摊主是收洗被子的一个女子,我们称为"被娘"。"被娘"白天帮人洗被子,晚上就在我们宿舍楼的边上,生起炉子卖面条。芜湖的小吃还真是有传统,"被娘"一家看起来那样粗俗和无趣,下的面条却非常鲜美。汤淹过面,细细的面条上,点缀一点葱蒜和芫荽,一看就能激起食欲。我记得一个冬天的晚上下大雪,天寒地冻,宿舍窗户的塑料布被吹破了,寝室气温如铁,我冻得瑟瑟发抖,棉衣全

穿在身上也觉得冷,肚子也极不争气地响起来。无奈何我只好冒着寒风大雪,提着缸子下楼下面条吃。面条摊生意出奇得好,不仅四周围满了人,排队的饭缸也达数十个。好不容易挨了个把小时,面条终于到手了。当我哆嗦着端着热气腾腾的搪瓷缸,嗅着面条上面芫荽和胡椒的香味时,我的眼泪都流了下来。我一边流着眼泪一边想:北大复旦只不过是一件稍华丽的衣服,穿进去的,还是自己的身子;虽然身子骨被巧取豪夺玷污,不过既然已成包办婚姻,只好忍气吞声从了吧;从此后,多年媳妇熬成婆,总要翻身闹革命……我就这样一边颤抖地吮吸着面条,一边热血沸腾地思考着我的人生。由这一次吃面条的感悟,我立志准备死心塌地当一位受尊敬的人民教师了。

　　芜湖的街头小吃,除面条、煎饺、小笼包外,还有凉粉、小刀面、小馄饨、大馄饨、春卷、腰子饼、烤饼、炒面皮、炒面、炒粉、粉皮、牛肉面、牛肉粉丝、油炸藕圆子、油炸糯米圆子、渣肉蒸饭、肉汤圆、鸭血汤、老鸭汤泡锅巴、各种炒饭、炸油条、炸花卷、炸麻球、炸麻花等。虽然很多小吃其他地方也有,但似乎芜湖人能把这一切做得格外价廉物美。芜湖人最爱吃的,算是臭干子了。芜湖街边路旁到处都是炸臭干的小油锅,那些无事可做的市民,只要在人行道支个小炉子,架个油锅,再放上小桌小凳子之类,就算是找到事做了。将青灰色的臭干子丢进油锅,几个漂亮的前后滚翻之后,就可以夹上来了。吃臭干子有一样东西少不了,就是水大椒,炸过的臭干子呈黑色,舀一勺子红灿灿的水大椒浇在上面,抹一抹,一口咬下去,那种辣麻兼有的香味会让人兴奋不已。芜湖人吃臭干是随时随地,有时候走着走着,看到一个摊点,就坐下来吃上几块,或者买几块装进报纸做的纸袋带回家,或者干脆边走边吃。更有意思的是骑自行车的人,远远地看见了卖臭干子的,用脚一支,靠边停下,人也不下车,大声吆喝一声:"来几块干子!"老板会很快应着声,熟练地忙碌起来,然后把炸好的干子装盘子蘸了水大椒端过来。那人也不下车,就支着个腿在原地狼吞虎咽,吃完了之后,把盘子往老板那一丢,付了钱,继续晃悠着个身子,蹬着车子神气活现地走了。臭干子就像是充电宝,让他的精气神又恢复了。

芜湖较好一点的小吃,且不在摊点在店面上卖的,就是煮干丝了。煮干丝的工艺极其讲究,它以干丝、鸡丝为主,外加鲜虾仁,缀以各种配料,工艺中最重要的,是品相,如果刀工不好,把干子切得不够纤细,或者支离破碎断头缺尾,那么煮干丝味道再好也是失败。一碗煮干丝,看起来满满当当的,其实分量只是三四块干子,这当中的功夫,就是干丝要切得细长清爽,蓬松细致,找不到断头。煮干丝的过程也比较复杂:干丝切成之后,得先放在水中泡一下,放入锅中,加少许盐,用开水浸烫,除去豆腥味,捞出沥干水,再将火腿肉切成丝用温水泡软后加入料酒,隔水蒸透,后将鲜虾去壳去虾线,入开水锅烫熟捞出备用。煮干丝得用汤,这汤不是一般的汤,得用汁水青黄的鸡汤。将干丝下锅,大火烧开后加盐调味,改小火煮十多分钟,起锅前放入香葱末,将干丝倒入碗中,撒上鲜虾仁;姜丝入油锅炸成金黄色,置于干丝上即可。这样的复杂工序,还只是一般的煮干丝;如果更"高、大、上"的煮干丝,还可以放入鸡肫、肝、笋、木耳、香菇等。干子是一般的食品,至多算雅俗共赏的食品,如果众多的芳魂附诸其上,这就不是一般的食品,而是鲜而不腻回味绵长的高端食品了。

值得一提的是,芜湖称煮干丝叫"大煮干丝",这个说法,跟合肥人把"小龙虾"称为"大龙虾"有些类似。煮干丝为什么叫"大煮干丝",我后来悟出了道理,对于市民味极重的芜湖人来说,"煮干丝"这一道小吃毕竟不是寻常巷陌,它异常讲究,锱铢必较,有着强烈的"贵气",三分处显贵,七分处显破落,不过终究还是破落的贵族。这一个"大"字,意味着芜湖人在骨子里,隐藏着对这一道小吃的仰望。

江淮大地鸡与鸭

我头一次吃淮南的八公山公鸡煲,那真是关公战秦琼,面对的,好像不是这个时空的尤物。我辣得脸红脖子粗,头顶冒汗,仿佛有人提着我的头发拽我离地似的。我从没有想到公鸡竟有这样的烧法,那不是吃鸡,而是比赛着吃辣,至于鸡肉本身,倒像是对吃辣的奖励。当地鸡公的肥硕也让我吃惊:鸡公大得将铁锅装得满满,这一只公鸡,少说也得10来斤吧。这哪里是鸡,分明就是鸵鸟啊!

在皖北,我还吃过符离集烧鸡。在我看来,符离集烧鸡最大的特色就是香,不仅数米之内香气扑鼻,仿佛数公里之外,都能闻到香气弥漫。符离集是京沪线上的一个小站,烧鸡主要以火车旅客为销售对象,因此,香气显得非常重要——火车到站后,浓郁的香味要在第一时间勾起旅客的欲望,吸引他们购买。符离集烧鸡在制作上充分考虑了这一点,据说烧鸡一共放有砂仁、白芷、肉蔻、丁香、辛夷、元茴等13种香料!也难怪符离集烧鸡香飘千里了。香是一方面,再一个就是吃起来方便,鸡得小巧一点,能一餐吃得掉,吃起来也容易,提起鸡腿稍稍一抖,鸡肉便会全部脱落,可以随便拎起哪个部位大吃大嚼。符离集烧鸡闻起来喷香,吃起来却一般,鸡中的精华都变成香气飘散了,味道自然要打些折扣。在这一点上,符离集烧鸡的理念与杭州"叫花鸡"正好相反,杭州"叫花鸡"需用泥将鸡裹得严严实实在炉中烘烤,不到最后吃的那一刻,恨不得一丝一毫的香气都不让外泄。

相较于皖北吃鸡,皖南吃鸡的方式显得平实一些。老母鸡一般都是炖:拔毛开膛后,整只放入砂锅中,加入姜片、葱根、黄酒。选老母鸡很有讲究,一般选脚踝细的。鸡跑得多,脚踝才会细,因此一般是放养的鸡。选鸡还得瞅瞅鸡皮下的脂肪,颜色通黄的,通常是正宗的土老母鸡。鸡毛的颜色与味道也有关系——"一黄二黑三白四花",意思是黄羽毛的鸡味道最好,依次为黑色、白色、杂色。这一点,跟烹饪狗肉时选狗的标准相同。皖南山区的黄毛鸡,小小巧巧秀秀气气,文静得像一个好媳妇,炖出来味道最为鲜美,表面也浮有一层金黄色的油脂。老鸡汤一般不加别的佐料,冬天最好放冬笋,夏天最好放木耳。鸡汤忌放香菇,因为香菇味重,会破坏鸡汤的纯味。红烧鸡一般会选择小公鸡,最好是快打鸣的小仔鸡,斤把重,清洗干净,剁成块,多放蒜。春天的红烧公鸡一般不放辅材,只是鸡烧鸡,入锅爆炒一下就行了,吃的是嫩鲜;夏秋交际之时,吃鸡要吃香味,一般会选择板栗烧仔鸡。板栗烧仔鸡是皖南大别山区的一道传统菜肴,每每中秋的宴席上,一般都会有这一道主菜。品质较好的板栗烧仔鸡是很讲究的:仔鸡一般选的是当年的小土公鸡,肉嫩有筋骨,锅里翻炒一下,加入剥好的土板栗,再烧一下起锅。这种土板栗颗粒小,味道甜又香,不像那种杂交板栗,个头大的只有淀粉,味道像山芋一样。徽州还有"荷叶包鸡"的烧法,似乎取自杭帮菜:将鸡去骨,剁成方块,放在碗中,加入精盐、白糖、酱油、熟猪油拌匀;隔十多分钟后,加炒米粉、五香粉和少许水拌匀,上笼蒸烂取出;随后,用每块荷叶包鸡肉两块成长方形,装入碗内,再上笼旺火蒸三五分钟取出,剥出荷叶,立即上桌。这一道鸡,吃起来有荷叶的清香。我曾在宣城生活,这里与江浙交界的广德、郎溪有很多饮食习惯和江浙一带相似,有一道烧醉鸡很有特色——将剖好洗净的鸡放在当地生产的黄酒中泡三五个小时,待酒香完全进入肉里之后,再拿出来爆炒红烧。郎溪是著名的古南丰黄酒的产地,这种经过黄酒长时间浸泡过的鸡吃到嘴里有满满的香气,鸡皮爽嫩,鸡肉味足,无一点油腻,是真正的浓油赤酱。

比较起皖北人和皖南人的喜欢吃鸡,皖江两岸的人似乎更喜欢吃鸭。皖江两岸的人认为鸭子比鸡好吃,少脂肪,多活肉,味鲜美,并且鸭子不能圈养只能放养,也要营养得多。长江一带多是鱼米之乡,水网密布,河湖沟汊有很多小鱼小虾小螺蛳,水稻田里也有一些稻穗散落,这都是大胃口的鸭子所喜欢的。这样的环境,造就了长江边上的人以鸭为主荤的饮食传统。地域覆盖最广的吃法,就数老鸭煨汤了。老鸭煨汤的做法都差不多,各地方只是辅料不一样:徽州以咸笋相伴,宣城以石耳相伴,长江边上则以慈姑、菱角相伴。在芜湖,最常见的吃法是老鸭汤泡锅巴、老鸭汤鸭血粉丝。在宣城,我曾经吃过老鸭汤炖青螺:选3斤重鸭一只,备鲜青螺肉、熟火腿肉、水发香菇、小葱结、姜片、盐、冰糖等,待鸭炖成九成烂时,放入青螺,再烧个10分钟左右即可起锅。这一道老鸭汤汤醇鸭香,青螺鲜嫩,色如翡翠,青烟弥漫。鸭子生前以吃青螺为生,死之后,仍要拥青螺入怀,如此生死相守,真让人徒叹奈何。

除了老鸭汤,皖江两岸的人餐桌上还有各种各样的鸭子:春天吃烤鸭,夏天吃琵琶鸭,秋天吃盐水鸭,冬天吃板鸭,不春不冬不夏不秋时,则吃酱鸭。无为板鸭是比较有特色的:首选上等麻鸭,体重在4斤左右,宰杀洗净后,在翅下划两寸长刀口抠出内脏灌水洗净,放入食盐,灌进硝水晃动,再入缸腌制;先腌鸭身,两小时后将鸭头朝下,再腌两小时;随后挂在风口晾干水分。再用细铁棍作架,将鸭置上,以木屑缓慢燃烧熏烤,每隔5分钟翻动一次,待到鸭坯色泽金黄香味四溢时,加八角、花椒、桂皮、丁香、小茴香等香料入布袋,扎口,放进注水锅内,再加香菇、冰糖、酱油、醋、葱、姜,烧开后放入熏烤过的鸭坯,用小火炖10分钟左右,再用柴灰压火焖30分钟即可。经过这一番大折腾,板鸭变得金黄油亮、肉质鲜嫩。无为人吃板鸭有专门名词,叫"斩板鸭","斩"字用方言说,干净利落,仿佛一刀切下,头颈相断。吃鸭主要是鸭身,至于鸭头、颈、爪、翅、内脏等,会吃的会觉得比身子更好吃,尤其是下酒更佳。至于安庆和芜湖的板鸭、盐水鸭等,做法和吃法大同小异,在此不赘述。吃鸭给人的感觉有市井气,自然、亲切、随意,不像吃鸡,带有几分特意和庄重,一不小心会吃得泪流满面。当然,现在放养的鸭子越来越少,即使是放养的鸭子,也寻觅不到小鱼小虾小螺蛳安抚它们大胃了。这也造就了现在长江一带的盐水鸭味道越来越差。这也是没有办法的事,没有源头,哪有"活水"呢?

徽州人也吃鸭。除了老鸭汤,徽州还有两道以鸭为原料的菜肴,似乎格外讲究。一种叫"八宝葫芦鸭",主料是肥鸭,配料有冬笋、冬菇、木耳。将"两冬一耳"炒成三丝,待三丝冷却之后,填入洗净的鸭腹中,在鸭翅下面用一根绳子拦腰将鸭扎成葫芦状,撒上精盐、花椒、香葱、姜片、料酒等,上笼屉蒸一个小时取出;取铁锅一只,放入锅巴、白糖及浸湿的好茶叶,在锅上放一个铁丝架子,将鸭置上;旺火烧烤至冒烟时,转用小火熏,几次反复;待葫芦鸭身上熏成一股好茶味时,再用毛刷子将鸭涂上麻油,并将葫芦鸭原系的绳子解开,换系一根红绸带装盘食用。为什么会做成葫芦状呢?因为葫芦聚财,大肚子里能藏宝。另一种为"贡菊酥鸭":选老鸭一只,洗净后加入冬笋、冬菇及调料等,入锅上炖至酥烂取出,冷却后剔尽骨骼,将鸭肉撕成丝,拌入贡菊;以鸭丝贡菊作馅料,用豆皮包成长方形的鸭肉饼,轻压至1厘米厚,挂上蛋清糊,拍上面包渣,入油炸至金黄色捞出,切成酥鸭蛋形状装盘。然后,将装盘的酥鸭卷和盛于小汤盅的原汤一道上桌,一鸭两吃,鸭肉香酥,汤汁鲜醇,菊味飘香。这两道菜形式感如此之重,做得繁琐铺张,烦不胜烦,一看就是当年有钱的徽商和一帮文人骚客在一起时,附庸风雅上的菜。

第四辑

别味

过桥米线

我在蒙自县吃的正宗的过桥米线真可谓是妙极了。一大盘生熟参半的荤、素菜,一大碗鸡汤,然后是一碗鲜米线。那碗已不是碗,而是盆,我们开玩笑说都可以在里面洗澡了。这些是比较平常的。在此之后又上来一大盆撕碎了的菊花,白、黄、紫各色,煞是漂亮。店家把菊花瓣倒进米线碗里,用很俗的比喻犹如仙女沐浴似的。色、香、味俱全,使人胃口大开,尤其是菊花,嚼在嘴里甜甜酸酸涩涩的,有一种超凡脱俗的感觉。

蒙自的人很自豪地说米线的发源地就是蒙自。我们就餐的宾馆对面南湖中间就有一尊有关米线发源的石雕像:一古代女子牵拽一小孩端了碗米线给一男子。传说是:清初蒙自有一书生,好交游,不思学业,其妻劝其到南湖一半岛上孤身苦读。妻每日给他送饭,送返必过一桥。某天刚熬好鸡汤,小儿恶作剧将生肉片投入汤中,妻忙捞出,发现肉片已熟,尝尝,味鲜美,遂如法炮制,生食之,觉味道异常鲜美。于是,妻每日送米线给书生,因趟趟送米线必过桥,故名为"过桥米线"。

过桥米线原本是普通人家的食物,但慢慢地派生为很复杂的餐饮了。所烫之物发展到生猛海鲜、山珍异兽,价格档次也一下上去了。据说米线的最高境界是在昆明过桥园推出的"文化米线",每套在 200 元以上。一碗之内异香扑鼻,气象万千,无数大碟小碟层层相套,有看台小姐一步步为之演练。此外,还有少数民族歌舞,一群群傣族、苗族、哈尼族姑娘载歌载舞,餐厅四周有大象、棕榈树等亚热带动植物……多姿多彩,纷纭美丽,尽在食中。

我不由想，米线发展到这一步，算是已偏离原来的"谱"了，价格如此之高，恐怕就鲜有普通人置身其中，文化人也吃不大起，能吃得起的只是一群凑热闹的"贵人"了。这时候，不知道食者能不能尝到米线的本真味道？

我在蒙自逗留的时间极短，知道西南联大文法学院诸位学者曾在蒙自逗留过一段时间，遗憾没有机会去看旧址了。不知道沈从文、闻一多等所吃的米线味道如何。

他们才是真正的文化人。

蛤蚧

在与越南老街交界的河口县满街随处可见卖一种像四脚蛇的动物,只是颜色稍深,背部是褐色且有红色斑点,装在用铁丝编着的筐子里,活蹦乱跳。我不知道那是什么东西,同行的《广西日报》的老陈说:那是蛤蚧,泡酒喝的,是一种壮阳药。

回来我查《本草纲目》,并没有看到有蛤蚧一解。翻其中乱七八糟的药谱,知道医疗肾虚的有人参、枸杞子、牡蛎、杜仲、鹿角、菟丝子,等等,倒是没有查到蛤蚧。想必蛤蚧的药用价值是新近被发现的。我对中医医理比较有兴趣,知道中医医理中有许多臆断成分,感觉和经验性的东西较多。以蛤蚧为

药,肯定是看中了蛤蚧活蹦强壮之习性,就像穿山甲,设想穿山甲能穿透一切东西,必能"通",于是以穿山甲作为"通筋活脉"之药——果然,药谱上,穿山甲就能起这个作用。

在河口卖药的真多。我们过境在越南老街商贸市场看到卖药的也很多,都是中草药,药效大多是壮阳补肾的。卖药的越南人把一袋袋配好的中药卖给中国人。他们没有说这是"大力丸",只是说来这里买药的基本上都是中国人。

河口的夜市很热闹。在南方,夜晚总是很热闹。我在河口不大的县城转悠,几乎没找到一家正儿八经的书店。街头

巷尾布满不堪入目的广告,蛤蚧的生意很红火,药店的生意也很红火。但这都是滋补下三路的。我不由想,什么时候中国的店肆巷陌到处叫卖着"补脑"的东西,那才是一件值得庆幸的事。

但现在还不行,人们还不习惯认真地用脑,只愿意像动物一样凶猛。

牛肝菌及其他

云南的食品是很丰富的,口味跟内地迥然不同。最不同的当是野菜。最好吃的还是各种各样的菌。

常见的有牛肝菌和青头菌。这些汪曾祺都在散文《昆明食菌》上谈过了。牛肝菌是褐色的,整个的有点像牛肝,故得其名。青头菌,则是表面上略青色。牛肝菌、青头菌要用很多青椒和大蒜混在一起炒,极香,吃起来也滑滑溜溜的,极爽口。

比较名贵的是鸡宗菌。鸡宗菌的味道介于鸡肉和素鸡之间,嚼起来很有筋骨,且有一种山野之气。汪曾祺说鸡宗菌是专门长在白蚁窝边的。还有一种是干巴菌,黑黑的,像一撮撮的杂泥,吃起来有点像面筋,但比面筋鲜美。但干巴菌似乎很难洗净,吃了两次,都吃到里面夹杂的细泥沙,便有点败兴了。

云南还有各式各样的野菜。很多名字,吃过也就忘了。给人印象至深的是这些野菜都很苦。这想必与云南所处的地理和气候有关。中医说苦味能清热、泻火、去湿、解毒,能治疗热症和湿症。红河地处热带,有许多疾病的确是需要苦味的,我们在饭桌上,常吃到一种叫"鱼腥草"的菜肴。我吃不惯,那菜肴中有一种很浓烈的怪异味道。但当地人却吃得津津有味,我知道鱼腥草其实是一味中药,但我回来查《本草纲目》时却发现李时珍把之列入"菜部·茅滑类",可见"鱼腥草"早就被用来做菜了,足见我的孤陋寡闻。《本草纲目》载,"鱼腥草"又叫蕺菜。生长在潮湿的地间和山谷间阴润的野地,也能蔓生。还说太行山以南和长江以北的人喜欢生吃蕺菜。越王勾践曾尝夫差的粪而口臭,就吃鱼腥草来解口中的秽气。鱼腥草似乎对防治感冒特别好,红河地区海拔相差较大,气候变化无常,所以真是应该吃点鱼腥草的。

我们还在餐桌上看到很多独特的东西。例如油炸蜂蛹,实际上就是端了马蜂窝一股脑儿放进油锅。有蜂蛹,也有一寸多长的大马蜂。我硬着头皮吃了一个蜂蛹,感觉并没有什么特别的味道。但心里有些阻碍,再怎么说也不肯吃第二个了。在石屏县还见到油炸竹蛆,就是竹子里面的蛆虫,这回无论别人怎么劝,我是死活不伸筷子了。

在建水是我们这一行人吃得最轻松的一日。临快散席了,上了一盘菜,是油炸蜻蜓,我从未见过那么大的蜻蜓,一个有近两寸长,浑身闪着绿光。主人解释说这一带绿蜻蜓很多,只需带个网捕捉就是。我心中大骇。同行

的小姑娘小崔倒是毫无惧色,认真地夹了个大蜻蜓,第一口咬掉尾巴,第二口吞掉带有两只大眼的头。然后很得意地说好吃好吃。我们都服了。我们称她为:京城第一大胆。

人,真是很厉害的。人的嘴巴,更是"包罗万象"。

"乾坤几许大,尽在人口中"!

食是一枝花

逛书店,看到胡兰成的书《禅是一枝花》,是解读禅宗书籍《碧岩录》的,于是便来了兴趣买了本带回家翻看。

在这之前有关胡兰成的事情听说过不少,但论著作,只看过胡兰成的《今生今世》,感觉只算一般吧。我一直不太喜欢名人儿女情长的东西,粉饰的东西多,真实的东西少。对于胡张公案,我也是一笑了之。曾是夫妻的事情又怎能说得清楚呢?况且,人的复杂性,又焉是条条框框的道德和规矩所能衡量的?一切都是机缘,机缘是超越道德和理性之上的。情爱与禅最大的相似之处在于,说不得说不得,一说,就离真相很远了。

但胡兰成的书还是让我深深失望——这个人是不懂禅的,一点都不懂,所说的,都是不着边际的外行话。就如同我们看到很多大学教授一样,看似风雅,却是附庸;看是明白,其实外行。这也让我肯定了以前的一种感觉——胡兰成,看起来是安静的、洒脱的,但在心里,却是浮躁的、拘谨的。这本书,更让我把他看低了不少。

其实,谈道论禅本是中国文人的雅好,附庸一下,本来无可厚非,但真正以不懂的姿势来写书,就显得有点大胆了。中国现代大儒中,胡适也是不懂禅的,胡适的《中国哲学史》谈儒论道都不错,但一遇上佛禅,便一个劲儿说着外行话。钱钟书于禅,一直不太敢碰,他擅长的是做学问,但于暗妙,似乎差一把火候。冯友兰是七分地懂禅,但于禅,却没有真正的心境。至于钱穆,也是五六分地懂禅,但行为的入世又让他离禅比较远——真正懂禅的,依我看,是南怀瑾,那是真正地,能浸淫在禅当中，一举手一投足，都是神清气爽天高云淡。至于另外一个家伙，印度的奥修，那就境界更高，不仅仅是天高云淡，那简直就是直上九霄了。

我在这里对于众大家品头论足，似乎有欺名盗世之嫌。不说也罢。胡兰成虽然不懂禅，也让人怀疑他学问的扎实程度，但他毕竟还是相当有才的——聪明人往往不扎实，这已是通病了。这一点与李敖似乎有相似之处，有学问，有野心，也有情调，但却没有境界。奇怪的是台湾才女朱天文竟是胡兰成的学生，并且为胡兰成的此书作序，不乏溢美之词。胡兰成是极有女人缘的，个高，有才，体贴，长得又儒雅，难怪是百分百的"妇女之友"。朱天文是读着张爱玲的文字长大的，爱屋及乌，也一并对胡兰成很尊重。其实印在书上的序与跋又有多少能相信的呢，绝大部分，都是你好我好的客气话。

拉拉扯扯，似乎有跑题的嫌疑。还是谈谈胡兰成与张爱玲的"食"吧。胡兰成于饮食上一向比较寡欲，他是浙江嵊县人，因为出生比较穷苦，所以吃东西从不挑剔，认为"凡好东西都是家常的"，有什么就吃什么，就像他在《今生今世》一书中所写的：我小时吃腌菜拣菜茎吃……小孩不可嘴馋，我家三餐之外不吃零食，有言女子嘴馋容易失节，男人嘴馋容易夺志……长大后胡兰成也只是喜欢吃些笋干，后来只是爱吃一些绍兴鸡之类，口味显得很重，没有特别的爱好。这一点，他与张爱玲相差很远。张爱玲在吃的方面是极其讲究的，张爱玲是土生土长的上海富家千金，因为受曾经留学的姑姑的影响，比较喜欢吃西餐，除了正餐之外，她还大量吃零食，而且专拣甜烂之物，云片糕和奶油西点是她的最爱。张爱玲曾在《童言无忌》一文中形容过自己的饮食偏好：我和老年人一样，喜欢吃甜的烂的。一切脆薄爽口的，如腌菜、酱萝卜、蛤蟆酥，都不喜欢，瓜子也不会嗑，细致些的菜如鱼虾完全不会吃。到了后来,据有关资料透露,张爱玲晚年连肉与甜食也因为牙蛀光之后不能吃了,只好日日以微波炉转一点稀烂的食品度日,喝着那些看起来含混不清的西式汤。张爱玲的口味像什么?像是一个足不出户的洋老太。

张爱玲与胡兰成的口味真是南辕北辙。胡兰成是"简",张爱玲是"怪";胡兰成是"土",张爱玲是"洋"。饮食上的习惯相差那么大,也难怪两个过不到头。

食是一朵花,也是有着禅性的。食的外表是口腹,骨子里却是习性。人们都在疑问为什么张爱玲会爱上胡兰成,好像阴差阳错似的。其实没什么复杂的,一个自恋的女人,遇上一个不吝赞美她的男人,便以为是红颜知己心花怒放了。别以为聪明的女人在什么方面都聪明,越是聪明的女人,越是有不可或缺的软肋。有时候笨姑娘倒是百毒不侵刀枪不入的——世界上的道理,就这么简单。

饮食历史谈

斗移星转,情随事迁。八大菜系鲁、川、苏、粤、湘、徽、浙、闽的发展,也暗合着历史的味道。

鲁菜总是给人以长者之风。它是八大菜系当中历史比较早的,是中原地区悠久文化的产物。比较而言,鲁菜在选料以及烹饪上也带有相当的古拙,比如技艺上的拔丝以及糖醋,比如烹饪上的烤、炸、糟,还有在选料上,喜欢用鲤鱼、鲂鱼等内陆鱼种,就携有悠悠的远古遗风。

粤菜则比较年轻,像是一个不羁而开放的青年。因为离中原文化比较远,因此在烹饪的手法上顾忌的也少。粤菜相对而言用料庞杂,善于变化,并且可以看出西洋烹饪的痕迹,比如说色淡、清爽、鲜嫩、半生半熟等。再比如说焗以及烘,这就完全是西洋烹饪的手法了。这当中最著名的当属果汁肉脯,典型的西洋做法,特点是汁不入肉,主料是主料,佐料是佐料,分得很清楚。另外,粤菜也有一部分携有着西洋烹饪的野蛮,比如说烤乳猪,用乳猪开大腹,排开,先烧内腔而后烧外皮,在涂料以及火候方面十分讲究,要"色如琥珀,又类真金",并且皮脆肉软,表里浓香。陈果的电影《香港有个好莱坞》就有着很多烤乳猪的场景,两个巨大的胖子扛着乳猪,那场面让人看得油腻无比。

徽菜从广义上讲,指的是安徽菜,但安徽菜从淮北到皖南相差很大。因此正宗的徽菜应该指的是徽州菜。徽州菜是典型的山区菜,在用料以及烹饪上也带有山区的特点。比如说山区的水质矿物质成分多,土质碱分大,比较缺油,所以山区菜一般来说都重色重油,也重烧法。徽菜中有"红烧果子狸",

果子狸的肉与一般的动物肉不一样，肥瘦相间，有胶质，有嚼头。徽菜从总体上来说比较家常，像是殷实人家的小康菜肴。

湘菜与川菜的味道跟地域也有很大关系。它们共同的特点是讲究麻辣，重佐料，这也是由于气候和环境的影响。这两个地方都是水系特别发达的地方，气候湿热，汗出不来，所以习惯于借助麻辣发汗。湘菜是以辣为主，万种滋味都被辣罩住了。川菜则相对丰富一些，有"七滋八味"之说，"七滋"即甜、酸、麻、辣、苦、香、咸，"八味"即鱼香、酸辣、椒麻、怪味、麻辣、红油、姜汁、家常。一种菜如此地重视调味品，天下之大，也可能只有它了。这是变着法儿整自己的味觉，有点刁钻古怪的感觉。

相比较而言，闽菜清鲜、淡爽、偏于甜酸，尤其讲究调汤。闽菜有一个很大的特点是善用红糟作调料，手法有炝糟、醉糟、爆糟、拉糟、煎糟、火功糟等，跟鲁菜相一致的，还有用酱，比如说辣椒酱、沙茶酱、芥末酱等。闽菜与粤菜一样，也擅长煲汤。闽菜中最著名的当属"佛跳墙"，这名字取得好，形象而幽默。"佛跳墙"感觉就是把无数的好东西放在一个大坛子里，密封，然后用文火慢慢地煨，一直可以煨上个几天几夜。然后开坛，一刹那间，天上人间彼此不分。

苏菜主要是淮扬菜、苏锡菜和徐海菜三帮地方风味菜组成。这当中最有影响力的是淮扬菜，因为它既有历史，又有文化延伸，还有与之联系密切的文化人物，比如说曹雪芹和袁枚。淮扬菜的主要特点是讲究选料，注重火功，多用炖焖煨焐之法，重视清洁，强调本味，突出主料，色调雅淡，造型清新，口味平和。这很符合现代人的特点。与苏菜相似的，还有浙菜，主要是杭帮菜。杭帮菜最大的一个特点在于它既有贵族气同时也很家常，它的贵族气在于它的精致，它的家常在于它的原料基本来自身边。这一特点和风格应该是它的历史文化所决定的,杭帮菜最早可以追溯到距今1000多年的南宋,当时临安作为繁华的京都,南北名厨济济一堂,各方商贾云集于此,杭帮菜的发展达到鼎盛时期。杭帮菜历史上分为"湖上"、"城厢"两个流派,前者用料以鱼虾和禽类为主,擅长生炒、清炖、嫩熘等技法,讲究清、鲜、脆、嫩的口味,注重保留原汁原味;后者用料以肉和山珍为主,以肉、火腿和土特产进行调制,可以说既有"山珍"又有"海味"。至于具体烹调方法,以蒸、烩、余、烧为主,讲究轻油、轻浆、清淡、鲜嫩的口味,注重鲜咸合一。这种既有传统精髓,同时也有现代意识的烹饪方式,也是至今浙菜走红的重要原因。

中国的烹饪是从夏朝开始的。最初,当然谈不上烹饪,都是刀耕火种维持口腹。到了商代,人们的味蕾有要求了,开始讲究饮食的调理,并且开始讲究饮食的味道。商代因为不仅有了剩余产品,也发明了钱币,便开始挥霍了。据史料记载,商朝的贵族们有些整日沉浸于酒肉池林之中,大吃大喝。其实,当时的酒也只不过是一些果酒发酵而已,用粮食酿酒还没有出现。"商"是什么意思?从象形来看,就是在一个屋檐下有张大大的口,或许也可从中见出商代吃风盛行。欲望的泛滥,又没有相应的道德约束,于是出现了商纣王这样的昏君,民风也无节制。商朝坐吃山空之后,周朝取而代之。周朝建立之后,意识到对于人的欲望不可以无节制了,于是便发明了一整套道德礼仪,对于人们的行动加以约束,生活也变得俭朴。周朝时最流行的便是吃粥,而且不讲味道,只讲究吃的分量。周王每吃完一次之后,都要虚情假意地放下用具,要大臣们在旁边劝说一下,才肯再吃一碗。周朝为什么要如此俭朴地对待食物,那是因为怕,因为食物是暗藏着一些东西的,有一种无坚不摧的蛊惑力。

饮食风情谈

当代名士、学人文怀沙曾经在一次讲学中说,女孩子可以略输文采,不可稍逊风骚,略输文采只是少知少识,稍逊风骚则是无风无趣了。花花老头至情至性地说出这样的妙语。说得好啊!颔首之余,石破天惊。

饮食与女人一样,也是有风情的。饮食讲究色、香、味、器,缺一不可。色,便同女人的长相,要五官端正,越漂亮越好;香,是气质,要雍容大度,不同凡响;味,即是文怀沙所说的风骚,要余味深长,不能味同嚼蜡;至于器,则是装扮和打扮,不能俗不可耐,而要恰到好处,时尚雅致。食色,性也!食与色,当中的道理是一样的。花不能语最可人,菜不能语也风情。好的佳肴和好女子一样,是妙不可言的。一盘好菜端上来,刹那间便有一见钟情的感觉:心跳加速、方寸大乱、涎水直流、瞳仁发亮,亲近之心情不自禁蠢蠢欲动。好菜就是沉鱼落雁,外观要漂亮可人,淡雅流芳;内在要风骚性感,妖冶可人。这样一口咬下去,先是不涩不凝,不滑不腻,然后便意味深长,余音缭绕,绕梁三匝。都说秀色可餐,其实说佳肴如秀也是完全行得通的。

秀色是风情,菜肴同样也是风情。菜系与菜系有区别,菜肴与菜肴同样也有区别——在宴席上,鱼比肉的口碑好,吃鱼的人像文人雅士,吃肉的人却像一个体力劳动者,一点情调都没有。

虽然苏东坡和毛泽东为吃肉挽回了一点分,但盛宴上点红烧肉总有些底气不足。鱼不仅可以入席,还可以入诗:比如说那个并不算好吃的武昌鱼,就曾有毛泽东写的诗:"才饮长江水,又食武昌鱼。"还有唐朝杜甫的诗:"鲂鱼肥美知第一。"以及岑参的诗:"秋来倍忆武昌鱼"等。几个文人抬手一写,就哄抬了物价指数上涨。武昌鱼刺多,相对来说写肥美的鲈鱼和鳜鱼的诗就更多了,范仲淹有诗云:"江上往来人,但爱鲈鱼美"。张志和关于鳜鱼的一首诗更是脍炙人口:"西塞山前白鹭飞,桃花流水鳜鱼肥。"由此看来,文人雅士们都是极喜爱吃鱼的,而他们能写出流芳百世的诗篇,肯定与他们喜爱吃鱼有关。有人说吃鱼让人聪明,吃肉能产生李逵、鲁智深之莽,吃鱼能产生吴用、卢俊义之智,看样子一点不假。

　　鱼在宴席上,不只有风情,还有另外一层意蕴:在南方的很多地方,鱼往往作为最后一道菜上。等鱼端上之后,客人就会明白,这席菜已经齐了。不过,北方好像没有这样的风俗,鱼往往随时上,一副大气乱炖不按常理的情景。吃鱼也是很讲究的,一般来说,鱼端上来,鱼头跟鱼尾相对的人,是要喝一杯酒的;喝完酒之后,鱼头和鱼尾相对之人用筷子分别按住鱼头鱼尾,然后让大家将鱼身上的好肉夹光。这样的方式看似无私,实际上却埋藏着小小的阴谋,因为对老饕来说,鱼头和鱼尾是鱼身上最好吃的部位。当别人认真而又领情地分享着鱼肚、鱼背的时候,夹鱼头和鱼尾的人已经在窃喜了。

　　吃鱼还有另外一些讲究,比如有的地方,主人会将鱼下巴下面的肉挟给客人,然后再开始动这条鱼。因为下巴那一块肉比较嫩,肥而不腻。但我以为鱼肉最好的部分在鱼的双颊上,也就是鱼的腮帮上,那一块肉在红烧或者清蒸之后往往形成一个半圆形,只要用筷尖轻轻一挑,肉就下来了,而且是一个整体,又嫩,又有嚼头,极好吃。也可能是物以稀为贵吧,这两星小肉就显得格外珍贵。不过在沿海等地区，鱼只能吃一面的，最忌讳的就是将鱼身翻过来，渔民最怕的就是翻船，此"翻"和彼"翻"同音，那是极不吉利的。

说到饮食的风情，有人曾经说过，一个地方菜肴的风格，其实就是那个地方女人的风格。这话听起来三分玄乎，不过一细想，却似乎在理。家庭的菜肴大部分是女人打理的，在菜肴的背后，往往隐藏着女人的因素。也因此，一个地方的菜肴风格，就与那里的女人联系在一起。比如日本，日本的女子看起来娴静、清纯，但骨子里却着一种看不见的风骚，所以日本的菜也如同日本女人一样，表面上看起来清淡、漂亮、可人，但骨子里却有着一种肆意和嚣张。这当中最典型的是生鱼片，用切割下来的生鱼片蘸芥末吃下去，与其说是日本男人的爱好，还不如说是日本女人的阴谋。法国大餐与法国女人一样，性感迷人，色彩斑斓，华丽由表及里。董桥说英国女人是世界上最古董最没有风情的女人，英国的菜肴也是。英国人的看法是，品评食物，跟品评女人一样，是没有教养的。所以一路把食物弄得难吃下去，在难吃中带有一点傲慢。阿城说英国人是怎样把菜做得难吃就怎样做，戏谑中带有一点刻薄，却非常形象。巴西的女人，似乎跟巴西烧烤一样充满能量，充满性感，富有攻击性。至于美国女子，简约得如同麦当劳、肯德基一样，有着头脑简单的朝气蓬勃，也有着化繁为简的智慧。

都说男人是花心的，朝三暮四、喜新厌旧、见异思迁，但其实男人也挺固执，每个男人心中都有自己喜欢的女人，也有自己喜欢的菜。如同贾宝玉对着金陵十二钗的天姿国色，吃着碗里的，看着锅里的，每一个妹妹都想怜惜一番，但还是最喜欢林妹妹。这样的感觉还如同一个从小自卑的读书郎，出人头地之后，总想着天天当新郎，夜夜入洞房，餐餐有佳肴，倚枕梦黄粱，但毕竟还是人在曹营心在汉，自己的家乡菜却是一定忘不了的。又像胡适之,吃过多少好吃的东西啊,但难以忘怀的,还是绩溪的"一品锅"。这个"一品锅",也许就是小脚女子江冬秀的"风情"。

饮食地域谈

　　饮食大势与天下大势一样,也是暗藏玄机的。中国的菜肴这几年呈现出区域性的流行,也是暗合着某种规律的。

　　如果以秀色来比喻八大菜系,那么,鲁菜就如同一个气度不凡的北方贵妇人,因为有历史也有文化,让人生敬畏之心;都说娶山东媳妇能让人事业发达,其实不如说是吃鲁菜可以让人事业发达。因为鲁菜大气味足,元气饱满,能让人养足充沛的"正能量"。湘菜正如同湘妹子,俊俏而泼辣,脉脉传情,一吃便是忘不了。川菜则是一个泼辣风情的少妇,看起来家常,不过却是进得了厨房,上得了厅堂,闺阁中侍候得了夫君,大堂前也有七尺男儿胆识。川菜与湘菜有点相似,只不过一个是婚前,一个是婚后;一个是清纯,一个则是风韵。粤菜,则如一个比较开放的南蛮女子,风流而性感,在大多数时候她更适合做情人,彼此间一月见一次正好。闽菜,如海边的女子,风情和体贴都不缺,有点常吃常鲜的感觉。至于淮扬菜,优雅而雍容,有文化,能吟咏作画,上场面是没有问题的,上八仙桌也是可以的,但整体上略输新奇,少一点风骚和野性。徽菜和浙菜,则像先结婚后恋爱的老婆,刚开始吃起来没觉得新鲜,也平淡,但长久地吃下去,习惯了,反而越吃越有味,也没有厌倦的时候。至于西洋大餐,就像外国电影中的艳遇,那只能是偶尔的一夜情——落花流水终归去,毕竟不是同路人。

　　粤菜就像一夜暴富的淘金者。所以 20 世纪 90 年代开始,以"海上鲜"为标志的粤菜风行天下。粤菜主要以高档位的海鲜、鱼翅、龙虾为主,同时借鉴了西洋饮食的一些烹饪手法。因为 90 年代初整个社会比较浮躁,人也是刚从饥饿的年代过来，口腹之欲如笼中之兽。越穷就越挥霍，所以请客，就越请高档的，粤菜风行也就是这个道理。

川菜就是市井的平民。90年代中期，川菜开始在全国悄悄扩张，诸如谭鱼头等火锅店，在全国声名大噪。这时候中国普通市民收入相对增加，有了一点余钱，也渴望能进馆子吃饭。相对而言，川菜价格低廉，人情味较重，比较符合大众的消费。与此同时，湘菜似乎也有着振兴的趋势，在全国也纷纷扩张。合肥当时就有着湘菜的"毛家菜馆"等。

现在流行现代观念，做人，也流行斯文儒雅的"雅皮"，无疑，江浙菜就是这样的"雅皮"。江浙菜原来就曾风靡一时，新中国成立前曾经叫"官菜"，因为蒋介石等一大批国民党要员都是江浙人。江浙菜的风格比较清淡，精细，荤素搭配，兼容并蓄，不偏激，既有海味，也有山珍。江浙菜给人的感觉就是斯文而亲切，家常而平和。而且兴起的江浙菜还带有现代化的经营方式，集约化，规模庞大但服务周到，场面上也不输于人。所以，一时间江浙菜在全国范围内迅猛走红。同时兴起的，还有闽菜与潮州菜。江浙菜、沪帮菜、闽菜和潮州菜在味道上也显得比较清淡，口味适中，理性平和，营养均衡，也比较符合现代人生活的特点和要求。

当然也有一些菜系一直不温不火，比如东北菜、鲁菜，但北方菜一直都有着莽汉的气质，太性情，在现代社会中难入主流。还有一些土菜什么的，村姑野老，虽然亲切无比，但毕竟不能登堂入室。所以土菜除了偶尔搞怪之外，其他的，都是成不了什么大气候的。

表面上看是菜系上的潮起潮落，其实细细地追究起来，那是因为经济和人口的原因。粤菜在80年代大红火，最主要的是当时广东的经济发达，粤人走天下，天下人下广东。走天下的粤人要吃粤菜，下过广东的天下人要吃粤菜，粤菜岂有不红之理？同样，到了90年代末，江浙经济全国领先，江浙人在全中国范围内做生意，所到之处，都嚷嚷着要吃江浙菜，杭帮菜焉能不红火？

还有一个原因则是人多，川菜之所以全国遍布，跟天府之国上亿的川人有关。川人走遍全国，尽传"麻辣烫"。而且川菜相对价格低廉，老少咸宜，所以必然形成了另一股潜流。这就如同中国菜在世界的地位，人多力量大，"有钱的捧个钱场，没钱的捧个人场"。

至于湘菜和土菜。湘菜曾经叫作"军菜"，清朝末年由于曾国藩"湘军"的兴起，湘菜传遍全国。但湘菜似乎太辣，太生猛，像一个扎着绑腿的汉子，尽管有着野性，但太过质朴，也犟头倔脑，场面上还是有着缺陷的，所以还是很难真正地红火起来。

土菜就像村里的小芳，也只是在无事时回味一下，或者只是有事无事时摆出的一点姿态。而且土菜鱼龙混杂，没有统一的标准，没有系统，要想真正地红起来，根本不可能。

现在都在谈论徽菜的振兴。其实当年徽菜兴盛，是因为徽商的发达。发达的徽商们在全国各地都要吃家乡菜，所以徽菜自然大大沾光。而现在徽商式微，安徽经济欠把火候，徽菜自然也有着同样的命运。至于对徽菜所下的油味太重等评价，究其根源，那都不是"硬道理"，只有发展才是硬道理。这一点，想一想麦当劳和肯德基就明白了。麦当劳和肯德基之所以风行全球，是由于它的味道吗，恐怕不是，能使它风行的，是青春有趣的气质，以及强大的美国经济和文化。

同理，你知道泰国和越南有什么好吃的吗？肯定不知道，也不会有太大的兴趣。而泰国和越南想必好吃的东西也不会少,但在目前的情况下,泰国菜和越南菜能成主流吗?当然不可能。

一阴一阳谓之道。饮食风行的道理,也是世界万事万物的道理。

饮食之谬谈

我曾在北京王府井书店看到过一本《中国饮食文化史》,是第一卷,厚厚的,上面记载了从原始社会到西周时期中国人的饮食生活。书的前言介绍说,西周之后的部分正在编撰,这让我不由对中国悠久的饮食文化叹为观止。虽然说法国文化中有一本经典著作《食经》,不过相比较篇幅巨大的《中国饮食文化史》,显然是小巫见大巫了。

不过,我对中国饮食文化的过于发达总心存疑惑,我们这一代人都是看四大古典名著长大的,就吃的来说,《水浒传》里面的食物不过是切二斤生肉,来一屉人肉包子,吃的东西草莽无比;《三国演义》充满权谋斗争,一群男人顾不上吃饭穿衣,整日搞莫名其妙的路线斗争,一会加入这个集团打那个,一会加入那个集团打这个。曹操、刘备在一起吃个饭论英雄,简陋得也只是用青梅煮酒,吃喝间晴天还起霹雳,惊得人浑然不知箸下酒菜的味道。《西游记》有一条潜在的线索似乎跟吃有关:大小妖怪们都想吃唐僧肉,但都是奔着长生不老的养生路线去的,目的不在吃,而在于追求长生不老。唯一对吃有些内行的,是曹雪芹的《红楼梦》,迎来送往之中,提到了不少菜肴,足以说明中国烹饪文化的丰富。社会发展史告诉我们,中国有5000年左右的文明史,在漫长的农业社会阶段,占据统治地位的都是大大小小的地主。衣不蔽体的人可以说基本与食文化无关,连饭都吃不饱,何谈吃得好也吃出文化呢?所以,中国的饮食文化,跟大大小小的地主,有着直接的关联。中国饮食文化,实际上就是"地主的饕餮"。我丝毫没有攻击中国饮食的意思,至少从表现上来说,比较起西式自助餐的优雅,中国人一堆一堆地围坐在圆桌边大吃大喝,有时候还来一些劝酒划拳,像不像一帮地主在狂欢?

在我看来,"地主的饕餮"主要有以下几个特点:一是过于关注生存状态,关心"衣食住行",忽略生存中的精神成分;二是由于地主们久居一地的视野原因,以及社会方方面面的纲常束缚,使得他们享受生活的范围比较狭隘,生活的外延比较窄,大都集中在吃上,满足于五官的享乐;三是中国的饮食文化与其他东西一样,形式的成分太多,实质的东西较少。在饮食的很多方面,随处都可以见到自欺欺人、故作姿态的表演。

为什么中国人如此重视吃,原因有很多,比如中国所处的地理位置,以农业为主的生存结构,缺乏宗教的热忱和寄托等。不过,最重要的应该有两点:一是因为中国人穷,越穷越重视吃,越穷越变着花样吃。我们接受的教育,一直说中国在历史上如何强大如何富庶,一个典型的说法是康乾盛世时,中国的 GDP 超过当时世界的三分之一,其实根本不是那么回事,在绝大多数时间里,中国经济一直是在温饱线上徘徊,粮食产量一直很难满足越来越多的人口。英国特使马戛尔尼来到中国后,从一两个细节中就看出了中国的贫穷:比如英国人丢弃的死猪,立即就有中国人不顾性命地跳到大海中去争抢。这个细节告诉欧洲人,中国人还是太穷了。正是因为穷,中国人才格外重视吃,讲究吃。

另一个原因,听起来就似乎是"谬论"了——中国饮食文化之所以这样发达,跟中国人长期受到的"性压抑"有关!这一个观点,是我一个研究心理学的朋友提出的。他进一步阐述道:食色,性也。如果一个人在吃的方面过于"疯狂",过于"执着",肯定在性方面有着很大压抑。从前皇宫里的大厨什么的,都是太监,太监的菜往往烧得都特别好,那是因为太监往往味觉特别发达,"性功能"失调,人的本能就转移到另一方面去了。

朋友的说法不无道理。从中国文化的背景来看,似乎还真是那么回事。自明朝竭力推崇程朱理学之后,礼教严酷,对人的压抑也越来越强,男女之事便变得讳莫如深,中国人的心理和生理变得越来越沉重。中国饮食文化最发达的明清时代,恰恰就是封建礼教最为严酷的明清时期。吃的东西是越做越复杂,越铺越繁琐,男女之事却变得越来越严酷。与中国的饮食繁复昌盛相比,中国的男女生活显得如此严酷,久而久之,人们的注意力全转移到吃的方面,也难怪成就了一段全社会的"地主的饕餮"。

主流之外也有潜流,世界上可能没有一个国家像中国一样对于"房中术"有着深入得近乎病态的研究。中国的民间,诸如"春宫图"之类的东西总是在暗中流行,很多"春宫图"都成为姑娘出嫁压箱的宝贝。我在黟县就看到过很多幅各式各样的"春宫图",有的是刻在骨头上的,有的是刻在木板上的,一幅幅栩栩如生,极得人间情趣。想来这却发生在理学祖师爷诞生及矗立着无数贞节牌坊的徽州,实在是有趣。深入地想想,这个看似奇怪的现象却具有相当的合理性,人性是很难改变的,即使是再严酷的现实,再使人扭曲,也很难改变人性的根本。

很多东西乍听起来"风马牛不相及",但细细地一想,却发现它们的根却是缠绕在一起的。性与吃,是人生理状态的跷跷板,也是人性天平的两端。

残忍的吃法

武则天当皇帝之时,有两个宠男,也称面首,是兄弟俩,一个叫张易之,一个叫张昌宗。这两个人面美如玉,身体强壮,都做的一手好菜,哥哥张易之,以烧活物见长,有一道生烤活禽更是拿手菜:把鹅、鸭放在一个大铁皮笼子中,在笼子下面放上炭火,然后一个铜盆倒入五味汁放入铁皮笼子中,密封上。随着铁皮越来越热,鹅、鸭会绕着炭火行走,热极了就去喝五味汁,火烤着鹅、鸭自然会在里面转圈地跑,这样不多久表里都烤熟了,毛也会脱落于尽,直到肉被烤得赤烘烘的才死去。弟弟张昌宗是把一头活驴拴在一个小屋子里,烘起炭火,再放一盆五味汁,方法与前边所讲的一样。易之、昌宗还有一个兄弟昌仪也是吃货,有一次张易之路过昌仪家,很想吃马肠,昌仪便牵来手下人的乘骑,破开马的肋骨取出肠子与易之现烧现吃大快朵颐,马肠都吃完了,马还痛苦着没有死去。

张易之烤活鹅似乎也不是自己的发明。中国菜肴一直崇尚"吃活物",烧鱼的绝技是活鱼下锅,淮扬菜最有名的是"松鼠鳜鱼",从去鳞到油炸至红烧,要求在极短的时间内完成,端鱼上桌时,如果鱼的嘴巴还在一张一合,那么就证明这一道菜获得了百分百的成功,至于味道如何,倒是其次的要求了。活吃鱼之外,便是吃活虾,江浙名菜醉虾,即是选活蹦乱跳的小河虾来醉,最基本的要求就是虾在齿间咬时,还得活蹦乱跳才是。上等饭店吃龙虾刺身,必须是现场活的,龙虾要活生生地剥去壳,将肉削成一片片放在冰块上。这一道菜同样要求龙虾必须长须颤动,眼珠转动,放射出可怜的光来。

鱼虾是低等动物,人类的残忍尚且好说,有关动物的吃法，同样残忍无比。比如说，用有绳结的绳子鞭笞猪和小牛，使它们的肉质软嫩；倒挂鸡，慢慢地放血使之死亡；或者活活地打死一只鸡，然后再去烹饪。云南有一道"烧鹅掌"，就是将活鹅吊起来，让鹅掌正好踩在一只平底锅上，然后在锅下生水，锅烧得越来越热之后，鹅不停地轮流将两掌提起放下，直到烫锅将它们的掌烤干，之后单砍了这掌来吃。还是在云南，有一种"狗肠糯米"，先将狗饿上两三天，然后给它糯米吃。饿狗囫囵吞下，估计糯米到了狗的"十二指肠"后，将狗宰杀，只取这一段肠蒸来吃。说法是狗会调动全部的精力来包围糯米，因而"补得很"。在河南，有一种菜叫"浇驴肉"，也残忍得很，是把活驴固定好，旁边放一只大铁锅，里面烧开水。食用者可以现场指认吃那一块肉，厨师便现场割开驴皮，舀着锅里的开水烫那块肉，直到烫熟后割下来，装盘拌佐料享用。

新疆有一道名菜，叫烤全羊，就是将羊杀了之后，整只放在火上烤。这个倒算不上什么，据说当地还有一道菜，是招待极尊贵的客人的，叫炭烤乳羊，是将活着的快临盆的母羊放在炭火上烤，待烤熟之后，不吃母羊，吃的是乳羊，直接开膛剖肚将乳羊取出来吃。又据说当年的广东曾有"吃猴头"一说。那是将猴子锁在特定的餐桌上，只露出个猴头，然后上工具固定位，将猴头敲开，在猴脑里撒上盐，用勺子舀着吃——这些吃法，真是惨不忍睹！

广东人真是什么都敢吃。有一道名菜吃"三吱"，就是把刚出生的小老鼠囫囵吞吃。筷子夹起来蘸酱油是第一叫；放进嘴里用牙齿一咬，是第二叫；咽下肚是第三叫。河北有一道菜唤作"生离死别"，就是把活甲鱼塞进蒸笼里，只留下一个小孔，孔外放一碟香油之类的调料。甲鱼在蒸笼里受热不过，就伸出头来喝一口香油。甲鱼熟了，香油也浸进五脏六腑了。再把梨切成瓣放在周围，就是生梨（离）死鳖（别）。类似的菜肴还有"铁板甲鱼",就是将鲜活的甲鱼放在有调料的凉汤中慢慢煨,当凉汤慢慢地热起来的时候,甲鱼感到饥渴,就会喝凉汤,调料就慢慢地进入了甲鱼的体内。这一道菜是用玻璃器皿现场做的,随着火越来越大,汤越来越烫,甲鱼开始在沸水中翻滚,旁边举着筷子的人一个个兴奋异常蠢蠢欲动。等甲鱼最后熟了,据说肉极其入味。

吃活物,似乎也不只是中国人的专利。法国中世纪时有一本书叫《大厨食经》,专门记载一些烹饪绝活,上面也有一道类似"活烤鹅掌"的大菜做法:先将活鹅的羽毛拔光,然后在其四周生火,注意不让火接近,以免烟呛到鹅;但也不能让火离鹅太远,以免鹅逃走。火烟中放小杯的水,掺入蜂蜜和苹果。鹅被烤得难耐,只好喝水,这水既可以增味,又可以令其排粪;烤的过程中,还要记住用一大块湿布擦拭它的头和腹部……最后鹅整个身子出现痉挛,就算是熟了,可以立即端上来……15世纪的罗马,也有一本《罗马烹肉术》,上面记载了很多食谱,有很多,就是"生吃"和"活吃",其中有一道菜的做法是这样:"下水汆烫前,先将天鹅吹胀及去皮,再将腹部切开,以叉子刺穿鹅身加以烘烤,并以面粉加蛋调制成蛋糊涂抹表皮,同时不停转动烤肉叉,将之烤至金黄色。如果你们喜欢,还可再让天鹅穿上它的羽衣。为此在天鹅颈部需要别上木叉,使其头颈笔直宛如活物。"当然,这都是中世纪的事情了,中世纪物质匮乏,人道主义没有深入人心,人们普遍比较残忍,人与人之间都谈不上关爱,更何况对待动物呢?如此想来,工业化社会促使人富足,也使人道主义得到普及,虽然出现很多新的社会问题,但社会与人总体上的进步,还是不可否认的。

人来到这个世界上,最初是猴子,混着混着,一不留神就"人模狗样",变成自然界的老大了。当了老大后,君临天下,人以为万物皆是自己的盘中餐,可以无所顾忌乱吃一气。于是，人发明了一些残忍的吃法，荒诞的理论前提就是认为动物在受折磨时，生命力会达到高峰，肉味就会格外鲜美，所以就有了清蒸活鱼、清蒸螃蟹之类的菜肴。这实在是够残忍的。早在春秋期间，孟子就提出了"君子远庖厨"的概念，孟子说："君子之于禽兽也，见其生，不忍见其死；闻其声，不忍食其肉。是以君子远庖厨也。"意思是君子不能不吃东西，但起码得离杀生远一些，所以尽量地远离厨房。孟子以"君子远庖厨"这一典故说明"仁"的相对性，我们所处的世界是人占绝对统治地位的世界，但人也不能因为自己的强大为所欲为。试想假如有一天人沦落到今天动物的地位，也来一道道清蒸人肉、火烤全人、烤人掌、活吃人脑……我的天，那真是想也不要想！

回过头来说张易之、张昌宗，武则天死后，这一对面首被诛杀，老百姓把他们的肉切成小块煎烤着吃掉了，那肉又肥又白又嫩又鲜，就像猪的五花肉一样。他们的吃货弟弟昌仪也是被打折了两个脚腕，摘了他的心肝，痛苦了很长时间才死去。人们说这是他们残害那些狗马鹅、鸭的报应。

投机取巧的味精

一个人有一个人的性格，一个国家也有一个国家的性格。张爱玲在《更衣记》中说，中国服饰在细节上历来是过分的注意，"古中国衣衫上的点缀却是完全无意义的"，"袄子有'三镶三滚'、'五镶五滚'、'七镶七滚'之别，镶滚之外，下摆和大襟上还闪烁着水钻盘的梅花、菊花。袖上另钉着名唤'阑干'的丝质花边，宽约七寸，挖空镂出福寿字样"，"这样不停地另生枝节，放恣，不讲理，在不相干的事物上浪费了精力，正是中国有闲阶级一贯的态度。唯有世界上最清闲的国家里最闲的人，方才能够领略到这些细节的妙处"。张爱玲说的是实话，以中国人的思维方式，中国人求"是"的成分少，求"事"的成分多，理性的精神相对较弱，待物处事习惯于铺陈，有时候繁花锦簇之下忘却了本质，把初衷和本来忘却了。

同样的情况也适合于饮食。在中国人看来，吃西餐感觉就像是一只野兽在吃"独食"，一个人一把叉一盘食物光吃不说话，模样就像是一只独狼在品尝着自己的猎物。这可能是文化传统上的关系。从西餐的做法和吃法上，明显可以窥见游牧民族的影子，比如说牛排草草地煮一下就端上来，很多还生生地有血丝，这不是"蛮夷"是什么？餐具也是，吃东西所用的刀和叉，更带有野蛮性，哪像中国人吃起来那样优雅呢——就用那两根细细的筷子，轻轻巧巧地将满桌子的菜肴给打发了。这才是吃的智慧，是一种真正的"四两拨千斤"！再比如日本餐饮，似乎有着"明心见性"的畅达：讲究本味，重视食材自身，吃东西时仪式感重，器皿与菜肴精致得像是供神似的。日本食物还讲究色彩搭配，食物新鲜绚丽，一副清新自然模样。日本人吃饭所用的餐具以及菜肴的都小得惊人,小碗小碟的不像是真吃,而像是拿来做做样子的。这一点很多去过日本的人都深有体会。我的一个朋友在日本打工多年,说初到日本竟有很长时间饿着肚皮,不是没得吃,而是不敢吃,生怕一不小心能把碗碟都吃下去了。我曾几次吃过日本料理店,静候一碗一碟上桌,一条小金枪鱼是一碟,几片黄瓜一碟,几丝菜叶也是一碟,三四个寿司也是一碟,如此精致的方式,让人不忍动箸。不过日本菜肴视觉效果是真好,颜色搭配浑然天成,稍稍地运用光线,都是非常漂亮的静物照片。总而言之,日本食物给我的感觉,就是供神的,是神吃的,而不是人吃的。

回过头说中国饮食文化——中国的饮食文化一直有一种大红大绿的俗艳,氤氲地散发着热气,蓬勃而兴旺,元气十足。火锅就更不用说了,十几个人围坐在一块,热气腾腾像是坐在蒸笼上似的。中国人吃东西的方式独特,十几个人围在一起,十几双筷子你来我往,大家肆无忌惮地大声说话,你中有我,我中有你,那真是一种繁华至极的"合和"。就菜本身来说,中国菜肴人工痕迹太重,重视佐料,不太讲究本味,很多菜肴煎爆炖煮过度,食材混合掺杂太多,味道混乱不清晰,很难吃到食材真正的味道,吃来吃去,吃到的都是佐料的味道。在制作上,很多菜肴过于讲究形状模式,雕花镂叶,一派艳俗的风貌,有时候甚至让人难以分清哪些是主菜哪些是"装潢"了。这些,大约就是中国文化的特点吧,讲究"合和",追求形式,铺陈繁琐,最后把最重要的东西丢了。

中国菜肴还投机取巧——比如高汤用得太多,甚至毫无节制地加味精。这一点,也是让其他国家人难以理解的。中国最早的菜肴主要靠火候、工艺以及菜肴之间的搭配来调理味道,讲究食材之间的搭配,比如说板栗与公鸡在一起烧,板栗和鸡的味道都会相当好,哪里用得着放高汤和味精的呢?

过去皇宫名膳煲鱼翅汤,先将鱼翅浸水三天,去骨,再加老鸡、鸭子和新鲜肘子肉煲成汤,放入姜、葱,再煲上八九个小时,汤会变得鲜美无比,那是什么料也不用加的。到了明清之后,食不厌精,菜不厌鲜,菜肴开始大量用高汤了,烹饪中有"当兵的枪,大厨的汤"的说法,那是说凡厨子做菜,喜欢放一勺子高汤用以提鲜了事。高汤通常是用文火清炖出的老母鸡汤,再加入"鸡茸"等鲜美的东西熬成,这叫"荤鲜";或者用黄豆芽吊汤,称为"素鲜"。高汤有助菜肴提鲜,这是好事,但不问青红皂白乱放一气,就是喧宾夺主了。习惯于高汤开路,在世界上众多的餐饮文化中,成为中国的特色。反观其他国家的餐饮,对于佐料非常谨慎,不用高汤,也基本上不用味精,只用一点野生的香料佐料调味。法国烹饪喜欢用一种"普罗旺斯草",这是一种香料,也是一剂调味品,类似于中国新疆的孜然,它生长在法国普罗旺斯省一带,将之烘干后,切成碎末,放在菜里,就成了一种调味品。

  比高汤更过分的是,中国菜肴在进入现代社会之后,开始用味精了。味精是从日本传来的,刚开始叫"味之素"。味精很鲜,但对身体有害,很多国家都禁用,但中国不禁用,相反还很受欢迎。中国自民国之后,饭店和家庭就开始大量使用味精,尤其在饭馆吃饭,味精好像不要钱似的,凡烧炒蒸煮,必以一勺味精下锅了事。结果一顿饭过后,总是让人感到嘴里有一种浓烈的干苦,像轻度中毒。中国菜味精泛滥,想想明显跟中国人的国民心理有关——味精就像是一个阴谋,国人总是擅长一些小小的阴谋,投机取巧,以显示自己的聪明。我的一个朋友,前几日回英国,就从国内带了两袋味精,他说,这平常是不用的,等到请老外时,加上一点,会诳得他们眼睛发直。

美丽的烹饪女子

好莱坞电影《Women on Top》(《女人在上面》),怎么看都是一部烂片,不过由于女主角是由佩内罗普·克鲁兹(《我的母亲的一生》主角)扮演,使得这部片子一度冲到全美电影排行榜的前几位。由此可见,谁也抵御不住美丽的诱惑,人人都有"好色之心"。

克鲁兹在电影中扮演一位电视节目主持人,主持烹饪节目,美貌无比,烧得一手好菜。在电视中,她烹饪的姿态优美而高雅,迷倒了无数观众。男人幻想和渴望得到这样的女人,不仅闭月羞花,而且色艺俱佳。要是再浪漫一点,那可真如"大熊猫"一样珍贵了。

与克鲁兹性质差不多的,是凤凰卫视的主持人沈星。当年她主持的节目《美女私房菜》,便一直有很高的收视率。很多男人喜欢这一档节目,根本不是看沈星烧菜,只为看沈星的一颦一笑一举一动。沈星是标准的美女,身材颀长,眼睛顾盼生辉,举止婀娜多姿,一颦一笑像是神仙姐姐。男人看这样的节目,会觉得比"美丽大舞台"之类的亲切,毕竟女人在厨房,不仅看得真实,心理上也倍感真切。当然,诸如此类的节目,一看就是为收视率所做——沈星漂亮归漂亮,但动作笨拙而缓慢,一看就不是熟练的厨师。以沈星花枝招展般的窈窕和袅娜,在现实生活中,不把红烧肉烧成烤肉串,就已是万幸的了。

真实生活中好像女人能烧一手好菜的很少,西方的我不太了解,但在中国,古代的大厨师比如说易牙、伊尹等都是男性,好像没有什么有名的女厨师。现在的情况可能更是如此,不仅饭店里满是男厨师,家庭中也多是男人系着围裙团团转。现在恐怕踏破铁鞋也找不到一位既美丽无比,也能烧得一手佳肴的好女子了。美女烧菜不多,以美女命名菜肴的倒有不少——中国古代有"四大美人",各地也有很多以"四大美人"命名的菜肴:西施故里诸暨有一道点心叫作"西施舌":是以水磨糯米粉为包,加上枣泥、核桃肉、桂花等十几种果泥拌成馅心,放在舌形的模具里压制成型,煮汤或者油煎即可。这种点心颜色如皓月,香甜爽口,吃在嘴里,颇有滋味。上海的"贵妃鸡"也是如此:用肥嫩的母鸡作为主料,用葡萄酒作配料,成菜后酒香浓郁美味醉人,吃起来鲜嫩可口,醉人醉心,恍惚中真不知是吃鸡,还是在"吃人"。至于"昭君鸭"——传说昭君出塞之后吃不惯面食,厨子就将粉条和油面筋泡合在一起,用老鸭汤煮,甚合昭君心意,也流传下来。如今人们吃着这一道菜,恍惚之间,一不小心,会走神出窍把肥美白嫩的鸭子看成昭君出浴。

俗名"泥鳅钻豆腐"还有另外一个名字,那就是"貂蝉豆腐":将泥鳅比喻奸猾的董卓,泥鳅在热汤中急得无处藏身,这时才将冷豆腐放入,"董卓"迫不及待钻入冷豆腐之中,最终逃脱不了被煮的命运。这道菜何以如此命名,恐怕只有天知道了……爱美之心,人皆有之,瞧着那么多"美人"四肢大卸端上桌来,一品二咬三嚼,实在是开心舒畅。有些东西太为珍贵,无法暴殄天物,于是便化虚为实,过一过口瘾,也算聊以自慰。"意淫"实际上是一种"移情",从"男女之欲"转移到"口腹之欲"。这种暗藏在饮食当中的微妙心理,应该是中国菜肴中有那么多"美人名"的重要原因。

比较起中国人的"暗藏",日本人饮食习俗中"女体盛"就显得更明目张胆了:"女体盛"是以赤裸女子充当"大餐"的器皿,要求极高:处女、漂亮、身材好,理由是漂亮的处女具备内在的纯情和外在的洁净，也最能激发食客的食欲；血型以 A 型为宜，因为 A 型人性格平和、沉稳、有耐心，最适合这种岗位。"女体盛"上菜时，要先经过严格的净身程序，然后赤裸着在客人指定的位置躺下，固定姿势，由助工以食物的特性放置位置，比如鳜鱼给人以力量，要放在心脏的部位；旗鱼有助于消化，要放在腹部……大宴开始，食客们一边欣赏着女体，一边吃着食物。"女体盛"的如此排场，价格自是惊人，据说在一个全裸的"女体盛"上吃顿马林鱼、鲔鱼、乌贼和扇贝寿司，至少要花人民币 1 万元以上。

日本的文化传统中，常常有一种最自然状态下的野性，既可以说是严重扭曲、带有极端变态，也可以说是浑于天然、有着最无羁的欲望表达。这些东西一方面带有某种幻想的意义，另外一方面又有着一种危险的极端美，它阴鸷而执拗，渗透在日本国民的意识当中，也渗透在日本的审美当中。在日本的武士道精神中，在三岛由纪夫、川端康成、谷崎润一郎的小说中，在电影《失乐园》《感官世界》中，我们都可以看到这种极端地对美的追求。在日本的烹饪中，我们同样也能感受到。

值得一提的是，电影《Women on Top》中的克鲁兹却是从家中逃出来的，因为丈夫太过花心。这样的男人真是瞎了眼，碰上这样一个"才貌双全"如"七仙女"般的好老婆，却不知道珍惜，这不是一个"浑球"又是什么呢？

上海菜与杭帮菜

天鹅湖附近的购物中心,新开了一家主营上海菜的餐馆,我周日带着一家老小去尝鲜,没想到生意好得"一塌糊涂",得事先预订,否则要领号在店外排队。我没想到在2013年餐饮业极不景气的情况下,一家餐馆竟有如此火爆的场面。个中原因,跟合肥有众多上海人有关,不过最根本的,还是因为上海菜好吃。

如果溯本求源的话,上海菜的历史并不长,是近代上海开埠之后的事,并且,在很长一段时间里,还属于淮扬菜系的一个"帮"——民国之前的中国菜肴,分为"四大菜系":鲁菜、苏菜、川菜和粤菜。苏菜即淮扬菜,即东南地区一带菜肴的总称。因为淮扬菜区域太大,名下又分为很多"帮",即分支,上海菜就是其中的一支,也称"上海本帮菜"。从风格上看,上海菜有淮扬菜系的一些特点,又有着自己的风格,它比淮扬菜精细,也比淮扬菜家常,它似乎更适合私人或者三五人的聚会,而不是那种大场面的铺张宴席。

上海菜的特点,无疑跟上海人的特性,海派文化的风格、审美和喜好有关。上海本帮菜用料都很家常,却不因为材料便宜随意处之,而是加以精心调理和包装。这当中最具典型的菜肴就是"老油条炒丝瓜"——老油条和丝瓜,系街头巷尾寻常所见,谈不上高贵,甚至有些低贱,上海人就是将这两个"贱货"放在一起炒,不仅色泽碧绿配金黄,煞是漂亮,而且吃起来别有一番味道。"老油条炒丝瓜"既是烟火气中带有小清新,也有着"老少配"的快乐和默契。

上海菜的确好吃——多年前中央电视台的刘仪伟曾做过

一档烹饪的节目,很受欢迎。刘仪伟是四川人,吃遍全国,不过他说他最喜欢吃的,还是上海街头小饭店的上海菜,烧得特别精致,味道也特别好。我也有同感,每次到上海,都喜欢在街头选个雅致的小饭店,点几个家常菜,来一瓶啤酒,边看街头风景边吃。记得有一年在徐家汇的一条街道上,随意找了一家小饭店,点了几个菜,其中有一道红焖高瓜,无他料,浓油赤酱,精致地陈列于一盏小碟中,上面撒点香菜。这一道小菜的品相与味道至今让我难忘。

上海人真是很聪明的,他们往往能够在各种各样的罅缝中找到自己安身立命的自由空间,比如说政治的罅缝、经济的罅缝、各种竞争压力的罅缝,在权与贵的背景下,做到沉着淡定,把普通人的日子过得有条不紊——当北京人二三两二锅头酒下肚,面如猪肝一样侃个昏天黑地;当喜好排场的广东人动不动就要吃鲍鱼捞饭;当莽撞剽悍的东北人一个劲嚷嚷要吃炖蹄肘;当山东人张罗要吃满盘大肥蟹,或者安徽人要喝牛鞭煨甲鱼汤的时候,只有上海人精致地炒上一盘丝瓜油条,呷几星黄泥螺,来一点皮蛋瘦肉粥安安静静地吃得有滋有味。有人说上海人是中国人中最会生活的,确实是这样。这是一种气质,更是一种见识。

与上海菜一样当年属于淮扬菜系的,还有杭州菜。杭州菜当年叫"杭帮菜",同样属于淮扬菜系下的一个"帮"。当"四大菜系"衍生为"八大菜系"时,杭帮菜与宁波菜自然组合,独立成为浙江菜。浙江菜用料讲究品质和时令,讲究细、特、鲜,要求食材的柔嫩和爽脆。

浙江菜中,杭州菜与宁波菜也是有区别的,宁波菜以鱼鲜为主,兼有"腌笃鲜"之类的咸货;杭帮菜呢,更倾向为清新自然,山珍也好,海味也好,以真味为上乘。这也难怪,坐拥天堂的湖光山色,杭州人骨子里安之若素,口味必定从容淡定,不屑火气和刺激,更注重本味,讲究食材本身的味道。

杭帮菜最有名的是苏东坡首创的东坡肉,即以带皮的普通猪肉,调以黄酒,置于密封的砂锅之中用文火慢慢焖烧而成,不放其他东西,就是肉烧肉;或者在肉的下面铺上一层霉干菜,即为"东坡扣肉"。还有叫花鸡,据说是从叫花子那里学来的,另一种说法是济公传下的,吃的还是本色——用越鸡佐以绍兴酒、生姜、葱叶,再用荷叶分层包裹,涂上用酒糟和盐水调成的酒坛泥,最后置放在稻草堆点着的草灰中。这一道菜的好,就是鸡味尽出,配料绝不喧宾夺主。杭帮菜还有一道"宋嫂鱼羹":将西湖的鳜鱼切成缕缕丝状,配之以火腿、竹笋、香菇、鸡汤,用文火炖成,据说当年宋高宗赵构吃得龙颜大悦,吃完后赐金百文,宋嫂也一下创了牌子,成了当地餐饮业的首席"富婆"。

当然,杭帮菜最好的境界,应是醉于西湖的李渔所感悟的,李渔说:"陆之蕈,水之莼,皆清虚妙物也。予尝以二物作羹,和以蟹之黄,鱼之肋,名曰'四美羹'。座客食而甘之曰:'今而后,无下箸处矣。'"李渔独创的这个"四美羹",不仅求味道,而且有文化,有审美,雅致清新,雍容随意。这一种"清虚妙物"的风格,就是杭帮菜的真味。

杭帮菜的名菜"西湖醋鱼"讲究的同样是真味和意蕴:先将草鱼或青鱼在清水池中饿养两天,吐净胃肠,收紧鱼肉;操刀将杀后洗净的草鱼沿背骨剖开,连背骨的称雄片,另一片为雌片,用刀在雄片和雌片鱼身上划上几道口;将锅里的清水烧开,鱼放入水中,鱼皮朝上,加盖煮至水再开时,转微火煮五分钟左右,用竹筷轻扎,若扎入,便可断定鱼已断生;将水倒出大半,只剩少许汤汁,下酱油、绍兴黄酒、姜末等,略煮片刻捞出,鱼皮向上装盘;将锅里的原汁水加入白糖、上等香醋、淀粉等,熬成滚沸起泡的浓汁,慢慢浇在鱼身上。这样,一道色泽红亮、醋香扑鼻、酸甜适中、滑嫩细腻的"西湖醋鱼"即大功告成。西湖醋鱼的特色在于不用油,以鱼自身的鲜嫩和本味取胜。这样的本真,靠的是鱼的质地。古时西湖清澈见底,出产的清水鱼味道鲜美,而现在呢,由于西湖水的变化,怕是很难吃到美味的鱼了——1997年春天,我到杭州,在西湖的一家餐馆里慕名点了这道名菜"西湖醋鱼",店主说这鱼确实是西湖中的青混,待鱼端上来之后,筷子夹上去一吃,一股浓重的泥腥气!也难怪,以那时候西湖水的状况,那哪是青混,只能算是一条大泥鳅了!

几年前的一个夏天,我曾经在灵隐寺边上的中国作协创作基地休假一周,这是一栋老式别墅,面积不大,居住却特别舒服。酷暑之日,栖身于此,真是过了几天神仙般的日子:每日早睡迟起,上午去附近景点游玩,晚饭后去附近的灵隐寺散步,闲时在院落里读书。给人印象至深的是那段时间吃的正宗杭帮菜:青鱼划水、熘土豆丝、炒茄丝、东坡肉、红烧栗子肉、木樨肉、老鸭煲、八宝豆腐、糟烩鞭笋、栗子炒仔鸡、板栗烧肉、糖醋排骨、糯米蒸排骨、油爆河虾、油焖春笋、油焖茄子、杭三鲜、红烧狮子头、爆炒田螺、鱼头豆腐汤、杭州酱鸭、一品豆腐、"猫耳朵"等,虽然轻油、轻浆与清淡,却格外爽口,温馨好吃。

真是难得基地的几个本地厨子,能把饭菜做得如此香甜,将杭帮菜的魅力发挥得淋漓尽致。

除了家常的杭帮菜,在杭期间,我还得以机会去了"楼外楼"、"天外天"等饭店,尝了龙井虾仁、宋嫂鱼羹、叫花童子鸡、糖醋咕咾肉、红烧鸡翅等著名菜肴。那一段吃得好睡得好玩得好的日子,让我深深体会到作为文艺工作者的福利和实惠——还是有组织好啊!

素食与佛心

素食

很多年之前,合肥红星路上曾开过一家"素味斋"的饭店,老板姓端木,六安人,是位女性。开业那天,她请我们吃饭,让我们对她的菜肴提意见。我第一眼见到她的时候就觉得她为人很和善,举止投足很真实,能吃苦,且很执着。我还看出她最近有诸多事情缠身,眉间几多辛苦。但我没有问,她也没有说。

端木说自己原先是搞烟酒批发的,在生意场上摸爬滚打了近20年,后来觉得做生意实在是无趣,耗神耗心,把人之为人全都搞乱了,所以想静下心来,开一个素食馆找点事做。端木在介绍开此素食斋的目的时一再强调:主要目的真不是想赚钱,只想提倡素食,让人们少杀生——看得出来,她是相当有佛心的。

"素味斋"请的是上海龙华寺素味馆的大厨。大厨是上海居士,做事很认真,也很挑剔,几乎所有的原料都要求到上海去买,连酱油、醋也要求上海品牌的。这样挑剔的结果,使得"素味斋"的素斋带有很强的上海风味:比如说素鸭,看起来金黄、油腻,连鸭皮上的毛孔都一清二楚,活脱脱一个北京烤鸭的模样,但一咬下去,才知道是完全的素食;还有一道素味红烧肉,像极了肉的模样,本准备大快朵颐,但一吃下去,却是豆制品的味道。

"素味斋"清洁静雅,不仅没有荤,没有蒜、葱、韭菜,连白酒和烟也没有的卖——一笔可以利润很大的买卖,从这一点可以看出,端木真是为了她的一点"小理想"在做着什么。"素味斋"一直播放着佛教背景音乐,点着若有若无的檀香,在这样的环境里吃饭,似乎也真能被约束住,显得格外谦恭。

与很多虔诚的人一样,端木还有一些关于素荤食物很质朴的观点。端木说:"你看,所有的素油都是流动的,而荤油却是凝固的,如果一个人荤吃得太多,血液就容易凝固。血栓之类的病不就是这样形成的吗?"

想一想,端木的话似乎很有道理。

一年之后,当我再一次路过红星路"素味斋"的地点时,我突然惊异地发现,"素味斋"门店已关上了,紧闭的大门上吊着一个牌子,上写:"门店转让。"我大吃一惊,心想这大约是因为生意不好的缘故吧,或者是端木又出了什么事。有一次跟几个朋友见面,话题转到了"素味斋",一个朋友很直接地说:"吃饭本来就是放松的,那个地方,不能喝酒,不能抽烟,不能吃荤,不能大声说话,像上教堂一样,我去那吃饭干吗?难怪那饭店会倒闭。"

想一想,朋友的话似乎也有道理。

佛心

我在素斋席上发现了一个奇怪的现象:几乎每一道素筵菜单都有一个非常"荤"的名字。比如说我手头的一家素味馆的一张菜谱,那上面写的是:鱼香雀巢鳝,豆花转肥肠,东崖百花甲鱼,龙虾听响铃,石耳鱼丸汤,椒盐素排骨,等等,都是素食取荤名。我不知道这是厨师们故意以假乱真,还是以此来撩拨人们的凡心。有一次我在一家素食馆吃饭,询问素菜荤名的原因,老板回答说:这是让食客们以荤菜素吃为起点,不杀生,借以训练他们的佛心。

实际上提倡吃素不止是佛家。中国的儒家也提倡吃素,只不过在态度上没有佛家那么坚决罢了。出家人吃素究竟是因为什么?我在对佛极感兴趣的那一段时间里曾经很认真地研究过这个问题。戒律杀心只是其中的一个原因。关键之处在于，人吃荤对"静心"不利，按照现代医学来说，荤食当中所含的脂肪和蛋白质多，能量太大，让人躁动，不仅不利于日常的功课"坐禅"，并且更能激发人们的欲望，尤其是性欲。印度佛教禁"五辛"，五辛是大蒜、革葱、韭葱、兰葱、兴渠。这五种东西，在中国只有前四种，所以中国又把前四种称为"素荤"，列入禁忌的对象。在佛教思想里，吃不应该是满足口腹之欲，而是为了"治病"，或者是为了维持浮生的手段。佛教为了把人的需求和欲望降到最低点，只是允许人们吸收一些能保持生命的能量，除此之外，便是奢侈。因此"过午不食"也就成为寺院的戒律了。

　　真正的出家人，肯定会自发减少自己身上的能量的，只有这样，才能避免身上"魔"的控制。至于斋席上把那么多用植物蛋白质所做的东西取了"荤名"，我想或许这些斋饭只是做给那些"尘心未了"的居士们吃的，以解他们的馋瘾。而那些居士们在这种方式中，既可以吃到素食，陶冶佛心，同时又可以间接地吃到了荤。这种"暧昧"的态度，可能就是素食"不彻底"的重要原因。

　　"不食荤"是佛祖释迦牟尼所定的基本戒律。印度人似乎从没有对此表现出犹豫，是坚定不移地执行了。但在中国的素食中就表现出了"暧昧"。不仅是在素食上，在中国文化的很多方面，都可以见到这种自欺欺人的"中庸"，或者说是一种自以为是的做法。印度佛教在传入中国之后，形成了颇具中国特色的"禅宗"。在"禅宗"里面，就有许多似是而非自欺欺人的做法。比如说关于"开悟"的一些东西，还有一些"棒喝"之类，都把人弄得云里雾里，不知所云，让人觉得是在玩一些"哑谜"。还有一些"大悟之人"的言行也值得人们怀疑。比如说"狗肉穿肠过，佛祖心中留"。这句"大悟之言"更容易让奸猾的小和尚们钻空子,对于"大悟"之人来说,这实在是一句感悟;而对于那些六根未尽的小和尚,这便成了一个绝妙的"偷梁换柱"的"杀手锏"了。

但关于和尚"舍义吃荤",还有一个感人的故事:明末时张献忠造反,史书上记载"屠戮生民,所过郡县,靡有孑遗"。有一天,张献忠见到了破山和尚,破山和尚为民请命,要求张别再屠城。张献忠叫人抬出羊肉、猪肉、狗肉,对破山说:"你如果开戒吃这些东西,我就不杀人。"破山长啸一声说:"老衲为百万生灵,何惜如来一戒!"就立刻吃给他看。张献忠盗亦有道,此次便封刀没有杀人。

好男儿在厨房

平日得闲,总喜欢在家摆弄些菜肴。朋友们说我的菜烧得不错。其实我只是有意无意地把它当作一件事来做,算不得太投入,有点"非想非非想"的意味。对于我来说,烧菜并不算一件很复杂的活,总的原则是:有味使之出,无味使之入。

烧菜的心情很重要,心情好时烹饪,菜必色香味俱佳,心情不好时烧菜,火候往往难以掌握,菜不是烧焦了就是烧糊了,味道不是淡了就是咸了。曾看过一篇小说,池莉写的《绝代佳人》,讲两个女知青迷路之后遇到田间地头的一个鬼,这鬼曾是一个老知青。老知青招待小知青时烧了一个菜:"绝代佳人",就是晚秋的茄子炒辣椒。因为有着浓浓的相逢之情,加上茄子和辣椒刚从地里摘下,此道菜色香味俱绝,堪称"绝代佳人"——好多年后,两个知青再怎么试验,也找不到那份绝佳的味道了。当然,这样的故事就有些玄了。

烧菜需要感觉。烹饪与艺术相似,感觉准了,咸淡生熟轻重都适宜。从客观上讲,男人的创造力和能量更强,这使得他在烧菜时更具有一种开拓精神,更有一种创造力。女人烧菜有着很大缺陷,女人太细腻,太专注,太保守,太死板,细腻有余而大局观差,所以女人烧菜往往缺乏一种独特的味道和个性,比较平淡。女人也不善于反思,在烧菜上往往改变很少,进步不快。所以一个家庭往往会出现这种情况,母亲一辈子只会烧几个拿手菜,而这通常是她当姑娘时学的。

烧菜也需要想象力。男人天生就是做菜的。男人不守规矩,创造力强。这种特点在其他方面还有可能用错或者无用武之地，但用在烹饪上却是恰到好处。男人可以日日精进，将他的聪明才智发挥在厨房里。厨房可以说是任何一个男人智慧、想象力、性情发挥的最佳场所，它可以无视社会对他的忽略，也可以无视运气，在厨房里，男人还可以锤炼自己的厨心、厨趣、厨艺、厨品。这些厨房里所必要的东西，与人的人品、性情、处世原则等，都是相连相通的。《老子》说："治大国如烹小鲜。"这话引申出，如果菜烧得好了，治理国家就变得容易了。治国之"理"与烧菜的"理"是一样的。

烧菜得懂"理"。以烹饪的至理，应是"有味使之出，无味使之入"——味道足的食材，要想办法把它的味道烧出来；味道不足的食材，要想法把辅佐的味道烧进去。有些食材类似少年，热情高涨，劲儿太冲，要投入点理智进去，算是败败兴，去掉点莽撞；有些食材类似中年，心态平稳了，甚至寂寥琐屑，得投入热情，旺火烧煮，高汤辅佐，才会让它有滋有味……该加盐时加盐，该加辣时加辣，该加糖时加糖……在我看来，中国菜的烹饪是一种"合和"的艺术，讲究中庸，杜绝偏执，目的是使菜肴如人生一样，看起来色泽鲜美，品起来滋味悠长。

台湾大导演李安拍过一部电影《饮食男女》，女主角是吴倩莲。李安的这部电影的主要意思是要说明中国文化在现今的退化。男主人公是一位闻名遐迩的老厨师。凄清的晚年，他最无奈的一件事就是感到自己越来越孱弱，这个世界跟他的距离越来越遥远。老厨师丧偶在家，每天最主要的事情就是"买、汰、烧"各式各样的好吃的给自己的三个女儿吃。老厨师对女儿非常怜爱，烧得也格外精细，每天为女儿们端上七碗八碟丰盛的菜肴——这样的情景，真是让人由衷地羡慕！有一种说法是说选择配偶一定要选一个会烧菜的。因为即使是再美丽英俊的面孔,天天看着也会觉得平淡无奇。而会烧菜则不一样,男人只要一会烧菜,女人就举手投降了;而女人会烧菜,男人就特别愿意回家。

北京有一位正走红的女作家前些年跟一位男作家结婚又离婚,时间异常短暂。当别人问她对这位男作家的评价,女作家深有感触地说:这个人几乎没有任何优点,但是菜烧得不错,离婚后最大的遗憾就是没有吃到那么好的菜了。

烹饪在女人心中的地位由此可见。

燕鲍参翅与冬虫夏草

世界各国之人,中国人还真是会吃,别的不说,比如"四大美味"燕窝、鲍鱼、海参、鱼翅,很多国家的人尚不知晓这是何方神圣时,中国人早已奉为"珍馐",早早地进入美食行列了。吃鲍鱼的历史可以一直追溯到汉朝,据说西汉末年的王莽就是一个"鲍鱼控",每当心情不好之时,就要喝酒吃鲍鱼以排遣情绪。三国时曹植在悼念父亲曹操的文章中,曾提到曹操生前喜食鲍鱼,后人论证孟德精力如此旺盛,应跟长期食用鲍鱼有一定关系。比较而言,鱼翅、燕窝的记载要迟一点,鱼翅曾出现在明代李时珍的《本草纲目》上:"(鲨鱼)背上有鬣,腹下有翅,味并肥美,南人珍之。"《金瓶梅词话》第55回写蔡京官邸的管家招待西门庆:"都是珍馐美味,燕窝、鱼翅绝好下饭。只是没有龙肝凤髓。"这说明当时燕窝、鱼翅已成为富人盘中的珍馐了。史书中还发现了明熹宗的常用食谱,其中有一道用鱼翅、燕窝、鲜虾、蛤蜊等十几种原料烩成的"一品锅",很像是后来的"李鸿章大杂烩",这说明明朝的皇帝已开始启用海鲜大补了。关于海参的历史,明代之前很难见到,只有清代《本草以新》记载,海参有"补肾益精,壮阳疗痿"的功效。至于燕窝,中国古代典籍记载较多,燕窝一直是宫廷内最著名的养生补品,据说唐朝李氏宫廷中已开始煨食。比较统一的说法是郑和下西洋,将东南亚烹食燕窝的方法带进了中原。之后,燕窝开始大量进入中国。明神宗万历十七年(1589)有关燕窝关税的记载说:燕窝之税银,上等货一百斤税银为一两,中等货七钱,下等货二钱。民间曾有诗云:"海燕无家苦,争衔白小鱼。却供人采食,未卜汝安居。味入金齑美,巢营玉垒虚。大官求远物,早献上林书。"诗中的大官,指的是掌管御食的光禄寺卿。从这首诗的描述,可以看到当时宫中对燕窝的需求。

中国的饮食文化,似乎到了明清,尤其是清代之后,才显得格外发达。其中的原因,一方面是因为明清社会相对稳定,经济发展起伏不大,百姓安居乐业;另一方面,也跟上层社会的喜好和示范有关。明清之后,"四大美食"已成为上层社会的风气,尤其是清朝,从乾隆皇帝到慈禧太后,都特别嗜食燕窝,历代皇帝每日早朝前都须服用一盏燕窝粥,这成为每天的惯例。清代官场筵宴的最高规格"满汉全席","四大美味"是其中必备的混搭。宫廷之中甚至还有全鲍宴,以鲜鲍和干鲍做各种各样的菜肴。当时沿海各地方官来京,大多以鲍鱼为贡品:一品官员进贡一头鲍,二品官员进贡二头鲍……直至七品官员进贡七头鲍。"一头鲍"不是数量是重量,是说一斤鲍鱼只能是一头,这就是巨鲍了!不仅如此,中国古代宫廷厨师还专门摸索出了一整套鲍鱼烹饪要求和方法:烧制不能太软也不能太硬,入口要软糯,齿颊要留香;一般备炭火瓦罐,用小火煨制近二十小时,配以鱼翅或者刺参……如此这般,繁文缛节,真可谓精益求精了。

"四大美味"好吃吗?当然好吃,尤其是鲍鱼、海参和鱼翅,口感和嚼头尤其好。有人说美食就是"滋味","滋"是质感,"味"是味道,食材的质感更重于味道。鲍鱼就是这样:鲜鲍有鲜鲍的味,干鲍有干鲍的味。鲜鲍鲜而细,干鲍绵,软硬适中,咬起来有弹性,喉咙眼散发着特殊的香味。鲍鱼和鱼翅烹饪时需加入云腿、老鸡、赤肉文火慢煨,使之入味调和,真正变得有"滋"有"味",芳香十足。当年张大千曾对北平谭家菜"红烧鲍脯"有评价:"滑软鲜嫩,吃鲍鱼边里如啖蜂窝豆腐,吃鲍鱼圆心,嫩似熔浆,晶莹凝脂,色同琥珀。"这样一个比喻,除了"晶莹凝脂,色同琥珀"比较准确外,其他的,都可以说是"隔山打牛",用语言文字来形容味道,难!当然,以"认死理"的科学分析,"燕鲍参翅"并没有什么特别之处,也没有什么特殊味道:燕窝是金丝燕的唾液分泌物和着泥巴、羽毛等粘成的巢穴,若撇开冰糖、银耳、莲子等佐物,这丝块状的鸟类口腔分泌物恐怕味同嚼蜡;鲍鱼原本是海洋里的普通贝类,吃起来稀松平常,营养只不过相当一枚鸡蛋,只是韧劲和口感稍好;海参论分子结构与营养成分也一般,与一般的海产品相差不大;翅则是鲨鱼的鳍,稍多一点钙罢了……科学往往就是这样寡趣,不过以现代科学对世界"九牛一毛"的了解,如此结论很难说是十分准确的。

相较于西方人,中国人似乎格外钟情"四大美味",鲍鱼、海参、鱼翅、燕窝都来自海洋,身处内陆之中,能吃到海里的宝贝,是很值得炫耀的一件事。中国的达官贵人们,在吃腻了大荤大油的猪马牛羊后,先是把目光伸向熊掌、驼峰、甲鱼、蛇胆,再把舌头卷向猩猩的嘴唇、獾狗的脚掌、肥燕的尾巴、大象的鼻子等。吃来吃去吃什么,无非是吃一个稀罕!"四大美味"无疑也是这样的东西。

与"燕鲍参翅"一样稀罕稀奇的,还有冬虫夏草。冬虫夏草不属四种美味,而是一种药。20世纪90年代我在云南看到有人卖,不知道是什么东西,当时不仅我不知道,中国知道的人也不多。而现在,全中国人都知道冬虫夏草是一种壮阳的补药,是土豪和贪官的必备用品。《药物大全》介绍说:冬虫夏草既是植物,也像是动物——它的外部是一条虫,有着红色的头和嘴,还有8对整齐的脚;头部被穿透长出一株小草,看起来非常神秘。冬虫夏草的成因也相当有意思——在青藏高原与云贵高原雪线之上的雪地之中,生长着一种昆虫,叫"虫草蝙蝠蛾",每天春季,这种虫便产卵孵化蜕皮成为如蚕一样的幼虫,随后长得白白胖胖开始越冬。恰巧此时有一种叫"虫草菌"的子囊孢子成熟,随风飞扬渗入泥土,一旦遇到蛰居在土中的蝙蝠蛾幼虫,便自然而然钻入虫体,以其为媒介生长发育。草在虫的身体内一个劲地生长,虫难受死了,不停地挣扎。最后的结果,以草长出虫的身体胜出而结束,也就成了半荤半素的冬虫夏草。以中华医学的思维方式,臆度虫与草之间撕心裂肺争夺的漫长过程,加上该物又生长在雪线之上雪地之中,如此殊死争斗,必定会产生"极品大补"了……冬虫夏草就这样产生了,它是自然界动植物争斗的结果,也是人类怪力乱神思维的结果。

值得一提的是,所谓的"四大美味",所谓的"八珍",所谓的冬虫夏草,大部分起于明代,全盛于满清之后。在我的印象里,当年满清入关,就像下山的东北老虎一样,张着血盆大口胡乱咬,不仅吃得多,吃满汉全席,还特别敢吃,"上欲九天揽月,下敢五洋捉鳖",一个个吃得体阔腰圆虎背熊腰高血压高血脂高血糖大肚皮。从吃上看,这一个朝代,真是没有品位的"土豪金"时代。

后记

中国武术有飞花摘叶均可伤人之说,我少年时一直信以为真。到了成年之后,对于此类的手中无剑、心中有剑的玄幻之说,开始变得疑惑,我宁愿相信毫无诗意的拳击和肉搏。不知这算不算"见山还是山"的第三层次?有一个最简单的问题似乎人们总是懒得去想:为什么人类对于水从不生厌,对于大米从不生厌?除了水和大米能维系人的生命,还在于水和大米无味,无味的东西才是至味!所谓大象无形大音稀声大德无道大道无门,大味呢,就应该是无味!以无味而成永远,应是水和大米的本质,假如你能静下心来,你就能品出,大米与水的味道有多好。

烹饪本身就是美的:它有一种从容不迫和缓慢,还有心无旁骛,以及随后自我沉醉于劳动所生发的齿间芬芳。比较起外部的物是人非,菜肴中呈现出的芬芳,更真切,也更值得人们去刻骨铭心。好的烹饪是需要良好心态的,比如说一元而起的欢喜心,平和的原则,寻道的精神,获求最为恰当的方式和路径追求完美……对于我来说,闭户即是深山——我喜欢从菜市采购一大堆食物,而后一一摊开,有条不紊地打理它们,让它们归类,让它们搭配,让它们结合,让它们彼此爱上或者彼此争斗……这个世界的所有食材都是有习性的,烹饪的乐趣之一,在于让它们以各种方式排列、组合,产生和谐和新意,以得到其中的道。都说"治大国若烹小鲜",其实,就烹饪而言,内中的道理,又何止是治大国所能比的呢?有一种暗藏的东西,甚至比治大国更玄妙也更幽深。

铃木禅师在谈论饮食时说:"即使你正在津津有味地大啖某些食物,你的心应有足够的平静,去欣赏那准备菜肴的辛劳,以及制作杯盘、碗筷每一件器皿的努力。以一颗宁静的心,我们能赏识每一道蔬菜的滋味,一个接一个的。我们不添加太多的佐料,所以能够享用每一蔬果的质地。那是我们如何烹煮食物,如何品尝它们的方法。"

烹饪是一种禅。我的徽菜,是我的生活,我的记忆,也是我的本真和修行。

赵焰

2014 年 5 月